Über die Autorin

Alex Wagner, geboren 1972, wohnt in Wien. Ursprünglich Betriebswirtin, aber immer schon selbst leidenschaftliche Leserin, war es ganz unvermeidlich, dass sie schließlich die Autorenlaufbahn einschlug.

Neben Liebesromanen schreibt Alex Wagner auch Krimi-Serien (Penny Küfer & Clara Annerson), sowie historische Spannungsromane, wie z.B. "Die Toten von Vindobona", angesiedelt im Wien der Römerzeit.

Besuchen Sie die Autorin auch im Internet oder auf Facebook!

www.alexwagner.at

www.facebook.com/AlexWagnerAuthor

ALEX WAGNER

Die Bibliothek der Liebe

Roman

ISBN-Nr. 9781731487957

Cover Design: Estella Vukovic,
unter Verwendung eines Fotos
von frenta / Adobe Stock

Lektorat: Bernhard Weninger

www.alexwagner.at

1.

Hallo, meine lieben RomantikerInnen!

Heute gibt es hier auf meinem Blog einen ganz besonderen Leckerbissen für Euch, bei dem allerfeinstes Herzklopfen so gut wie garantiert ist!
Ausnahmsweise ist es keine Rezension, wie ihr es von mir gewohnt seid – das heißt noch nicht. Denn ich lese selbst noch an dem Buch, um das es heute geht und das ich euch wärmstens ans Herz legen möchte. Ich bin erst kurz vor der Hälfte, aber es ist sowas von suuuuper vielversprechend, dass ihr es unbedingt ganz oben auf euren Lesestapel packen müsst! Es heißt "Heartbeat" und geschrieben hat es Adela Bentley.
Von dieser Autorin habt ihr noch nie etwas gehört? Ich bis vor kurzem auch nicht. Adela ist seit vielen, vielen Jahren ein Superstar in ihrer Heimat, den Vereinigten Staaten, hat sich aber bis jetzt ganz bewusst gegen eine Übersetzung ihrer Romane ins Deutsche entschieden. Warum? Weil sie nämlich bei uns in Österreich lebt, konkret auf einer unglaublich romantischen alten Burg im Waldviertel, und keinen Rummel um ihre Person möchte. Von ihren Millionenauflagen in Amerika kann sie bestimmt bestens leben und so zieht sie es vor, hierzulande ganz zurückgezogen zu wohnen und so gut wie unbekannt zu sein. Keine Presse, keine Lesungen, kein Starruhm.
Adelas Bücher gibt es also nur auf Englisch, aber "Heartbeat" ist die Mühe auf jeden Fall wert. Es steckt voller Magie, spielt an einem Fürstenhof, der eindeutig nicht von dieser Welt ist,

und liest sich wie ein modernes Märchen.
Und Mädels, der Held ist einfach uuuumwerfend! Wenn der euch nicht aus euren Designerschühchen haut, dann kann das keiner! ☺
Falls ihr euch jetzt fragt, wie ich Adela und ihre Bücher entdeckt habe – das ist der allerbeste Teil der Geschichte! Also jedenfalls für mich. Ihr werdet es nicht glauben, aber ich habe das unglaubliche Privileg, ab heute für diese tolle Autorin arbeiten zu dürfen. Und zwar als persönliche Sekretärin! Kein Scherz! In diesem Moment sitze ich im Zug und tuckere bereits durch die tiefen dunklen Wälder meiner neuen Heimat. Ich darf nämlich sogar auf der Burg wohnen, gemeinsam mit den anderen Angestellten.
Es ist ein wahrgewordener Traum für mich. Ihr wisst ja, wie sehr ich Bücher im Allgemeinen und Liebesromane im Speziellen liebe. Und dass ich in meinem letzten Job (ihr erinnert euch noch, als Tippse in der laaaaangweiligen Anwaltskanzlei) ziemlich unglücklich war.
Aber genug von mir. Was heißt das für euch, meine lieben Blog-LeserInnen? Ich denke, dass ich euch ein paar ganz besondere Goodies bieten werde können. Ihr dürft euch nicht nur wie gewohnt auf Rezensionen der schönsten Liebesromane freuen (und Adela hat sage und schreibe 98 davon im Laufe ihres langen Lebens geschrieben, die in den USA allesamt die Bestsellerlisten stürmten!). Ihr erhaltet in den nächsten Wochen und Monaten auch exklusive Einblicke in das Leben und Schreiben einer Starautorin, quasi aus allererster Hand. Natürlich im Rahmen meiner Jobdiskretion, aber ihr werdet auf jeden Fall voll auf eure Kosten kommen, so viel kann ich versprechen!

Das wars schon für heute, meine Lieben. Ich bin fast da, beim nächsten Bahnhof muss ich aussteigen. Bleibt dran, und ich hoffe, ihr seid schon genauso gespannt wie ich!

Bis ganz bald,
Eure Theresa

Ich klappe mein Notizbuch zu und gucke aus dem Zugfenster. *Was für eine Ironie, dass ich meinen Internet Blog mit der Hand schreibe*, geht es mir durch den Kopf. Also natürlich nur die Rohentwürfe meiner Beiträge. Die Endversion tippe ich dann klarerweise in den Computer ein. Ich fürchte, das mit dem Notizbuch ist hoffnungslos altmodisch, aber so geht es einfach am besten.

Vor dem Zugfenster zieht eine Landschaft vorbei, die einem Märchenbuch entsprungen sein könnte. Ich fühle mich ein bisschen wie Harry Potter, auf dem Weg in das größte Abenteuer seines Lebens. Ich bin mir ziemlich sicher, dass ich in meinem neuen Job zwar nicht lernen werde, wie man Zaubertränke mixt oder den Herrn der Finsternis bezwingt, aber entsprechend aufgeregt bin ich allemal.

Der Zug, in dem ich sitze, nennt sich Regionalexpress, was bedeutet, dass wir in jedem winzigen Nest, das einen Bahnhof sein Eigen nennt, anhalten, und dazwischen in höchst beschaulichem Tempo durch scheinbar endlose Nadelwälder tuckern. Wir passieren verlassene Klöster und winzige Kirchen mit spitzen Türmen. Wir rattern über schmale Brücken über wild sprudelnde Bäche, kurven durch Moorlandschaften und vorbei an uralten Steinformationen, die wie von Riesenhand in die Landschaft gestreut aussehen. Aber vor allem ist da der Wald. So weit das Auge reicht. Das Waldviertel hat seinen Namen nicht von ungefähr.

Ich lege meine Hand auf die Fensterscheibe und stelle mir vor, einen der riesigen alten Druidensteine da draußen zu berühren. Dass ich auf diesem Wege in eine längst vergangene Zeit reisen könnte. Wo ich einem Traummann begegne, der sich spontan und unsterblich in mich verliebt. Merkt man mir an, dass ich zu viele Liebesromane lese?

In meinem Hinterkopf regt sich Zweifel. Einer, der mir bestens vertraut ist, und mich daher nicht beunruhigen sollte. Er stellt sich jedes Mal ein, wenn ich einen Blog-Beitrag verfasse. Wie das berühmte Amen in der Kirche. Und nagt dann meist so lange an mir, bis ich alles zerreiße und von vorne beginne.

Das, was ich da eben zu Papier gebracht habe – kann ich das wirklich so schreiben? Ein Buch zu empfehlen, das ich selbst noch nicht fertig gelesen habe – ist das professionell? Meine privaten Themen, das mit meinem neuen Job, so in den Vordergrund zu rücken? Ist das nicht zu persönlich für einen Bücherblog? Interessiert das irgendjemanden von meinen sage und schreibe 48 Abonnenten?

Ach was soll´s, was will ich mir denn vormachen? Was meine Leserzahl anbelangt, so schreibe ich praktisch ein privates Tagebuch. Niemand kümmert es, was ich da poste. Meinen Beitrag werden allerhöchstens ein paar meiner Freundinnen lesen. Oder meine Großtante Marlies. Die sich bestimmt freuen wird, dass ich nicht mehr arbeitslos bin.

Dass ich in meinem letzten Job unglücklich war, stimmt zwar, ist aber nur die halbe Geschichte. In Wahrheit wurde ich gefeuert, weil mich mein Boss einmal zu oft beim E-

Book-Lesen am Computer erwischt hatte.

Aber dieses Mal, in meinem neuen Job als Adela Bentleys Privatsekretärin, da werde ich zeigen, was in mir steckt! Sekretärin ist eigentlich nur mein Brotjob. Ich träume davon, irgendwann einmal als Bloggerin meinen Lebensunterhalt zu verdienen. Aber für eine berühmte Schriftstellerin zu arbeiten wird bestimmt traumhaft. Ich liebe das Schreiben – also keine eigenen Bücher natürlich, das könnte ich nie. Dafür fehlt mir jedes Talent.

Das mit dem Blog ist auch noch sehr neu für mich. Ich will meinen Leserinnen vor allem dabei helfen, die schönsten Liebesromane zu entdecken – was ja im heutigen Dschungel von Neuveröffentlichungen gar nicht so einfach ist. Ich möchte Debütautoren genauso empfehlen wie die zeitlosen Klassiker, aber auch mal ältere Bücher, die zu Unrecht in Vergessenheit geraten sind. Oder eben Werke wie die von Adela Bentley, die bei uns zulande völlig unbekannt sind, weil sie noch gar nicht ins Deutsche übersetzt wurden.

Na ja, mal sehen, wie viele Likes mein Beitrag über *Heartbeat* einheimsen wird.

2.

Nachdem ich auf dem winzigen Provinzbahnhof, der Adela Bentleys Burgresidenz am nächsten liegt, aus dem Zug geklettert bin, blicke ich mich um. Wir haben ausgemacht, dass ein lokaler Taxi-Unternehmer mich abholen und die rund fünfzehn Kilometer zu meinem neuen Arbeitsplatz fahren wird. Wohnen darf ich auf der Burg, die tief in den Wäldern, fast an der Landesgrenze liegt. Das ist neben dem echt großzügigen Gehalt ein sogenannter Sachbezug in meinem Dienstvertrag. So hat es zumindest die Dame von der Personalagentur ausgedrückt, über die ich den Job ergattert habe.

Als ich den Mann am Ende des Bahnsteigs entdecke, denke ich, dass ich noch fantasiere. Dass ich mich in meinem Zeitreisetraum verloren habe. Wo ein wunderschöner, unwiderstehlicher Held ausgerechnet auf mich wartet …

Wach auf, Theresa!, meldet sich die Stimme der Vernunft in meinem Hinterkopf zu Wort. *Kein Traummann dieser Welt – oder irgendeiner anderen, möge sie auch noch so fantastisch sein – wartet ausgerechnet auf dich!*

Ich blinzle, kneife meine Augen zusammen. Auf dem Bahnsteig ist es gleißend hell nach dem angenehmen Halbdunkel meines Zugabteils. Der Mann ist noch immer da, er steht unbeweglich am Ende des Bahnsteigs, keine fünfzehn Meter von mir entfernt. Er ist modern gekleidet, trägt dunkelblaue Jeans und ein T-Shirt, aber sein Gesicht sieht aus wie das eines Kriegers aus einer längst vergangenen Zeit. Nein, eines

Philosophen. Eines Künstlers. Verdammt, alles zusammen.

Mir ist schon klar, dass das ein ziemlicher Widerspruch ist. Und dass nur Buchhelden so aussehen. Keine Männer, die man auf einem Provinzbahnhof trifft. Gleichzeitig männlich, superheiß, klug, feinsinnig, kreativ ...

Wenn ich solche Beschreibungen in Romanen lese, denke ich mir immer: Was für ein Klischee! Musst du wirklich so dick auftragen, liebe Autorin? Wäre uns Leserinnen ein ganz normaler Durchschnittstyp als Held nicht viel lieber? Einer, neben dem wir uns nicht fühlen wie das hässliche Entlein in der Geschichte von – wie hieß der Kerl noch mal?

Und trotzdem steht er vor mir. Nicht der Autor des hässlichen Entleins, sondern dieser Mann, der gar nicht existieren darf. Ich schwöre es. In Fleisch und Blut.

Er lehnt an einer der schmiedeeisernen Säulen, die das Vordach des Bahnhofsgebäudes tragen. Er ist jung, vermutlich Anfang dreißig. Ein paar Jahre älter als ich. Und er wartet offensichtlich auf jemanden, blickt sich suchend um, wird aber von keinem der anderen Passagiere, die mit mir ausgestiegen sind, angesprochen.

Je näher ich auf ihn zugehe, desto mehr erstaunt mich sein Aussehen. Als ich schließlich vor ihm zum Stehen komme und meinen Koffer abstelle, kneife ich mich unauffällig in den Arm. Schon wieder so ein Klischee. Aber verdammt noch mal, ich bin mir sicher, dass er eine Fata Morgana sein muss! Mein Vater wirft mir zwar mit schöner Regelmäßigkeit vor, dass ich eine Träumerin bin, aber nicht einmal ich kann mir so einen Mann zusammenfantasieren.

Er überragt mich um einen guten Kopf, ist schlank und athletisch gebaut. Das graublaue T-Shirt, das er trägt, schmiegt sich eng an seinen Körper. Keine Ahnung, von welcher Sportart man so eine Figur bekommt. Bestimmt keine, die jemand wie ich ausüben könnte. Mit Sport, oder sagen wir lieber mit unnötiger Bewegung ganz allgemein, hab ich´s nämlich nicht so. Und ja, man sieht es mir vermutlich an. Ich habe eine ziemlich weibliche Figur, wie man das so gerne umschreibt.

Er hingegen sieht aus, als habe ein altmeisterlicher Bildhauer ein halbes Jahr an seinem Körper herumgemeißelt. Und an seinen Gesichtszügen. Solange, bis wirklich jede Proportion perfekt war, und jeder Muskel, jeder noch so feine Knochen dem klassischen Schönheitsideal entsprach.

Ich muss meinen gesamten Mut zusammennehmen, um ihn anzusprechen. "Theresa Milar", stelle ich mich vor. Ich bekomme die Worte kaum aus dem Hals. "Sind Sie der örtliche Taxi-Unternehmer?"

Liebe Güte, klingt das gespreizt. Ich bin immer etwas unbeholfen, wenn es darum geht, mit Menschen zu interagieren. Insbesondere mit mir Unbekannten. Und ganz besonders, wenn sie so aussehen wie dieser Mann hier.

Er zieht eine Augenbraue hoch und für den Bruchteil einer Sekunde sieht er mich erstaunt an. Als überrasche ihn irgendetwas auf angenehme Weise an meinem Anblick. Seine Augen bohren sich in die meinen, seine vollen Lippen formen sich zur Andeutung eines Lächelns, doch im nächsten Moment hat er sich gefasst, und ich frage mich, ob ich mir seine freudige Überraschung nur eingebildet habe. Abgesehen davon, dass ich mir noch lange nicht sicher bin, ob ich nicht den ganzen Mann träume.

Etwas Düsteres senkt sich über sein Gesicht. Seine

Schultern, so rund und kräftig sie sind, machen plötzlich den Eindruck, als haben sie zu lange zu schwere Gewichte tragen müssen. Mit einem Ruck löst er sich von der Säule, an der er gelehnt hat, tritt auf mich zu und streckt mir seine Hand entgegen. "Ich bin Shaun Bentley", sagt er mit einer Stimme, die hell und wohlklingend wäre, wenn sie nicht ziemlich melancholisch klänge. "Adelas Enkelsohn. Ich dachte, ich hole Sie lieber persönlich ab, anstatt Ihnen ein Taxi zu schicken. Damit wir uns gleich kennenlernen können."

Er hat fast dieselbe Haarfarbe wie ich selbst, ein sehr helles Blond. Mit dem Unterschied, dass ich mir dafür alle paar Wochen kübelweise Chemie über den Kopf kippen muss, während er aussieht, als habe ihm einfach die Sonne ein paar zusätzliche Reflexe in seine von Natur aus wikingerblonde Haarpracht gezaubert. Und er trägt sein Haar länger als ich. Es reicht ihm fast bis zu den Schultern. Ich hingegen habe mich erst kürzlich für einen sogenannten Pixie Cut entschieden – frustriert von ewig gesplissten Haarspitzen, mit denen ich immer aussah wie ein verstrubbelter Rauhaardackel. Das kurze, wild gestufte Haar verleiht mir ein flottes und freches Aussehen – das behauptet jedenfalls meine Friseurin.

Atmen, Theresa, ermahne ich mich. *Atmen. Und nicht so starren!*

"Freut ... mich sehr", bringe ich hervor.

Shaun Bentleys Augen passen nicht zu seinem ansonsten ziemlich nordischen Aussehen. Sie sind so dunkel, dass man die Iris kaum von den Pupillen unterscheiden kann. Und eindeutig zu groß und zu glänzend, für jemanden, der nicht der Fantasie einer Romance-Autorin entsprungen ist.

Einen Augenblick lang sieht er mich schweigend an, und ich kippe beinahe hinein in dieses glühende Nachtschwarz. Er sieht müde aus, aber im nächsten Moment bückt er sich mit der geschmeidigen Anmut einer Großkatze nach meinem Koffer und deutet mit dem Kopf den Bahnsteig entlang in Richtung eines kleinen Parkplatzes. "Hier entlang, Miss Milar. Ich parke dort vorne."

"Ach bitte, nennen Sie mich doch Theresa", höre ich mich sagen. Meine Stimme klingt eine Oktave höher als sonst. Dass er mich mit *Miss* anredet, gefällt mir allerdings. Vermutlich ist Shaun Amerikaner wie seine Großmutter, auch wenn er akzentfreies Deutsch spricht.

"Ist gut", sagt er, dann gehen wir schweigend nebeneinander zum Wagen.

Es ist eine dunkelgraue Limousine, in deren Kofferraum er mein Gepäck verstaut. Er hält mir mit einer galanten Geste die Beifahrertür auf. Ich spüre, wie mir die Röte in die Wangen schießt.

Was ist bloß los mit mir, ich werde doch einfach nur vom Bahnhof abgeholt? Vom Enkel meiner neuen Arbeitgeberin. Da ist es absolut unpassend, dass mir warm wird, als er sich neben mich setzt. Und dass ich ihn von der Seite anstarre, während er den Wagen vom Parkplatz fährt.

Er ist kein Held aus einem Liebesroman, ermahne ich mich. Er sieht nur so aus. Verdammt noch mal, er gehört in ein Buch! Wo irgendeine glückliche Heldin, die selbst aussieht wie eine Prinzessin, ihn nach Herzenslust anschmachten kann. Nicht neben mich auf den Fahrersitz – oder in die Burg, auf der er anscheinend gemeinsam mit seiner

Großmutter wohnt. Und die ab jetzt auch mein Wohnsitz sein wird. Ich werde Shaun Bentley zweifelsohne öfter über den Weg laufen.

Gewöhn dich also an seinen Anblick, befehle ich mir stillschweigend.

Ja, schon gut. Das ist verdammt noch mal leichter gesagt als getan.

Ich wende den Kopf ab und blicke aus dem Wagenfenster. Die Straße, in die wir eingebogen sind, ist auf beiden Seiten von hohen Nadelbäumen gesäumt. Ich weiß nicht, woran es liegt, dass die Wälder hier in der Gegend anders aussehen als im Rest des Landes. Höhere Bäume? Ältere Bäume? Die dichter beisammen stehen? Mehr Unterholz? Wuchernde Farne, wilde Heidelbeersträucher, Pilze, sogar am Straßenrand. Es wirkt so wild, ungezähmt, von der Zeit und der modernen Welt vergessen. Und über allem liegt eine geheimnisvolle, fast mystische Atmosphäre.

"Ich wollte mit Ihnen reden, Miss Milar", sagt Shaun. Er korrigiert sich: "Theresa."

Als ich mich ihm zuwende, streift mich kurz sein Blick, bevor er seine nachtschwarzen Augen wieder auf die Straße fixiert. Er spricht weiter, ohne mich anzusehen: "Es geht um meine Großmutter."

"Adela?", frage ich sinnloserweise. "Was ist denn mit ihr?"

"Ich ..." Er zögert. "Ich weiß, dass sie Sie als Sekretärin eingestellt hat."

Ich nicke. "Das ist richtig."

"Sie arbeitet gerade an einem neuen Buch, wissen Sie? Ihrem neunundneunzigsten."

"Wirklich? Wie schön. Ich kann gar nicht glauben, was für

eine produktive Schriftstellerin Ihre Großmutter ist. Ich –"

"Sie müssen es ihr ausreden, Miss Milar."

3.

"Theresa", korrigiere ich ihn erneut.

"Ja. Sorry." Shaun Bentley schenkt mir ein schmales Lächeln. Dann senkt sich wieder Düsternis über sein Gesicht. Er sieht aus wie ein Wikinger, der eine Schlacht zu viel in seinem Leben geschlagen hat. Und das im ewigen Eis des arktischen Winters. Als wären die Lichtreflexe in seinem Haar die letzte Erinnerung an einen Sommer. Seine Augen wirken, als hätten sie schon viele Jahre keine Sonne mehr gesehen.

Liebe Güte, was fantasiere ich da? *Reiß dich zusammen, Theresa!*

Ich versuche mich zu erinnern, worum er mich gerade gebeten hat. Habe ich ihn richtig verstanden? "Sie wollen, dass ich Ihrer Großmutter einen Roman ausrede? Einer Autorin, die fast hundert Bestseller geschrieben hat?"

"Das ist genau der Punkt", sagt Shaun. "Großmutter muss niemandem mehr etwas beweisen, sie hat alles erreicht, was eine Schriftstellerin sich nur wünschen kann, jeden Erfolg, allen Ruhm, unzählige Preise und Auszeichnungen. Und dennoch arbeitet sie an diesem neuen Buch, als hinge ihr Leben davon ab. Und das mit achtundachtzig Jahren! Um die Gesundheit meiner Großmutter ist es nicht gut bestellt. Wenn sie nicht aufhört, sich so zu verausgaben, wird es sie noch umbringen."

Ich will einwenden, dass Schriftsteller nicht wegen des Ruhms oder Erfolges schreiben, sondern um der Bücher selbst willen. Sie schreiben, weil sie nicht anders können, weil nichts sie so glücklich macht, weil es so selbstverständlich und so wichtig für sie ist wie Atmen.

Aber wer bin ich schon, Shaun Bentley einen Vortrag über das Schreiben zu halten? Er weiß nicht, dass ich selbst auch schreibe. Wenn man meine stümperhaften Blog-Ergüsse überhaupt als Schreiben bezeichnen kann.

Ich habe bei meinem Vorstellungsgespräch nicht erwähnt, dass ich blogge. Wozu auch? Eine Bloggerin mit 48 Abonnenten zu sein, ist wahrlich kein Aushängeschild.

"Werden Sie mir helfen?", fragt mich Shaun und heftet dabei wieder seine nahezu schwarzen Augen auf mich. "Adela das Buch-Projekt auszureden? Sie soll von mir aus ihre Korrespondenz weiterführen. Sie liebt es, Briefe zu schreiben, und das strengt sie nicht an. Aber dieses neue Buch ... das muss aufhören!"

Shaun scheint aufrichtig um die Gesundheit seiner Großmutter besorgt zu sein. Man kann es in seinen Worten, in seiner Stimme hören. Er liebt Adela bestimmt sehr, und fast beneide ich sie ein bisschen darum. Es muss schön sein, Familienmitglieder zu haben, denen man so am Herzen liegt. Nicht gerade etwas, das ich aus eigener Erfahrung kenne.

Shaun steuert den Wagen durch eine spitze Kurve, dann lichtet sich auf einmal der Wald, und vor uns ragt die Burg in den Himmel. Dicke mittelalterliche Mauern, unzählige spitze Türme, und das alles eingebettet in einen Park, der einem Fürstenpalast alle Ehre machen würde. Der Wohnsitz der Bentleys. Mir entfährt ein ehrfürchtiges "Wow!"

Shaun mustert mich aus dem Augenwinkel. In seinen dunklen Augen leuchtet etwas auf, das mich an glühende

Kohlen denken lässt. Ein winziges Lächeln huscht über sein Gesicht, ganz kurz nur. Im nächsten Augenblick hat er sich wieder unter Kontrolle, blickt wieder drein, als wäre Lächeln etwas Verbotenes. Etwas, das man sich unter keinen Umständen erlauben darf.

"Was haben Sie?", platze ich heraus. Irgendetwas bedrückt diesen Mann, dessen bin ich mir sicher. Obwohl mich das natürlich nicht das geringste angeht. Ich kenne ihn gerade mal fünfzehn Minuten. Und ich bin die Sekretärin seiner Großmutter, nicht seine Seelsorgerin.

"Nichts", sagt er rasch. Er deutet auf die Burganlage vor uns. "Gefällt sie Ihnen?"

"Und wie! Ich kann nicht glauben, dass ich jetzt hier wohnen darf."

"Ich wohne schon mein ganzes Leben hier."

"Dann müssen Sie ein glücklicher Mann sein!"

Er erwidert nichts. Er blickt nur finster geradeaus, auf die Fahrbahn.

Ich habe etwas Falsches gesagt.

Er lenkt den Wagen in eine Garage, die die Ausmaße einer Turnhalle hat und mit Luxusschlitten vollgeparkt ist. Es gibt Sportwagen, so flach wie Flundern, massige Jeeps, zwei Limousinen, eine davon mit einer Kühlerfigur, die wie ein Engel aussieht - doch ich habe keine Zeit, irgendetwas näher zu betrachten. Shaun holt mein Gepäck aus dem Kofferraum, bedeutet mir wortlos, ihm zu folgen und legt mit seinen langen Beinen ein beachtliches Tempo vor.

Ich stolpere hinter ihm her, aus dem Dämmerlicht der Garage hinaus in das blendende Weiß des Sommernachmittags. Wir gehen einen Kiesweg entlang, der uns zum

Haupttor der Burg führt.

Die Anlage ist in die Ebene gebaut, nicht wie so viele alte Burgen auf einen Hügel oder Bergkamm. Es ist auch kein Burggraben erkennbar, nur die Tatsache, dass wir eine Zugbrücke überqueren, lässt vermuten, dass es einmal einen gegeben haben muss. Die schweren Eisenketten, mit der man die Brücke einst hochziehen konnte, und das Fallgitter unmittelbar vor dem Tor sind noch erhalten.

Da, wo einst der Wassergraben die Burg vor feindlichen Angriffen geschützt haben muss, erstreckt sich jetzt ein weitläufiger Park. Das alte Gemäuer ist umgeben von Baumriesen mit weitverzweigten Kronen, von gepflegten Beeten, im Barockstil beschnittenen Büschen, von Springbrunnen, von Bronze- und Steinskulpturen.

Shaun lässt mir keine Zeit, das alles zu bewundern, aber dazu werde ich ja später noch reichlich Gelegenheit haben. Ich wohne jetzt hier! Das kann ich noch immer nicht glauben. Ich fühle mich wie Cinderella, die auf das Schloss ihres Prinzen kommt – minus dem Prinzen natürlich, obwohl Shaun dieser Rolle mehr als gewachsen wäre. Zumindest, was sein Aussehen anbelangt.

Du arbeitest hier, du Traumtänzerin, ermahne ich mich. *Also nimm mal den Kopf aus den Wolken und verhalte dich professionell!*

Ich lege einen Gang zu und überquere im Laufschritt die alte Brücke, die keine mehr ist. Und folge Shaun in das Innere der Burg.

Die Eingangshalle ist nicht das, was ich erwartet habe. Kein dunkler, hallender Raum voller Ritterrüstungen und Waffen an den Wänden. Sondern eine elegante Lobby, über der in gut vier Metern Höhe ein Luster aus farbigem Kristallglas schwebt. Er glitzert in allen Farben des Regenbogens. Der Boden der Halle ist mit Sternparkett ausgelegt, und mit einem hochflorigen orange-roten Teppich bedeckt. Grünpflanzen drängen sich in riesigen Töpfen und an den Wänden hängen farbenprächtige Gemälde in gewaltigen Formaten.

Eine dunkelhaarige Frau empfängt uns, die sich als Tanja vorstellt, die Haushälterin. Sie lächelt Shaun an, was dieser gar nicht zu bemerken scheint, und wirft mir einen ziemlich unterkühlten Blick zu.

Shaun setzt meinen Koffer ab, hält in seinem Schritt aber kaum inne. Bevor ich mich in der überwältigenden Eingangshalle halbwegs orientiert habe, ist er bereits ein gutes Stück die Holztreppe hinauf, die breit und kühn geschwungen in die oberen Stockwerke führt. "Entschuldigen Sie mich bitte, ich muss nach Großmutter sehen", erklärt er mir, indem er mich kurz über die Schulter gewandt anblickt. Während er zwei Stufen auf einmal nimmt, und dabei fast lautlos die Treppe erklimmt. "Tanja wird Ihnen alles zeigen."

"Danke", kann ich ihm noch hinterherrufen, dann ist er verschwunden.

Tanja lächelt mich sauertöpfisch an. "Dein Zimmer ist im ersten Stock", sagt sie. "Komm mit." Und dann steigt sie ebenfalls die Stufen hinauf. Obwohl sie super schlank ist und verdammt fit wirkt, sieht es bei ihr schwerfällig aus – im Vergleich zu Shaun.

Ich packe meinen Koffer und folge ihr.

4.

Der Anblick meiner Personalunterkunft lässt mich beinahe aus den Schuhen kippen. Tanja führt mich zu einer Doppelflügeltür in einem langen Gang im ersten Stock, stößt sie schwungvoll auf und sagt brummelig: "Hier sind wir."

Ich erstarre an der Schwelle. Vor mir tut sich ein locker vierzig Quadratmeter großes und drei Meter fünfzig hohes Zimmer auf. Bei einer Burg, deren Außenmauern bestimmt noch aus dem Mittelalter stammen, denkt man an winzige, zugige Fenster, hier jedoch hat ein kühner Architekt das wuchtige Mauerwerk aufgebrochen und raumhohe Panoramafenster eingebaut. Samt einer gut drei Meter breiten Glastür, die hinaus auf eine Terrasse führt.

Die Einrichtung ist stilvoll, in warmen Erdtönen gehalten, mit viel dunklem Holz und voller herrlicher Stoffe. Über dem riesigen Bett türmt sich ein Himmel aus zartem, nahezu durchsichtigem Voile, schwere bodenlange Vorhänge umrahmen die Fenster, und der Boden ist mit Teppichen ausgelegt, bei denen man sich am liebsten gleich die Schuhe ausziehen und bloßfüßig in dem hohen Flor herumtoben möchte.

"Das kann doch nicht wahr sein", sage ich und wende mich zu Tanja um. Doch die ist längst verschwunden. Ich bin allein in meiner neuen Personalunterkunft. Oder besser gesagt in meinem Prinzessinnenzimmer. Ich unterdrücke den Impuls, eine Pirouette zu drehen und einen Schrei des Entzückens auszustoßen. So etwas tun nur Figuren in

Disneyfilmen. Die ich zugegebenermaßen für mein Leben gerne gucke.

Ich laufe zum Fenster. Der obere Teil der Glasscheibe lässt sich zur Gänze aufschieben und gibt den Blick über den Schlosspark frei. Dahinter erstreckt sich endloser Wald, und ganz in der Ferne erkennt man ein paar grüne Hügelkuppen. Von hier oben sieht alles noch eindrucksvoller aus. Der Park wirkt wie mit Zirkel und Lineal angelegt und wuchert doch üppig grün, bunt und verspielt vor sich hin. Direkt unter meinem Fenster plätschert ein Springbrunnen.

Ich bin im Paradies. Anscheinend ist nicht bloß Adela Bentleys Enkelsohn einem ihrer Romane entsprungen, sondern ihr gesamter Wohnsitz. Ich kann es gar nicht erwarten, die alte Dame endlich persönlich kennenzulernen. Den kompletten Bewerbungsprozess, angefangen vom Erstgespräch bis hin zur Vertragsunterschrift habe ich bei der Personalagentur durchlaufen, die im Auftrag von Mrs. Bentley tätig wurde. Meine neue Chefin werde ich erst heute treffen. Aber ich fasse jetzt schon einen Entschluss, während ich mich vom Fenster abwende und das riesige Himmelbett ansteuere, um mich mit ausgebreiteten Armen hineinzuwerfen: Koste es was es wolle, ich werde Adela Bentley die beste Privatsekretärin sein, die sie sich nur wünschen kann.

Ich will nie wieder ausziehen aus diesem Märchenschloss.

Adela Bentley meldet sich eine knappe halbe Stunde später über die Haustelefonanlage bei mir. Sie klingt so freundlich, als wäre ich ein hoch geschätzter Gast in ihrem Haus. Nicht bloß ihre neue Sekretärin.

Wir vereinbaren unsere erste Arbeitssitzung für zwanzig Uhr. "Kommen Sie einfach nach dem Dinner zu mir", sagt sie. Sie gibt mir eine ausführliche Wegbeschreibung, als hätte sie Angst, ich könne mich in dem alten Gemäuer auf Nimmer-Wiedersehen verlaufen.

Dass Adela Bentley ungewöhnliche Arbeitszeiten pflegt, hat die Dame von der Personalagentur ausdrücklich betont. "Zeitliche Flexibilität ist unumgänglich. Deswegen ist auch Bedingung, dass Sie auf der Burg wohnen."

Ich hatte kein Problem mit dieser Auflage. Vielleicht habe ich sogar deswegen den Job bekommen. Weil andere Bewerber nicht bereit waren, für ihre Arbeit ins nördlichste Waldviertel zu ziehen. Mir hingegen fiel das leicht. Es gibt niemanden, der mich daheim vermissen wird. *Daheim* heißt in meinem Fall ein Zimmer in einer Wohngemeinschaft in Wien, das ich vorerst behalten werde. Falls irgendetwas schiefgeht bei meinem neuen Job und ich wieder einmal gefeuert werde. Aber diesmal darf nichts schiefgehen!

Ich finde mich um punkt neunzehn Uhr in der Küche ein, wo das Personal heute zu Abend isst. Neben Tanja, der Haushälterin, mit der ich bereits das Vergnügen hatte, lerne ich Patricia kennen, die für die Gartenanlage zuständig ist.

Sie sieht aus wie ein Supermodel, schlank, langbeinig, mit kastanienbraunem Haar, das ihr bis zur Hüfte reicht. Aber sie ist nicht gesprächig. Sie isst schweigend und verabschiedet sich sofort nach dem Dessert.

Stéphane hingegen, der Koch, löchert mich mit Fragen und schwärmt von Adela. Man könnte glauben, er hält sie für eine Heilige oder ist zumindest in sie verliebt. Was eher ungewöhnlich wäre, denn Stéphane ist höchstens fünfundvierzig Jahre alt. Vielleicht ist er einfach ein hingebungsvoller Angestellter. Jedenfalls wirkt er, als habe er den wunderbarsten Job der Welt, und er kocht, als führe er ein Haubenrestaurant, keinen winzigen Privathaushalt.

Ich esse so viel, dass ich danach am liebsten ins Bett fallen würde, aber stattdessen laufe ich kurz vor acht noch einmal auf mein Zimmer, ziehe eine frisch gebügelte Bluse an und zupfe an meinen Haaren herum, bis ich halbwegs vorzeigbar aussehe.

Dann mache ich mich auf den Weg, den Adela mir beschrieben hat. Am Ende finde ich mich vor einer schweren Eichentür im Erdgeschoß wieder, irgendwo im hinteren Teil der Burganlage. Ich klopfe, während mir vor lauter Aufregung der Puls in den Schläfen pocht.

Durch die massive Tür ertönt ein kaum hörbares "Kommen Sie nur herein."

Ich stemme mich gegen das dunkle Holz, betrete einen von warmem gelbem Licht erhellten Raum – und halte inne. Ich befinde mich in einer zweistöckigen Bibliothek, der größten und prunkvollsten, die ich je betreten habe.

Jeder Quadratzentimeter Wand ist von Regalen bedeckt, die mit Büchern vollgestopft sind, und dazwischen drängen sich großformatige Gemälde, wie ich sie schon in der Eingangshalle bewundert habe. Unglaublich lebendige Ölbilder in leuchtenden Farben. Manche davon sind Portraits – Mitglieder der Familie? Andere zeigen Szenen, die alten Legenden und Mythen entsprungen scheinen. In der Mitte des Raumes befindet sich eine Sitzgruppe aus schweren dunkelgrünen Samt-Sofas und Fauteuils.

Eine Galerie, auf der sich weitere Regale aneinanderreihen, säumt den Raum unter der Stuckdecke, und zu beiden Seiten schrauben sich verschnörkelte Wendeltreppen herunter ins Erdgeschoß.

Die Stirnseite des riesigen Saals besteht zur Gänze aus Glas. Das letzte Licht des Sommertages fällt durch das grüne Blätterdach des Schlossparks und auf den Holzboden der Bibliothek. Vor der Panoramascheibe steht ein altmodischer Schreibtisch aus dunklem Holz mit einem modernen Computersystem, doch der Platz davor ist leer.

Die berühmte Autorin sitzt in einem altmodischen Ohrensessel mit Fußhocker ein paar Meter weiter rechts. Vielleicht liegt es an dem wuchtigen Möbelstück, aber Adela Bentley wirkt winzig und sehr mager. Langes schneeweißes Haar fällt ihr in großen Locken über die Schultern.

Sie mustert mich aus blauen Augen. Mit unverhohlener Neugier. Dann beugt sie sich vor und streckt mir beide Hände entgegen. "Theresa, nicht wahr? Wie schön, dass Sie hier sind."

Wiederum fühle ich mich wie ein Ehrengast, nicht wie eine neue Angestellte. Mrs. Bentley wirkt so überaus erfreut, mich zu sehen, als wäre ich eine lang verlorene Freundin. Ich gehe auf die alte Dame zu, ergreife ihre Hände, die eiskalt sind, und drücke sie sanft. Mehr als ein Lächeln bringe ich nicht hervor, ich bin einfach zu geplättet von dieser Bibliothek. Das also soll mein neuer Arbeitsplatz sein? Ich bin definitiv im Paradies.

Während ich noch wie angewurzelt da stehe, geht hinter mir die Tür auf. Ich lasse Adelas Hände los, wende mich um – und blicke in die nachtschwarzen Augen von Shaun Bentley.

5.

Shaun jongliert ein silbernes Tablett mit einer zart geblümten Porzellantasse, aus der Dampf aufsteigt. In wenigen Schritten ist er bei mir – das heißt, er will natürlich nicht zu mir, sondern zu seiner Großmutter. Er nickt mir kurz zu, nicht unfreundlich.

Ich trete zur Seite, und er platziert das Tablett auf einem Tischchen neben Adelas Ohrensessel. Die dampfende Flüssigkeit in der Tasse ist fast so dunkel wie Shauns Augen. Köstlicher Kakaoduft steigt mir in die Nase.

Adelas schenkt ihrem Enkel ein strahlendes Lächeln. "Wie lieb von dir", sagt sie, dann wendet sie sich mir zu. "Möchten Sie auch eine Tasse, Theresa? Sie haben Shaun schon kennengelernt, nicht wahr?"

"J-ja", antworte ich. Den Kakao lehne ich hingegen dankend ab. Das fehlt noch, dass Shaun Bentley, der in dieser traumhaften alten Bibliothek mehr denn je wie eine Buchfigur aussieht, mir heiße Schokolade serviert. Ich bin zum Arbeiten hier!

"Lässt du uns jetzt alleine, Shaun?", sagt Adela, während sie Zucker aus einer Silberdose in ihren Kakao löffelt. "Theresa wird auf mich aufpassen, nicht wahr?"

Sie zwinkert mir zu, dann wendet sie sich wieder an ihren Enkel. "Möchtest du nicht in die Stadt fahren, Darling? Einmal nett ausgehen, dir einen schönen Abend machen?"

Shaun rührt sich nicht von der Stelle. "Ich bleibe lieber in deiner Nähe", sagt er mit seiner melodiösen Stimme. Jetzt liegt keine Melancholie darin, nur unüberhörbare Sorge, die zweifelsohne seiner Großmutter gilt. Dabei wirkt diese für ihre achtundachtzig Jahre durchaus nicht gebrechlich. Und sie ist jedenfalls im Vollbesitz ihrer geistigen Kräfte, was sie sogleich unter Beweis stellt. "Ich bin sicher, Theresa wird dich anrufen, sollte ich in den nächsten Stunden tot umfallen, nicht wahr, meine Liebe?"

Wieder zwinkert sie mir zu, während Shaun hörbar den Atem ausstößt. "Wie kannst du so etwas sagen, Großmutter?"

"Sorry, Darling. Aber jetzt geh und unternimm was Schönes, ja? Ich gelobe dir, ich werde nicht heute Abend sterben. Versprochen!"

"Du bist unmöglich", erwidert Shaun, aber dann tut er, wie ihm geheißen und verabschiedet sich. Wenn auch mit unübersehbarem Widerwillen. Er streicht Adela so sachte übers Haar, als liebkose er ein zerbrechliches Küken, nickt mir kurz zu und verlässt mit seinem lautlosen, katzenhaften Gang den Raum.

Die Tür fällt schwer hinter ihm ins Schloss, und ich ertappe mich dabei, dass ich jener zarten Berührung nachspüre. Wie Shaun seiner Großmutter übers Haar gestrichen hat. Sanft, liebevoll. Wie erstaunlich, geht es mir unvermittelt durch den Kopf, dass diese Hände, die mit Leichtigkeit eine Kampfaxt schwingen könnten, zu solcher Zärtlichkeit fähig sind. Wie es wohl sein mag, so umsorgt zu werden? So geliebt? Wie sich Shauns Berührung wohl auf meinem Haar anspüren würde, auf meiner Haut?

"Er ist ein guter Junge", seufzt Adela und holt mich jäh aus meinem Tagtraum. "Nur viel zu besorgt um mich. Er betüdelt mich wie einen Säugling." Die alte Dame spricht mit einem unverkennbar amerikanischen Akzent, ansonsten ist ihr Deutsch so perfekt wie das von Shaun. Dass sie Wörter wie *betüdelt* kennt, finde ich großartig.

"Ihr Enkel liebt Sie sehr", sage ich. "Das ist nicht zu übersehen."

Sie nickt, verzieht dabei aber wehmütig das Gesicht. "Ich bin fast neunzig. Er wird nicht verhindern können, dass ich irgendwann sterbe", sagt sie. "Shaun hat keine Familie mehr, abgesehen von mir, wissen Sie?" Sie sucht einen Augenblick lang meinen Blick, dann wendet sie den Kopf ab und sieht in die Dämmerung des Parks hinaus.

Ich weiß nicht, was ich sagen soll. Etwas Unverfängliches wäre gut, das die plötzlich ins Düstere umgeschlagene Stimmung ein wenig auflockert. Etwas, um das jäh eingetretene Schweigen zu unterbrechen, das sich zwischen meiner neuen Chefin und mir ausbreitet.

Nur was? Meine Gedanken sind seltsam verworren, wie in Watte gepackt. Als befände ich mich in jenem traumähnlichen Zustand kurz vor dem Einschlafen. Da, wo man noch alles mitzubekommen glaubt, aber bereits Dinge hört und sieht, die nur in der eigenen Fantasie existieren.

Ich deute mit der Hand in Richtung Park. "Diese Panoramascheiben, die Sie in der Burg haben, sind unglaublich", plappere ich drauf los, nur um irgendetwas zu sagen. "Haben Sie die einbauen lassen? Es muss ein Vermögen gekostet haben, die alten Mauern aufzubrechen?"

Adela geht auf meinen abrupten Themenwechsel ein, als habe sie ihn gar nicht bemerkt. Sie wirkt sogar dankbar dafür. "Das hat es", sagt sie. "Ein Vermögen gekostet. Aber ohne ausreichend Sonnenlicht in den Räumen wäre ich hier trübsinnig geworden. Philip, mein Mann, liebt alte Gemäuer, wissen Sie? Diese Burg ist sein Traum – die neuen Fenster waren meine Bedingung, als wir hier einzogen. Das ist schon sehr lange her", fügt sie hinzu und klingt dabei so abwesend, als stünden auch ihr Traumgebilde vor Augen.

Sie lächelt, aber dieses Lächeln gilt nicht mir. Ihr Blick verliert sich zwischen den Bücherregalen, schweift über einige Schränke, die dicke Folianten in wunderschönen Ledereinbänden enthalten, dann weiter über jene Regale, in denen sich moderne Taschenbuchausgaben stapeln. "Philip verdanke ich alles Gute und Schöne auf der Welt, wissen Sie", sagt sie leise. "Nicht nur dieses Zuhause. Einfach alles. In all den Büchern, die ich in meinem Leben gelesen habe, und in all denen, die ich selbst schreiben durfte, bin ich nie einem Mann begegnet, der ihm das Wasser reichen könnte."

Adelas Augen wandern zu dem lebensgroßen Portrait eines jungen Mannes, das über einem der beiden Marmorkamine im Raum hängt. Der Portraitierte, der einen Smoking trägt und sehr selbstbewusst aus dem Bilderrahmen lächelt, sieht Shaun entfernt ähnlich, auch wenn er nicht gar so umwerfend aussieht wie Adelas Enkel. Bestimmt ist das Philip, Adelas Ehemann, in jungen Jahren. Shauns Großvater.

Wieder legt sich Schweigen über uns, das mich seltsam bedrückt. Ich räuspere mich und deute auf den altmodischen Schreibtisch mit dem modernen Computer. "Soll ich hier arbeiten?", frage ich.

Es dauert einen Augenblick, bis Adela sich mir wieder zuwendet. Sie wirkt fast, als habe sie meine Anwesenheit für einen Moment vergessen. "Hm, wie?", sagt sie. Dann erst scheint sie zu sich kommen. "Oh ja gerne, meine Liebe. Machen Sie es sich nur gemütlich."

Etwas derartig Freundliches hat mein letzter Boss kein einziges Mal zu mir gesagt. Der in der Anwaltskanzlei. Nicht in den ganzen acht Monaten, die ich dort gearbeitet habe. Und in den nächsten achtzig hätte er es bestimmt auch nicht getan, selbst wenn ich so lange durchgehalten hätte.

"Ich werde inzwischen dort drüben weitermachen", sagt Adela und deutet mit ihrem verknöcherten Zeigefinger auf einen Glastisch, der linkerhand des Schreibtisches eine Regalnische ausfüllt. Davor steht ein moderner Bürostuhl auf Rollfüßen. Auf der Glasplatte liegen lose verstreut einige mit schwarzer Tinte beschriebene Blätter, ein paar Stifte und einige Nachschlagewerke. Ein Oxford Dictionary. Ein Thesaurus. Ein Namenslexikon.

"Sie schreiben per Hand?", frage ich Adela.

Sie winkt ab, während sie sich mühevoll aus ihrem Ohrensessel erhebt. "Wo denken Sie hin, viel zu umständlich. Nur meine Notizen in der ersten Phase. Wenn ich auf die Story warte. Sie einlade, zu mir zu kommen."

"Dann arbeiten Sie gerade an einem neuen Buch?", frage ich aufgeregt. "Ihrem neunundneunzigsten? Wovon handelt es denn?"

"Das weiß ich noch nicht. Ich bin leider noch nicht sehr weit", sagt Adela und klingt dabei unüberhörbar frustriert.

Ich muss daran denken, was Shaun mir auf der Autofahrt hierher zur Burg gesagt hat. Dass ich ihm dabei helfen soll, Adela ihr jüngstes Buchprojekt auszureden, weil es sie überanstrengt.

Sie wandert zum Glastisch hinüber, starrt auf die

verstreuten Blätter, dann lässt sie sich schwerfällig in den Bürostuhl fallen. Sie greift nach einem der Stifte und stützt ihr Kinn in die andere Hand. Doch sie beginnt nicht zu schreiben, sie zieht lediglich - scheinbar wahllos - einzelne der beschriebenen Blätter zu sich heran, liest sie, schiebt sie wieder von sich weg, streicht etwas durch oder zerknüllt das Papier gar mit einem leisen Seufzen.

Vielleicht hat Shaun ja recht. Die Arbeit an dem neuen Buch scheint seiner Großmutter keine Freude zu bereiten, sie eher zu quälen.

"Kann ich Ihnen behilflich sein?", frage ich. Schließlich bin ich Adelas neue Sekretärin, also dazu da, sie bei ihrer Arbeit zu unterstützen.

"Danke, nein", murmelt sie mechanisch. Und zerknüllt im nächsten Moment ein weiteres Blatt Papier. Dann scheint sie sich zu besinnen, dass ich nur aus diesem einen Grund hier bin. Kein Gast, sondern ihre neue Mitarbeiterin. Dass sie mich dafür bezahlt, für sie zu arbeiten. Dass sie mir eine Aufgabe zuweisen sollte.

"Machen Sie sich doch inzwischen mit dem Computer vertraut", sagt sie vage und wedelt schlaff mit einer Hand in Richtung des anderen Schreibtisches.

"Ist gut", sage ich. Ich setze mich an den dunklen Eichentisch und fahre den Computer hoch. Zu gerne würde ich Adela bei ihrem neuen Buchprojekt zur Hand gehen. Es ihr ausreden? Wie hat Shaun sich das denn bitteschön vorgestellt?

6.

Der Computer erwacht mit einem matten *Biep* zum Leben. Auf dem Bildschirm läuft die Startsequenz ab.

Ich lande auf dem Desktop, ohne ein Passwort eingeben zu müssen. Und finde dort nichts Außergewöhnliches. Nur die üblichen Office Programme und die Standard-Icons für den Internet Browser, Email, dazu ein paar vorinstallierte Spiele.

Es ist ein ganz normaler Computer, nichts, womit man sich erst mal vertraut machen müsste, wie Adela das ausgedrückt hat. Na ja, meine Arbeitgeberin ist achtundachtzig, für sie mag es ja ein komplexes Gerät sein.

Ich klicke mich durch die Ordner und Dateien, die auf dem Desktop abgespeichert sind. Alles ist perfekt aufgeräumt, und abgesehen von umfangreichen Ordnern, die mit Titeln von Adelas Büchern versehen sind, finden sich keine Dateien auf dem Computer.

Im E-Mail-Programm gibt es einen Ordner *Privates*, den ich nicht öffne, und einen weiteren, der sich *Office* nennt. Das ist wohl in Zukunft mein Revier. Auch in diesem Ordner ist alles sauber aufgeräumt. Lediglich vier ungelesene Mails befinden sich im Posteingang, ansonsten ist alle Korrespondenz feinsäuberlich in Unterordner und Archive einsortiert. Sie tragen Namen wie *Verlag, Agentur, Fanpost, Lektorat*.

Ich klicke auf den *Fanpost* Ordner. Bestimmt erhält eine Autorin wie Adela Bentley tonnenweise Post von ihren Leserinnen. Da kann sie sicher Hilfe gebrauchen. Und ich stelle es mir wunderbar vor, glühende Fanbriefe beantworten zu dürfen. Das ist genau die Art Arbeit, von der ich immer geträumt habe.

Doch auch dieser Ordner ist sauber aufgeräumt. Die Mails darin stammen allesamt von einer Verlagsmitarbeiterin und liegen oft wochenlang auseinander.

Ich sehe ein paar der Nachrichten durch. Anscheinend handhabt der Verlag die Fanpost und leitet Adela nur besonders nette oder außergewöhnliche Zuschriften weiter. Mehr zu ihrer Information, als dass sich für Adela daraus irgendein Handlungsbedarf ergeben würde.

Was habe ich erwartet? Dass eine Achtundachtzigjährige fleißig selbst mit ihren Fans chattet? Dass sie stunden- und tagelang Emails beantwortet, oder auf Social Media Seiten aktiv ist? Sogar viel jüngere Autoren als Mrs. Bentley sind teilweise sehr öffentlichkeitsscheu. Oder verstecken sich gar zur Gänze hinter gut gehüteten Pseudonymen.

Hier gibt es also wiederum nichts zu tun für mich. Anscheinend kam meine neue Arbeitgeberin bis jetzt mit ihrer Büroarbeit gut allein zurecht. Laut der Personalagentur wurde die Stelle der Sekretärin auch neu eingerichtet, wie die dortige Mitarbeiterin das ausdrückte. Sprich: Adela hatte bis jetzt keine Bürohilfe. Wozu um alles in der Welt hat sie jetzt eine eingestellt? Welche Arbeit soll ich hier tun?

"Lesen Sie gerne?", holt mich eine freundliche Sopranstimme aus meinen Gedanken. Es ist die von Adela – und ich fühle mich ertappt. Habe ich an die Decke gestarrt wie eine Tagträumerin?

Mein Chef in der Anwaltskanzlei hat mich mehr als nur einmal deswegen zur Schnecke gemacht. Weil ich mich nur zu gerne von allem Möglichen ablenken ließ.

Was allerdings kein Wunder war. Also meiner Meinung nach. Die Arbeit, die ich in der Anwaltskanzlei auszuführen hatte, war so knochentrocken, dass mein Gehirn einfach bei jeder passenden - und unpassenden - Gelegenheit zu meinem Blog abdriftete. Oder zu dem Roman, den ich gerade las.

"Wir bezahlen Sie fürs Tippen, nicht fürs Träumen, Frau Milar." Diese Worte pflegte mein Chef stets mit einem Blick zu unterstreichen, der sich wie spitze Dolche anfühlte. Und schließlich reichte es ihm und er setzte mich an die frische Luft.

Adela Bentley hingegen sieht mich freundlich und aufmunternd an. Als wäre ich einfach eine Freundin, mit der sie gerade ein bisschen plaudern mag.

"Ich lese für mein Leben gern", beantworte ich ihre Frage. "Besonders Liebesromane."

Ein beängstigender Gedanke macht sich in meinem Kopf breit. Hoffentlich erwartet Mrs. Bentley nicht, dass ich alle ihre Bücher kenne. Ich habe die Jobzusage erst letzte Woche bekommen. Und mich entschieden, die Zeit bis zu meinem Arbeitsbeginn in einen Online-Crash-Kurs in Englisch zu investieren. Anstatt mich in Mrs. Bentleys Romane zu vertiefen.

Auf gute Englischkenntnisse legte die Personalvermittlerin ganz besonders viel Wert, und ich gab mutig an, dass ich die Sprache fließend beherrsche. Was vielleicht ein kleines bisschen übertrieben war. Ich wollte den Job einfach um jeden Preis ergattern.

Heartbeat, der Roman, von dem ich heute im Zug meinen

Blog-Leserinnen vorgeschwärmt habe, ist das erste Buch von Adela, das ich zu lesen begonnen habe. Dieser Roman allerdings ist so wunderschön, dass ich auch alles andere verschlingen werde, was meine neue Chefin geschrieben hat. Ganz freiwillig, in meiner Freizeit. Ich kann es gar nicht erwarten.

"Das freut mich sehr", sagt Adela. "Lesen ist das schönste Hobby der Welt, finde ich." Sie kichert plötzlich wie ein junges Mädchen. Ihre wasserblauen Augen blinzeln mir verschwörerisch zu. "Na ja, das muss ich wohl so sehen, nicht wahr? Dann machen Sie sich doch mit meiner Bibliothek vertraut, meine Liebe. Sie steht ganz zu Ihrer Verfügung. Fast alle Werke hier sind Liebesromane, und dort drüben an der Wand finden Sie Ausgaben meiner eigenen Bücher, falls Sie die einmal lesen möchten."

Sie deutet auf die raumhohen Regale, die sich gleich rechts der Eingangstür aneinanderreihen und nickt mir ermunternd zu.

Eine Einladung, zu lesen? Jetzt gleich? Während meiner Arbeitszeit? Das kann nur ein Traum sein. Aber Adela sieht mich so lange erwartungsvoll an, bis ich aufstehe, und auf die Regale zusteuere. Ich gehe zu jenen Bücherschränken hinüber, die Adelas eigene Werke enthalten. Daraufhin wendet sie sich wieder den Papieren auf ihrem Glastisch zu – und zerreißt ein weiteres Blatt.

Ich grüble vor mich hin. Vielleicht wird Mrs. Bentley meine Dienste erst dann benötigen, wenn sie die Planung ihres neuen Buches abgeschlossen hat? Erst, wenn sie sich ans eigentliche Schreiben macht? Vielleicht tippt sie nicht gerne selbst am Computer, sondern zieht es vor, ihre Romane zu diktieren?

Nach englischem Diktat zu schreiben, wird bestimmt eine Herausforderung für mich, auch wenn ich mich nach meinem jüngsten Crash-Kurs in der Alltagssprache halbwegs sattelfest fühle.

Ich trete an die Regale heran, die aus dunklem Edelholz gezimmert sind, und beginne Taschenbuchausgaben von Adelas Romanen herauszuziehen. Die Bücher sind nach Erscheinungsdatum geordnet – das stelle ich fest, als ich die ersten paar aufgeblättert und ins Impressum geguckt habe. Von jedem Roman gibt es mehrere Ausgaben, mit unterschiedlichen Buchcovern. Amerikanische und britische Editionen?

Was mir allerdings noch auffälliger ins Auge sticht: Adela schreibt anscheinend ganz unterschiedliche Arten von Liebesromanen. Laut Titeln, Covern und Klappentexten, die ich in rascher Folge überfliege – wie ein hungriges Kind am Kuchenbuffet – sind manche ihrer Bücher historische Lovestorys, andere spielen in der Gegenwart oder gar in der Zukunft, wieder andere sind in Fantasy-Welten angesiedelt oder erinnern an Märchenbücher.

Ich kann keine bestimmte Reihenfolge erkennen, mal folgen zwei Romane aufeinander, die in vergangen Jahrhunderten spielen, dann schrieb Adela wieder für ein oder zwei Jahre ausschließlich Lovestorys voller Engel, Einhörner und Sagengestalten. An welcher Art von Buch sie wohl jetzt gerade arbeitet?

Jedes einzelne der Bücher, die ich aus dem Regal ziehe, hat eine Widmung. Sie ist jedes Mal auf die erste freie Seite nach dem Titelblatt gedruckt, und die Personen, denen Adela ihre

Romane widmete, scheinen stets andere gewesen zu sein. Zumindest stoße ich nur selten auf die gleichen Initialen. Und jede Widmung folgt dem gleichen Muster.

Für B.

Für J.

Für S.

In keinem der Bücher findet sich ein vollständiger Name, stets nur eine Initiale. Und nie zweimal hintereinander die gleiche.

Ich drehe mich um und stelle fest, dass Adela mich beobachtet. "Ich werde mich intensiv einlesen", sage ich. "Ihren Stil studieren. Dann bin ich gut vorbereitet, wenn Sie mir später diktieren wollen. Ihr neues Buch, meine ich."

Adela nickt mechanisch. Dann verzieht sie das Gesicht, zerknüllt ein weiteres - nur spärlich beschriebenes - Blatt und schleudert es in den Papierkorb. Sie lehnt sich in ihrem Bürostuhl zurück, der sanft wippt, nimmt einen Stift zur Hand und beginnt an dessen Ende herumzukauen.

Ich wende mich wieder ihren Romanausgaben zu. Auf vielen der Rückseiten findet sich ein Foto von Adela. Bis in ihre Sechziger oder Siebziger hinein war sie eine atemberaubende Schönheit, stelle ich fest. Ihr Lächeln in den Bildern wirkt allerdings immer etwas schwermütig.

Jetzt allerdings sieht sie noch viel gequälter aus. Fast als litte sie Zahnschmerzen. Ich beobachte sie aus dem Augenwinkel. Sie ist eben wieder von ihrem Stuhl aufgesprungen, läuft vor dem Glastisch mit unsicheren Schritten auf und ab, und presst dabei die Lippen zusammen, bis sie fast blutleer sind. Ihre Stirn liegt in tiefen Falten und plötzlich stößt sie einen Fluch aus, der besser zu einem Matrosen als zu einer älteren Lady passen würde. Sie zupft an ihren weißen Locken herum, obwohl ihre Frisur perfekt sitzt.

Ich muss mir etwas einfallen lassen, wie ich ihr helfen kann, nehme ich mir vor. Vielleicht verrät sie mir ja ein wenig über die neue Story, an der sie arbeitet. Wenn sie mich erst ein bisschen besser kennt. Mir vertraut.

Eine Schriftstellerin bei der Arbeit an einem Buch zu unterstützen – das wäre mein absoluter Traum. Ich habe das eine oder andere Buch über das Schreiben gelesen, damit ich einigermaßen brauchbare Blog-Beiträge veröffentlichen kann. Na gut, wenn ich ehrlich bin, verschlinge ich diese Schreibratgeber fast genauso gern, wie ich Romane lese. Dabei träume ich dann stets davon, wie es wohl wäre, einmal selbst ein Buch zu schreiben.

Ich habe gelernt – also in der Theorie – wie unterschiedlich Schriftsteller arbeiten. Manche schreiben einfach drauf los und lassen sich von ihren Figuren leiten, wo es mit dem Buch hingehen soll. Andere hingegen planen ihre Stories im Detail vorneweg und machen sich erst dann ans eigentliche Schreiben. Adela scheint zu Letzteren zu gehören.

Die meisten Autoren schreiben am Computer, manche schwören noch immer auf die gute alte Schreibmaschine – zumindest für die frühen Entwürfe ihrer Manuskripte, und wieder andere schreiben am liebsten per Hand. Manche diktieren ihre Romane heutzutage sogar mit Hilfe einer Spracherkennungssoftware, die ihre Worte in Text verwandelt.

Aber ganz egal, wie sie schreiben, ich bewundere jeden einzelnen Schriftsteller. Ich könnte mir niemals einen Roman ausdenken. Oder ihn gar in eleganten Worten zu Papier bringen. Ich überarbeite jeden meiner Blogbeiträge ein halbes Dutzend Mal, und selbst dann klingen meine Texte noch immer furchtbar schwerfällig und hölzern.

Wenn Adela es mir erlauben würde, so könnte ich mir nichts Schöneres vorstellen, als sie bei der Arbeit an ihrem neuen Roman zu unterstützen. Ich würde jede einzelne Sekunde genießen. Selbst wenn sie mich dafür nicht bezahlen würde.

Die Tür direkt neben mir geht auf – und Shaun steckt seinen Kopf herein. Wieder mustert er mich mit einem Ausdruck der Überraschung in seinen dunklen Augen, wie schon heute Nachmittag auf dem Bahnsteig. Und wieder gefriert sein Gesicht nur einen Sekundenbruchteil später zur ausdrucklosen Maske. Er öffnet die Tür ein Stück weiter und tritt in den Raum.

Er trägt Sportkleidung. Eng anliegende anthrazitfarbene Shorts, dazu ein ärmelloses Puma T-Shirt, das kaum seinen Oberkörper bedeckt.

Ich vergesse augenblicklich den Klappentext des Romans, den ich gerade in der Hand halte. Dabei klang der eben noch äußerst vielversprechend, und ich weiß noch, dass ich mir vornahm, dieses Buch von Adela gleich als Nächstes zu lesen. Sobald ich mit *Heartbeat* fertig bin. Jetzt stehe ich einfach nur da und starre Shaun an.

Es sollte verboten sein, dass ein Mann mit solch einem Körper in so spärlichen Klamotten herumläuft. Ganz egal, welchen Sport er treibt. Seine Arme und Beine sind braungebrannt, voller wohlgeformter Muskeln, die man einzeln zählen könnte, wenn man wollte, und seine Haut glänzt ein bisschen verschwitzt.

Bevor ich mich bremsen kann, malt sich mein Gehirn aus,

wie der Enkel meiner Arbeitgeberin wohl in Badekleidung aussehen mag. Nur um mir gleich darauf auch diesen spärlichen Rest an Textilien wegzudenken.

Was ist bloß los mit mir? Ich zwinge mich, meine Nase wieder in das Buch zu stecken, das ich in der Hand halte. Der Held auf dem Cover ist auch nicht gerade umfassend bekleidet, aber das interessiert mich nicht die Bohne. Der Anblick seiner nackten Haut lässt mich kalt.

"Du bist nicht in die Stadt gefahren", sagt Adela zu ihrem Enkel, der zu ihr an den Arbeitstisch getreten ist. Es ist mehr eine Feststellung als eine Frage.

Shaun mustert das Papierchaos auf der Glasplatte mit hochgezogenen Augenbrauen, kommentiert es aber nicht.

"Ich war laufen", erwidert er.

Adela seufzt.

"Du solltest schlafen gehen, Großmutter. Dich ausruhen."

Die Autorin blickt auf ihre winzige, mit funkelnden Steinen besetzte Armbanduhr. "Es ist 21.15 Uhr, Liebling. Ich bin doch kein Kleinkind."

"Dann lass wenigstens die Arbeit gut sein für heute. Wollen wir einen Film zusammen anschauen?"

Es ist wirklich rührend, wie Shaun sich um Adela bemüht. Er wirkt dabei nicht wie ein Muttersöhnchen, das am Rockzipfel seiner Oma hängt. Eher wie ein besorgter Vater. Auch wenn er es mit seiner Fürsorge vielleicht doch ein bisschen übertreibt.

"Ein anderes Mal, Darling", sagt Adela. "Ich habe hier noch zu tun." Sie starrt auf die Papiere vor sich, von denen die allermeisten jetzt zerknüllt sind, und verzieht missmutig die Lippen.

"Kann ich dir wenigstens etwas helfen?" Shaun lässt nicht locker, doch Adela lehnt neuerlich ab: "Nicht nötig, Sweetheart. Dafür habe ich jetzt doch Theresa. Schon vergessen?" Sie deutet mit dem Kopf in meine Richtung und lächelt mir zu. Auch wenn ihre Mundwinkel sich nicht so recht heben wollen.

Ich komme mir bescheuert vor, wie ich da so vor dem Buchregal stehe, einen von Adelas Romanen in der Hand. Selbst ein Blinder könnte sehen, dass ich ihr gerade alles andere als eine Hilfe bin.

7.

"Wie schön, dass ich Sie jetzt habe, Theresa", sagt meine Chefin, als wolle sie meiner Verlegenheit noch eins draufsetzen.

Ich finde ihre Bemerkung ziemlich kryptisch, erwidere aber nichts. Warum sagt sie das? Und warum ausgerechnet jetzt, wo ich doch nur nutzlos herumstehe?

Shaun hat uns allein gelassen, während ich noch immer einen von Adelas Romanen in Händen halte. Mein Blick kehrt zu dem Buchcover zurück, auf dem ein Mann, der wie ein Freibeuter aussieht, eine Frau in seine Arme zieht, die ihm den Rücken zukehrt. Sein Oberkörper ist nackt, seine muskulösen Schenkel stecken in hautengen dunklen Kniehosen und er küsst seine Auserwählte sanft in den Nacken. Die beiden stehen an Deck eines Segelschiffes, dessen Masten hinter ihnen in einen indigoblauen Abendhimmel ragen.

Der Künstler, der das Titelbild gestaltet hat, verstand es, in der Betrachterin eine Sehnsucht nach der Ferne zu wecken. Also zumindest in mir. Nach Reisen in unbekannte Länder, nach Abenteuern unter dem indigoblauen Himmel. Nach Geheimnissen, endlosen Nächten und zwei Männerarmen, die mich festhalten, egal in welchen Sturm sich das Schiff – oder unser Leben – auch verirren mag.

Das Haar des Titelhelden ist blond, glänzend und lang wie das von Shaun, aber er trägt es im Nacken zusammengebunden, während Shaun die blonden Strähnen ins Gesicht fielen, als er eben noch vor mit stand. Shauns Duft – nach

Tannennadeln und Zitronen, herb, aber gleichzeitig frisch – liegt mir noch in der Nase. Vielleicht ist es auch nur eine Erinnerung.

Adelas Enkel sieht jedenfalls dreimal so heiß aus wie der Mann, der für den Piraten Modell gestanden hat. Wenn ich mich zwischen den beiden entscheiden müsste …

Oh Gott, ich bin wirklich eine hoffnungslose Träumerin! Oder ich lese zu viele Romane mit spärlich bekleideten Helden auf dem Cover. Vermutlich beides. Oh ja.

Adela schiebt die verbliebenen Papiere auf dem Glastisch zu einem unordentlichen Stapel zusammen. Dann wendet sie sich ab und trippelt auf eines der Bücherregale zu, das in seiner unteren Hälfte aus Schubladen besteht. Sie zieht die oberste Lade auf und entnimmt ihr eine altmodische Schreibmappe aus cremefarbenem Leder. Dazu eine schlanke, schwarz glänzende Füllfeder.

Mit beiden Utensilien in der Hand steuert sie den Ohrensessel an, klopft sich ein Kissen zum Anlehnen zurecht und lässt sich nieder. Sie legt die Füße auf den kleinen Hocker, den sie zuvor schon benutzt hat, öffnet die Schreibmappe auf ihren Knien und zieht einen blütenweißen Briefbogen hervor. Dann beginnt sie, ohne erst überlegen zu müssen, zu schreiben. Ihre knochige Hand fliegt immer rascher und rascher über das Papier, und sie beginnt zu lächeln. Nein, zu strahlen.

Und ich? Ich komme mir noch überflüssiger vor. Ich stelle das Buch mit dem Freibeuter zurück und ziehe aus dem Regal darunter einen weiteren Roman hervor. Er nennt sich *Melody of the Night,* und auf diesem Buchcover ist nur ein einzelner Mann zu sehen. Voll bekleidet diesmal. Statt einer bildschönen Heldin hält er eine Violine im Arm.

Bevor ich mich bremsen kann, vergleiche ich auch ihn mit Shaun. Das Ergebnis? Wäre ich eine Romanheldin auf der Suche nach ihrem Traummann, so hätte der schöne Geiger ebenso wenig eine Chance gegen Adelas Enkel wie der Pirat aus dem Buch zuvor.

Verdammt noch mal, Theresa, du bist aber keine Romanheldin! Du kriegst keinen Traummann, und wenn du bis ans Ende aller Tage nach einem schmachtest. Weder einen Geiger, noch einen Piraten und schon ganz bestimmt nicht Shaun Bentley!

Ich muss mich wirklich dringend zusammenreißen. Es ist sowas von unprofessionell, sich in heißen Fantasien über den Enkel seiner Arbeitgeberin zu ergehen! Ich stelle das Buch zurück und blicke mich in der Bibliothek um.

Adela ist völlig in ihren Brief vertieft, sie schreibt wie eine Besessene und scheint alles andere rund um sich herum vergessen zu haben. Der Raum wird von den Tisch- und Stehlampen, die angeknipst sind, nur unregelmäßig erhellt, und die Panoramafenster sind jetzt nur noch schwarz glänzende Nachtbilder.

Neben den Regalen mit Adelas Taschenbuchausgaben entdecke ich eine schmale Glasvitrine. Die Bücher, die sich fein säuberlich darin aufreihen, sind großformatige Hardcover und jedes einzelne davon ist zusätzlich durch einen Kartonschuber geschützt.

Ich trete näher heran und stelle fest, dass mir die Titel auf den Buchrücken bekannt vorkommen. Es sind die gleichen wie auf den Taschenbuchausgaben in dem Regal, das ich gerade eben durchstöbert habe. Sie sind in kühn geschwungenen goldenen Buchstaben gesetzt, und darunter findet sich, in kleinerer Schrift, jeweils Adelas Name. Bei den Büchern hinter Glas handelt es sich anscheinend um edle Luxusausgaben von ihren Romanen.

Die Vitrine ist allerdings nur zu einem knappen Viertel gefüllt – mehr als zwei Dutzend Prachtbände sind es nicht, die sich hier aneinanderreihen. Dann ist diese Ausgabe wohl gerade erst in der Veröffentlichung, und noch lange nicht alle von Adelas Romanen sind in dieser edlen Aufmachung erhältlich?

Ich brenne darauf, die Glastüren zu öffnen, und mir ein paar dieser Luxusbücher genauer anzusehen. Sie in meine Hände zu nehmen und über die Einbände zu streichen. Wenn man nach den Buchrücken schließt, die aus den Kartonschubern herausragen, sind sie in Leinen oder etwas Ähnliches gebunden. Vermutlich eine Art von Buckram, wie das in der Kunst des Buchbindens heißt.

Und bestimmt sind diese Romane auf schweres Papier gedruckt, das einen köstlichen Duft verströmt und sich weich und glatt unter den Fingerkuppen anfühlt. Ich liebe es, kostbare Buchausgaben zu streicheln und an ihnen zu schnuppern wie an einem teuren Parfumflakon. Ich bin wohl ein ziemlicher Nerd, was Bücher anbelangt.

Ich sehe noch einmal zu meiner Chefin hinüber, will sie fragen, ob ich mir diese Luxusausgaben ihrer Bücher näher besehen darf, doch sie scheint ganz woanders zu sein. Noch immer liegt ein seliges Lächeln auf Adelas Lippen, und ihr Füller fliegt über das Briefpapier. Wem Sie wohl so eifrig und so voller Genuss einen so langen Brief schreibt? Jedenfalls bringe ich es nicht übers Herz, sie anzusprechen.

Die Türen der Glasvitrine haben kein Schloss, und so wage

ich es einfach, sie zu öffnen, ohne erst um Erlaubnis zu fragen. Ich nehme *Heartbeat* heraus, jenen Roman, den ich gerade lese und meinen Blog-Abonnenten ans Herz gelegt habe. Vorsichtig ziehe ich das Buch aus seinem Kartonschuber und klappe es auf.

Ich quietsche vor Vergnügen, bevor ich mich bremsen kann. Das Buch ist nicht nur, wie erwartet, auf betörend duftendes, samtweiches Papier gedruckt, es ist auch noch illustriert. Und wie! Die Bilder springen mir förmlich von den Seiten entgegen!

Der Fürstenhof aus längst vergangenen Tagen, an dem der Roman spielt, ist mit solcher Liebe zum Detail gemalt, dass man sogleich das Gefühl hat, vor Ort zu sein. Mir ist, als könne ich das Rascheln der Seidenvorhänge hören, und jenes der kostbaren Abendroben der Damen. Ich stelle mir vor, wie im Hintergrund eine leise Musik mit dem sanften Stimmengemurmel der Gäste verschwimmt.

Meine Fingerkuppen streichen von ganz allein über die satten Farben, als könne ich sie aufsaugen und so noch mehr genießen. Besonders die Blautöne sind unglaublich, sie leuchten in allen Nuancen des Himmels, der Meere und edler Saphire. Und obwohl die Bilder so klein sind, um auf eine Buchseite zu passen, ist doch jedes Gesicht, jede Miene einzigartig, drückt mannigfaltige Gefühle und Empfindungen aus.

Und erst die kostbaren Gewänder der Höflinge! Jede Falte, jede Spitze, Seide, Samt, Brokat, das alles hat der Illustrator so aufs Papier gebannt, dass man es förmlich auf der eigenen Haut spüren kann. Es ist einfach unglaublich.

Ich blättere nach vorne zum Impressum, bin begierig, den

Namen des Künstlers zu erfahren, der diese prächtigen Minitaturgemälde geschaffen hat. Etwas Vergleichbares ist mir noch in keinem Buch begegnet.

Ich entdecke eine Jahreszahl – diese Ausgabe von *Heartbeat* ist demnach vor neun Jahren entstanden – dann überfliege ich diverse Copyright-Angaben, bis ich finde, was ich suche. Illustrationen: © Milo Bentley.

Bentley?

Adelas Familienname? Das kann unmöglich ein Zufall sein. Bestimmt handelt es sich um einen Familienangehörigen. Ob er womöglich, wie Shaun Bentley, auch hier auf der Burg lebt?

Ich schiebe das Buch vorsichtig in seinen Schuber zurück, dann nehme ich mir einen nach dem anderen die weiteren Bände vor. Insgesamt sind bereits zweiundzwanzig von Adelas Romanen in der Luxusedition erschienen. Und jeder einzelne Band wurde von Milo Bentley illustriert.

Ich weiß nicht, wie lange ich in den Büchern schwelge, bestimmt vergeht mindestens eine Stunde, in der ich mich zwischen den duftenden Seiten und den prächtigen Bildern verliere.

Schließlich habe ich das letzte der zweiundzwanzig Bücher aus der Vitrine in der Hand. Und stelle beim Überfliegen des Impressums fest, dass es bereits vor vier Jahren erschienen ist. Die Bücher davor wurden jeweils im Abstand vor ein paar Monaten als illustrierte Ausgaben auf den Markt gebracht. Und jetzt schon mehrere Jahre lang keines mehr? Oder fehlen einfach die späteren Ausgaben in der Vitrine? Wurde die Luxusedition womöglich eingestellt, bevor alle Bände erschienen sind? Aber aus welchem Grund? An der Ausstattung kann es nicht gelegen haben, denn die ist schlicht prachtvoll. Waren die Bände preislich unerschwinglich?

Hinter mir raschelt es. Ich wende mich um. Adela Bentley ist gerade dabei, einen dicken Stapel beschriebener Briefbögen zusammenzufalten und in ein Kuvert zu schieben.

Sie befeuchtet die Klappe des Kuverts sorgfältig mit ihrer Zunge, klebt sie zu und verstaut den fertigen Brief schließlich in ihrer Schreibmappe. Dann hebt sie den Kopf und sieht sich nach mir um.

Ich halte noch den letzten der Prachtbände in der Hand, aber zum Glück scheint Adela nichts dagegen zu haben, dass ich mir die Luxusausgaben ihrer Bücher angesehen habe. Sie lächelt mir zu, auch wenn sie dabei ein bisschen abwesend wirkt. Vielleicht ist sie in Gedanken noch immer mit ihrer Korrespondenz beschäftigt.

"Wer ist denn der Illustrator dieser Bücher?", frage ich sie und hebe den Band hoch, den ich gerade in Händen halte. "Dieser Milo Bentley ... ist er ein Verwandter von Ihnen?"

Adela antwortet mir nicht. Einen Augenblick lang denke ich, dass sie mich nicht gehört hat oder geistig zu abwesend ist, doch dann richtet sie sich in ihrem Ohrensessel auf, strafft die Schultern und sagt: "Milo war mein zweiter Enkelsohn. Shauns Bruder. Er ist vor vier Jahren verstorben."

"Oh mein Gott, entschuldigen Sie bitte. Ich –"

"Nicht doch. Das konnten Sie ja nicht wissen, meine Liebe."

"Wie schrecklich", sage ich betreten. Dann weiß ich nicht weiter.

Adela nickt nur stumm. Ich kann ihr ansehen, dass sie diesen Verlust noch lange nicht überwunden hat. Hundert

Fragen schießen mir in den Kopf, doch es scheint mir pietätlos, sie zu stellen.

Ich senke den Blick und besehe mir noch einmal die Buchseiten, die ich gerade aufgeschlagen habe. Die Illustration zeigt eine Liebeszene, zwei junge Leute in ländlicher Tracht, die sich gerade leidenschaftlich küssen. Sie schmiegen sich vor dem Hintergrund einer Gebirgslandschaft aneinander, über der ein gewaltiger Drache schwebt.

Milo Bentley hat das Fabelwesen so gekonnt in Szene gesetzt, dass man jeden Augenblick erwartet, vom feurigen Atem des Tiers verzehrt zu werden.

"Ist die Serie eingestellt worden?", frage ich. "Oder wird ein anderer Künstler die weiteren Romane illustrieren?"

"Shaun wird das tun", sagt Adela nach einer längeren Pause. "Irgendwann. Jedenfalls hoffe ich das. Es wäre wichtig für ihn."

"Shaun ist auch Maler?", platzt es aus mir heraus, bevor ich mich bremsen kann.

Adela nickt kaum merklich. Und sieht dabei drein, als leide sie plötzlich große Schmerzen. Sie erhebt sich schwerfällig aus ihrem Ohrensessel, klemmt sich die Schreibmappe unter den Arm und verabschiedet sich von mir. "Es ist spät geworden. Machen wir morgen weiter, meine Liebe."

Ich wünsche ihr eine gute Nacht. Als die schwere Eichentür hinter ihr ins Schloss fällt und ich allein in der Bibliothek zurückbleibe, frage ich mich, was sie wohl mit ihrem seltsamen Kommentar gemeint hat.

Warum wäre es wichtig für Shaun, dass er die illustrierte Buchreihe weiterführt, die sein Bruder so kunstvoll begonnen hat? Und woran ist Milo Bentley, der ein so talentierter

Künstler war und doch noch ganz jung gewesen sein muss, vor vier Jahren gestorben?

8.

Kurz vor Mitternacht liege ich unter dem zarten Betthimmel in meinem Prinzessinnenzimmer und kann nicht einschlafen. All die Klappentexte von Adelas Büchern, die ich gelesen habe, spuken mir im Kopf herum. Dazu die Buchcover mit ihren heißblütigen Helden – und ganz besonders die Illustrationen von Milo Bentley, die mich wie Traumbilder umschwirren, obwohl meine Augen doch eindeutig noch offen sind.

Ich beginne *Heartbeat* weiterzulesen, schließlich schulde ich meinen Blog-Abonnenten eine ordentliche Rezension zu dem Buch, nachdem ich es gestern so enthusiastisch vorangekündigt habe. Nein, nicht gestern. Heute. Ich wohne gerade einmal einen halben Tag auf der Burg und verliere schon das Zeitgefühl des Alltags. Innerhalb weniger Stunden fühle ich mich hier bereits wie zu Hause.

Obwohl das alte Gemäuer sich jetzt in der tiefen Stille der Nacht ein wenig unheimlich anfühlt. So still ist es nämlich gar nicht. Über mir knarrt es im Gebälk, als drehe dort oben ein ruheloser Geist seine Runden, und durch die offenen Balkontüren dringen die Geräusche des nächtlichen Waldes in mein Zimmer. Seltsame Rufe, Tierstimmen, der Gesang von Nachtvögeln und das Rauschen des Windes in den Baumkronen. Das heißt, ich hoffe, dass es nur der Wind ist. Es klingt eher nach dem sehnsüchtigen Raunen verlorener Seelen.

Schlafe ich schon? Die Zeilen des Buches beginnen vor

meinen Augen zu verschwimmen – da reißt mich ein jäher Schrei ins Wachbewusstsein zurück. Es ist ein gequältes Jaulen, nein, ein Heulen, und es kommt von irgendwo unter mir, aus den Tiefen der alten Burg. Als würde in den steinernen Fundamenten, in einem lange vergessenen Verlies einem Gefangenen die Haut abgezogen. Bei lebendigem Leibe.

Ich sitze aufrecht im Bett, drücke mich gegen das Betthaupt. Der Puls rast mir in den Ohren, als hätte ich einen wilden Sprint durch den Wald eingelegt. Plötzlich ist es eiskalt im Zimmer, trotz der warmen Sommernacht, oder bilde ich mir das in meinem jähen Adrenalinrausch nur ein? Ich ziehe die Bettdecke an meine Brust und taste nach der kleinen Leselampe auf meinem Nachttisch. Wann habe ich sie ausgeknipst? Ich muss während meiner Lektüre eingeschlafen sein, obwohl *Heartbeat* doch so spannend ist.

Ich weiß jetzt, warum Adela sich für diesen Buchtitel entschieden hat. Es ist der Herzschlag ihres Geliebten, der die Heldin des Buches im wahrsten Sinne des Wortes zurück ins Leben holt. Was für eine romantische Vorstellung – darüber kann ich doch wohl keinen Alptraum bekommen haben, dass ich mir einen so angsteinflößenden Schrei einbildete?

Nein, es war ganz bestimmt keine Einbildung. Jemand hat geschrien, irgendwo unter mir, dessen bin ich mir sicher. Im Erdgeschoß vielleicht, wenn schon nicht im Burgverlies. Vielleicht hat diese Burg ja überhaupt kein Verlies mehr. Bestimmt nicht. Höchstens einen Vorrats- oder Weinkeller.

Ich spitze meine Ohren und lausche. Doch jetzt vernehme ich nur mehr jene Geräusche, aufgrund derer mir zuvor schon ziemlich mulmig zu Mute geworden war. Das Gezeter irgendeines Nachtvogels. Das Ächzen der uralten Bäume des Parks und des Waldes, in deren Kronen sich der Wind fängt.

An Schlaf ist nicht mehr zu denken. Ich bin so munter, als hätte ich mir einen dreifachen Espresso einverleibt. Intravenös. Und obwohl die Nachttischlampe mein Zimmer jetzt wieder in warmes, Trost spendendes Licht taucht, sind mir die Schatten in den Zimmerecken mit einem Mal zu lang. Und zu düster. Zu *lebendig*. Fast als lauerten sie mir auf.

Ich muss mir ein wenig die Füße vertreten. Mir vielleicht in der Küche einen Kakao machen, wie Shaun es am Abend für seine Großmutter getan hat.

Einen verrückten Moment lang wünsche ich mir, er würde mir die gleiche Aufmerksamkeit schenken. Dass er mir ein wärmendes Getränk zubereitet, in einer Nacht, in der die Schatten lang und schwarz sind. Und in der eine gequälte Seele im Burgverlies heult.

Reiß dich doch bitte zusammen, Theresa. Du benimmst dich wie ein dreijähriges Kind, das nach seinem Teddybären heult, nur weil es die vertrauten Geräusche der Großstadt vermisst.

Aber Shaun gäbe bestimmt einen wunderbaren Teddybären ab, denke ich trotzig.

Verdammt noch mal.

Ich springe aus dem Bett, klettere in meine Jeans und das erstbeste T-Shirt, das ich finden kann, und verlasse mein Zimmer.

Das Licht auf dem Gang ist mehr eine Funzel als ein Leuchtkörper, der den Namen verdient. Was die Sache nicht besser macht. Noch mehr lange und dunkle Schatten heften sich an meine Fersen. Und mein Puls denkt gar nicht daran, sich wieder zu beruhigen.

Ich laufe die Treppe hinunter. War da heute Nachmittag, als ich angekommen bin, auch schon dieses gespenstische Knarren gewesen, in den alten Dielenbrettern? Es klingt fast, als würden sie stöhnen. Wie ein Mensch. Ein gequälter Mensch. Eine verlorene Seele.

Mach dich nicht verrückt, Theresa.

Natürlich glaube ich nicht an Geister oder so einen Unsinn. Aber jetzt, auf der leise ächzenden Treppe, mit den unheimlichen Schatten, die mich zu verfolgen scheinen, muss ich mir das alle paar Schritte in Erinnerung rufen.

Ich schaffe es bis in die Küche. Wo mir die grellen Leuchtkörper für einen Moment fast das Augenlicht rauben. Aber das gleißende Licht vermittelt auch Sicherheit. Die Sicherheit und die Vernunft der modernen Welt, in diesem alten Gemäuer, das zur Geisterstunde überaus mittelalterlich wirkt. Mehr als mir lieb ist.

Ich bereite mir eine große Kanne Kakao zu, lehne mich gegen die Arbeitsplatte neben dem Herd und schlürfe die heiße und verführerisch duftende Flüssigkeit in so gierigen Zügen, dass ich mir die Zunge verbrenne.

Danach will ich nicht zurück ins Bett. Ich kann noch immer den Puls spüren, der mir in den Schläfen pocht, wenn auch nicht mehr mit der Unmittelbarkeit eines Presslufthammers, wie noch eben zuvor.

Ich überlege kurz, dann weiß ich, wo ich zur Ruhe kommen kann. In Adela Bentleys Bibliothek. Zwischen abertausenden Seiten von Lovestorys aus ein paar Jahrhunderten. Wo die Liebe wohnt, da hat die Angst keine Macht.

Ich verlasse die Küche und schlage den Weg ein, den ich vom Abend in Erinnerung habe. Der mich hoffentlich in die richtige Richtung führen wird ... Und das tut er auch. Ein paar Minuten später stehe ich vor der schweren Eichentür, drücke sie auf und knipse das Licht an. Ich habe meine Kakaotasse mitgenommen, die fast leer ist, nehme einen großen Schluck, atme tief aus und lasse dann zu, dass der Geruch von Leder, Papier und Holzpolitur meine Lungen füllt. Der Duft der Bibliothek. Der mir endgültig die Schrecken der Nacht vertreibt.

Ich gehe zu den Regalen hinüber, die Adelas Taschenbuchausgaben enthalten. Ich ziehe ein paar der Bücher heraus, die mich am Abend besonders angesprochen haben, und mache mir in Gedanken eine Liste, welche ich unbedingt gleich lesen muss. Wenn ich mit *Heartbeat* durch bin.

Morgen muss ich meine Chefin konkret danach fragen, welche Aufgaben sie mir zugedacht hat. Warum sie mich als Sekretärin engagiert hat. Doch bestimmt nicht, um in ihren Büchern zu schmökern, während sie endlose Briefe schreibt?

Ich ziehe mich mit einem Arm voller Bücher, die ich lesen möchte, auf eines der Samtsofas in der Mitte des Raumes zurück. Dann gehe ich die Klappentexte noch einmal durch, lese die ersten paar Seiten, um mich zu entscheiden, in welcher Reihenfolge ich die Romane verschlingen werde. Vielleicht wäre es am vernünftigsten, einfach alle von Adelas Büchern zu lesen. Eines nach dem anderen, in der Reihenfolge, in der sie sie geschrieben hat. Ich lese schnell, manchmal ein ganzes Buch in einer einzigen Nacht, aber dennoch würde dieses Unterfangen einige Monate Zeit in Anspruch nehmen.

Plötzlich steht Shaun Bentley vor mir. Ich habe ihn nicht

kommen hören, keine Schritte, kein Türknarren, nicht einen einzigen Laut. Was kein Wunder ist, denn als ich auf das Buch hinunterblicke, das ich in Händen halte, stelle ich fest, dass ich mich auf Seite achtundvierzig von *Light of the World* befinde. Ich habe keine Ahnung, wie ich da hingekommen bin. Es ist ein Roman, der von einer amerikanischen Krankenschwester im zweiten Weltkrieg handelt, die sich in einen deutschen U-Boot-Kapitän verliebt. Eigentlich wollte ich nur die ersten paar Absätze anlesen, aber anscheinend habe ich mich in der Story verloren. Ich bin so sehr darin eingetaucht, dass ich meine Umgebung völlig ausgeblendet habe. So etwas passiert mir häufiger.

Shaun trägt schon wieder Sportkleidung, aber nicht die gleiche wie noch vor ein paar Stunden. Diesmal ist seine Haut zum Glück einigermaßen bedeckt. Dafür steht er viel zu dicht vor mir und blickt auf mich herab. In meiner Magengrube stellt sich ein verräterisch prickelndes Gefühl ein.

"Was tun Sie denn hier?", frage ich ihn, bevor mir klar wird, dass das eine ziemlich unpassende Frage ist. Er wohnt auf dieser Burg, er hat jedes Recht, in diese Bibliothek zu kommen, wann immer es ihm beliebt. Ich hingegen bin seit genau einem Tag hier und nur eine Angestellte. Die es sich unaufgefordert in Adela Bentleys Bibliothek gemütlich gemacht hat. Und das um – wie spät ist es eigentlich? Ich habe keine Ahnung. Ich trage keine Uhr bei mir.

"Ich habe Licht unter der Tür gesehen", sagt Shaun. "Ich dachte, meine Großmutter wäre hier."

"Konnten Sie auch nicht schlafen?", frage ich ihn.

"Ich war Radfahren", antwortet er ausweichend, als wäre das die selbstverständlichste Sache der Welt.

"Um diese Uhrzeit?"

Er zuckt die Schultern, äußert sich aber nicht weiter dazu. In seinen schwarzbraunen Augen liegt ein Ausdruck, als habe er auf dieser Radtour ein ganzes Heer von Nachtdämonen niedergerungen. Mit seinen bloßen Armen. Es lässt ihn um Jahre älter aussehen. Und ziemlich erschöpft.

So ein Unsinn, Theresa. Hör auf, in seine Augen zu starren. Oder auf seinen Bizeps. Und denk dir nicht so einen Quatsch aus. Bestimmt ist Shaun Bentley einfach nur ein sportlicher Typ. Der jetzt nach dem Training ein bisschen geschafft ist. Das ist alles.

Es geht mich nicht das Geringste an, wenn er nicht gut drauf ist. Oder ein bisschen depressiv wirkt. Okay, bei näherem Hinsehen wirkt er sogar ziemlich depressiv. Und müde. Seine Schultern sind so verspannt, als trage er das Gewicht der ganzen Welt darauf herum, und das schon eine ganze Weile. Wie Atlas höchstpersönlich.

Und trotzdem geht mich das nichts an. Jeder kann mal einen miesen Tag haben. Oder eine miese Woche, einen miesen Monat ... ein mieses Jahr?

9.

Shaun hat sich bereits wieder zum Gehen gewandt, doch nach ein paar Schritten hält er inne, dreht sich um und kommt zu mir zurück. "Wie war es heute?", fragt er mich. "Ihre erste Arbeitssitzung mit Adela?"

"Äh, ganz gut, denke ich." Tatsächlich habe ich kaum einen Handgriff getan, der sich als Arbeit bezeichnen ließe, aber das muss ich ja nicht ausgerecht Shaun Bentley auf die Nase binden.

"Großmutter mag Sie", sagt er. "Das ist nicht zu übersehen. Vielleicht wird sie auf Sie hören."

Mir dämmert, in welche Richtung dieses Gespräch laufen wird. Shaun geht es nicht darum, netten Smalltalk über meinen ersten Arbeitstag mit mir zu führen.

Mit seinem nächsten Satz bestätigt er bereits meinen aufkeimenden Verdacht. "Sie haben gesehen, wie Adela sich mit diesem neuen Manuskript quält. Nicht wahr? Werden Sie mir helfen, sie zur Vernunft zu bringen? Ihr dieses verfluchte Buchprojekt auszureden?"

Seine Sorge um seine Großmutter rührt mich, aber ich kann doch nicht einfach ...

Shaun lässt mir keine Zeit zum Überlegen. "Ich kann Sie bezahlen", sagt er. "Mir ist natürlich klar, dass es für Sie um Ihren Job geht. Sie haben ja gerade erst angefangen, aber ich habe ehrlich gesagt keine Ahnung, warum Großmutter Sie eingestellt hat. Bis jetzt kam sie sehr gut ohne eine Sekretärin aus, und wenn sie endlich die Finger vom Schreiben lässt und sich zur Ruhe setzt, dann ..." Er zögert.

"Dann wird sie mich vermutlich kündigen", vervollständige ich den Satz für ihn.

Er nickt. Seine Miene ist hart und todernst. "Aber das soll nicht Ihr Schaden sein. Was halten Sie von folgendem Angebot: Sie reden ihr das Buchprojekt aus – und ich bezahle Ihnen sechs Monatsgehälter. Im Voraus. Dann haben Sie genügend Zeit, sich nach einer neuen Tätigkeit umzusehen."

"Ich –"

"Von mir aus auch ein Jahresgehalt! Aber Sie müssen mir helfen, okay?" Shaun steht jetzt kaum eine Handbreit vor mir und blickt aus seinen samtschwarzen Augen auf mich herab. Sein Blick ist so konzentriert, dass ich mich davon durchbohrt fühle. Fast als habe er die Fähigkeit, mich mit bloßen Augen zu röntgen.

Ich würde ihm am liebsten meine geheimsten Träume offenbaren. Hier und jetzt in dieser herrlichen alten Bibliothek. Etwas an diesem Mann zieht mich unwiderstehlich an – und das, obwohl er gerade den Versuch unternimmt, mich auf schnellstem Wege loszuwerden.

Mir ist wirklich nicht zu helfen.

Ich rapple mich vom Sofa hoch und stehe auf, damit ich mich nicht gar so winzig vor Shauns massiger Gestalt fühle. Aber das ist keine gute Idee. Jetzt starre ich mitten auf seine Brust und spüre seinen warmen Atem auf der Stirn. "Hören Sie, Mr. Bentley", beginne ich zögerlich.

"Shaun", korrigiert er mich. Sein Tonfall ist freundlich, fast herzlich, aber er schenkt mir kein Lächeln. Seine Miene bleibt ernst, wirkt wie eingefroren. Nur seine Augen glühen wie zwei Kohlestücke im schummrigen Licht der Bibliothek.

Wie soll frau da bitteschön einen klaren Gedanken fassen?

Ich räuspere mich. "Also gut, Shaun. Ich –" Um ein Haar vergesse ich, was ich eigentlich sagen will. Es scheint mir plötzlich gar nicht mehr wichtig. Ich will diesen Mann, der ausgerechnet der Enkel meiner Arbeitgeberin ist, einfach nur ansehen. Will mich in seinen Augen verlieren, seinen Duft einatmen und die Wärme spüren, die sein Körper abstrahlt. Sein unbeschreiblich heißer, supersexy Körper.

Er sieht mich fragend an.

Ich bete, dass mir meine Gedanken nicht allzu deutlich ins Gesicht geschrieben sind. "Ich denke, dass Ihrer Großmutter das Buch sehr wichtig ist", sage ich, nachdem ich zwei Mal tief eingeatmet habe. "Auch wenn es gerade nicht so gut läuft. Das kann schon mal vorkommen, wenn man schreibt."

Er zieht seine dichten blonden Augenbrauen hoch. "Sie klingen als hätten Sie da Erfahrung. Schreiben Sie selbst denn auch?"

"Ich? Oh nein. Ich, ähm, habe mich nur in der Theorie damit auseinandergesetzt."

Einen Augenblick lang mustert Shaun mich schweigend. Seinen Gesichtsausdruck zu deuten, ist schier unmöglich. Amüsiert er sich über mich? Ist er sauer, weil ich ihm nicht helfen will?

Schließlich macht er einen Schritt zurück, bringt endlich etwas mehr Abstand zwischen uns und zuckt mit seinen Athleten-Schultern. "Wie auch immer. Ich werde nicht zulassen, dass Großmutter sich übernimmt. Ich werde Dr. Engelmann bitten, vorbeizukommen."

"Wen?"

"Unseren Hausarzt. Er ist meiner Großmutter sehr zugetan. Und sie hört auf ihn. Na ja, manchmal ... Ich werde nicht zulassen, dass sie stirbt."

"Menschen sterben nun einmal", sage ich, bevor ich mich bremsen kann. "Insbesondere alte Menschen. Und Ihre Großmutter hatte bestimmt ein sehr erfülltes Leben. All die wunderbaren Bücher, die sie geschrieben hat –"

Verdammt, ich sollte wirklich mal zuerst nachdenken und dann den Mund aufmachen. Shaun blickt drein, als hätte ich ihn geohrfeigt. Sein ohnehin schon so düsterer Gesichtsausdruck verfinstert sich zu einer Grabesmiene. Wie konnte ich nur so taktlos sein?

10.

Er sieht mich eine gefühlte Ewigkeit wortlos an, dann kehrt mit einem Mal das Leben in seine Züge zurück. Seine Mundwinkel heben sich, als wolle er sich zu einem Lächeln zwingen. Eine Art Ruck geht durch seinen Körper, er öffnet die Lippen, beginnt zu sprechen, überlegt es sich aber dann offensichtlich anders.

"Was ist?", frage ich alarmiert. Ich weiß auch nicht, was mich so aus der Ruhe bringt. Jede Bewegung dieses Mannes, jeder seiner Blicke wirkt so kontrolliert, aber gleichzeitig so intensiv, dass es mich ganz nervös macht. Von dem Pochen und Ziehen in meiner Magengrube, das sich einfach nicht legen will, gar nicht zu reden.

"Sie haben ein sehr ungewöhnliches Profil", sagt er langsam. Und Ihre Frisur ..." Er macht eine Handbewegung, als wuschle er jemandem durchs Haar. "Sie sehen damit wie eine Waldelfe aus. Oder ein Kobold." Er lacht.

Ja tatsächlich, er lacht. Es ist nicht zu fassen. Für einen Moment ist die Düsternis, die eben noch wie ein grauer Schleier über seinem Gesicht lag, wie weggewischt. Shauns Lippen öffnen sich, schneeweiße, sehr gerade Zähne kommen zum Vorschein, und für den Bruchteil einer Sekunde sogar eine ziemlich rosige Zungenspitze. Ich kann es kaum glauben. Der Mann kann lachen. Und wie.

"Entschuldigen Sie", bremst er sich sogleich ein. "Ein sehr unpassender Vergleich. Ich habe wohl zu viele Bücher meiner Großmutter gelesen." Er zwinkert mir zu, aber dann erstirbt das Lächeln auf seinen Lippen.

"Sie lesen Liebesromane?", frage ich, während ich noch darüber nachdenke, ob er mir gerade ein Kompliment gemacht hat. *Waldelfe* kling ja recht ansprechend, Elfen sind im Allgemeinen recht hübsch. Aber *Kobold*?

"Nur die von Adela", sagt Shaun. Sein Blick huscht über die Buchregale neben uns, die vollgepackt sind mit den Romanen seiner Großmutter. "Macht mich das zu einem Softie in Ihren Augen?"

"Dass Sie Liebesromane mögen?"

Er nickt kaum merklich, blickt aber noch immer auf die Bücher statt in meine Augen.

Ich kann mir kaum einen Mann vorstellen, der weniger von einem Softie hat als Shaun Bentley. Das markante Kinn, die blonden Bartstoppeln, die aussehen wie goldene kleine Nadeln, und dann sein Körperbau ... Er wirkt wie ein Krieger aus längst vergangener Zeit. Oder eben wie eine Figur direkt aus Adelas Büchern. Aber ganz bestimmt kein Softie.

Verdammt, nicht schon wieder, Theresa! Shaun Bentley ist kein Romanheld. Und sooo toll sieht er ja gar nicht aus.

Ich weiß, dass das gelogen ist. Ein netter Versuch, mir selbst etwas vorzumachen. Hat wohl nicht geklappt. Shaun sieht so umwerfend gut aus, dass man in seiner Gegenwart Atemnot bekommt. Das kann ich leugnen, so viel ich will, meine Magengrube lässt sich diesbezüglich nichts vormachen.

Aber bestimmt ist er ein Frauenheld, ein Playboy, ein eingebildeter Schnösel! Das sind solch unverschämt gutaussehende Typen doch immer. Die Art Mann, an der sich frau nur die Finger verbrennen kann. Oder noch Schlimmeres. *Halte dich bloß von ihm fern, Theresa!*

Leichter gesagt als getan, er steht noch immer kaum eine Armlänge von mir entfernt. Ich kämpfe den verrückten Impuls nieder, meine Hand auszustrecken und die Linie seines Kinns mit meinen Fingerkuppen nachzuzeichnen. Ganz sanft und zärtlich. In einer Zeitlupe, die von mir aus die ganze Nacht in Anspruch nehmen kann.

Shaun scheint zum Glück nicht mitzubekommen, was er in mir auslöst. Seine dunklen Augen blicken jetzt sanft drein, während sie weiter die Buchregale entlang wandern. Traurig, um präzise zu sein. Die Arroganz und das übersteigerte Selbstbewusstsein, das Playboys und Frauenhelden im Allgemeinen auszeichnet, sucht man an diesem Mann vergeblich.

Denkt Shaun beim Anblick von Adelas Büchern schon wieder daran, dass er seine Großmutter vielleicht bald verlieren wird? Nicht nur, weil sie sich mit einem neuen Roman herumplagt und dabei womöglich überarbeitet, sondern schlicht und einfach, weil sie bereits ein hohes Alter erreicht hat und alte Menschen nun einmal irgendwann sterben? Woran ich ihn vorhin so überaus taktvoll erinnert habe.

"Haben Sie alle Romane Ihrer Großmutter gelesen?", frage ich ihn.

Er wendet mir seinen Kopf zu, streicht sich eine blonde Haarsträhne aus dem Gesicht und nickt wortlos.

"Und welches ist Ihr Lieblingsbuch?"

Er steht einen Augenblick unbeweglich da, scheint zu überlegen. Dann dreht er sich um, geht aber nicht zu dem Regal mit den Taschenbuchausgaben, sondern zur Glasvitrine mit den illustrierten Prachtbänden. Er öffnet die Tür und zieht einen Band vom obersten Regalbord. "Das hier", sagt er und drückt mir das Buch in die Hand.

Night of the Priestess, lese ich auf dem Cover, schlage das Buch auf und betrachte staunend die Front-Illustration. Wie alle Abbildungen, die sich in dieser Luxusedition finden, stammt sie aus der Hand von Shauns verstorbenem Bruder Milo. Der Stil ist unverwechselbar und mir inzwischen bestens vertraut.

Milo muss wirklich ein Ausnahmekünstler gewesen sein. Das Miniaturgemälde zeigt eine wunderschöne rothaarige Frau, die auf einem steinernen Altar ruht. Sie trägt ein fließendes, halbtransparentes Gewand, das ihr über die nackten Schultern fällt – und eigentlich ruht sie nicht auf dem Altar. Sie räkelt sich vielmehr. Sie ist ganz bestimmt keine christliche Priesterin.

"Das ist Großmutters bestes Buch", sagt Shaun, vermeidet es aber, mit mir das Bild zu betrachten. "Ich habe es früher mindestens einmal im Jahr gelesen."

"Und jetzt nicht mehr? Weil Sie es bereits auswendig kennen?", scherze ich. Ich lächle ihn an, das heißt, ich versuche es. Heraus kommt dabei wohl eher ein schiefes Grinsen.

Shaun erwidert es nicht. "Ich habe damit aufgehört, weil man über der Lektüre von Adelas Romanen zu vergessen beginnt", sagt er, mit einer todernsten Miene im Gesicht.

"Was denn vergessen?", frage ich.

"Dass die reale Welt kein bisschen so ist wie jene in Großmutters Büchern. Adela lebt in einer Märchenwelt, in einer Illusion. In einem rosaroten Kitschtraum. Ihre Romane gaukeln den Menschen Dinge vor, die gar nicht existieren."

"Wie was zum Beispiel?"

"Die bedingungslose Liebe." Er starrt mich aus harten Augen an.

Ich zucke verlegen die Schultern. Bei diesem Thema kann ich nun wirklich nicht mitreden. "Märchenwelt oder nicht, Ihre Großmutter scheint dort anscheinend weit glücklicher zu sein als Sie in Ihrer ach so realen Welt", entfährt es mir.

Shauns Pupillen weiten sich. Ich beiße mir auf die Zunge. "Sorry. Ich wollte nicht –"

Er macht eine fahrige Handbewegung, die mich verstummen lässt.

Eine Weile lang stehen wir uns reglos gegenüber, als wären wir beide an den Füßen festgewachsen. Shaun betrachtet mich schweigend, und ich würde am liebsten im Erdboden versinken. Wie schaffe ich es nur immer, so absolut unpassende Worte zu finden? Und warum zum Teufel ist es in dieser Bibliothek eigentlich so heiß?

Eine gefühlte Stunde später findet Shaun seine Sprache wieder. "Hätten Sie etwas dagegen, wenn ich Sie einmal skizziere? Sie wären eine gute Vorlage für die Titelheldin aus *Midsummer Magic*. Das Buch, an dem ich gerade arbeite."

"Ist das das dreiundzwanzigste Buch der Luxusausgabe? Sie illustrieren es? Dann führen Sie die Arbeit Ihres Bruders weiter?"

"Ich versuche es. Es ... Nun, ich stecke gerade fest."

"Wo ist denn das Problem?", erkundige ich mich.

Hat Shaun die Frage nicht gehört? Er antwortet mir nicht, sieht mich aber dabei so konzentriert an, als skizziere er in Gedanken bereits mein Profil.

"Wenn es Ihnen hilft, können Sie mich gerne zeichnen",

sage ich, damit sich nicht wieder diese beklemmende Stille zwischen uns legt. "Obwohl ich mir nicht vorstellen kann, dass ich ein gutes Model wäre."

"Sie sind perfekt", entfährt es Shaun.

Jetzt blickt er drein, als würde er sich am liebsten auf die Zunge beißen. Und dann ist es wieder da, das Schweigen.

Verdammt noch mal. Ich trete von einem Fuß auf den anderen. Dann fällt mir zum Glück etwas ein. Etwas, das ich Shaun ohnedies schon fragen wollte. "Wer wohnt eigentlich auf der Burg, abgesehen von Ihrer Familie?"

Er sieht mich überrascht an. Aber diesmal zögert er nicht, mir zu antworten. "Nur das Personal. Tanja, Patricia und Stéphane. Warum fragen Sie?"

"Ich ... Da war ein seltsames Geräusch, irgendwo im Erdgeschoß oder im Keller der Burg. Vorhin, als ich schon geschlafen habe. Hat die Burg überhaupt einen Keller? Ein Verlies oder so?"

Shaun nickt langsam. "Wir haben ein ziemlich beeindruckendes Burgverlies. Komplett mit alter Rüstkammer, einem Kerker und einer Folterkammer. Sie können die Räumlichkeiten gerne jederzeit besichtigen. Vielleicht nicht unbedingt nachts, wenn Sie schwache Nerven haben."

"Lieber nicht", sage ich. "Auch nicht bei Tag. Aber das Geräusch ... Sie müssen es doch auch gehört haben, nicht? Jemand hat ganz fürchterlich geschrien."

Ich überlege einen Augenblick. "Wer immer es war, er – oder sie – könnte auch hier in der Bibliothek gewesen sein. Ich glaube, mein Zimmer liegt ziemlich genau hier drüber, oder?" Wobei ich mir kaum noch sicher bin, von wo der Schrei tatsächlich kam. Ich war eingeschlafen, die Burg ist riesengroß, voller verwinkelter Gänge – keine Ahnung, wie Schallwellen sich da ausbreiten können.

Shaun zögert einen Moment, dann zuckt er mit den Schultern. "Dieses alte Gemäuer ist voller seltsamer Laute. Das kann schon mal ein bisschen gruselig werden, ganz besonders in den Nächten. Daran müssen Sie sich gewöhnen."

"Es hat sich angehört, als litte jemand Todesqualen", beharre ich. "Das waren bestimmt nicht bloß die Mauern."

Shaun zieht einen Mundwinkel hoch, als wolle er sich an einem Lächeln versuchen. "Bestimmt ist Ihre Fantasie mit Ihnen durchgegangen. Ich kann Ihnen versichern, dass wir keine Gefangenen im Keller halten, die wir nachts mit glühenden Schürhaken foltern. Und jetzt sollten wir schlafen gehen. Bevor noch die Sonne aufgeht."

Er macht eine Kopfbewegung in Richtung der Panoramafenster, hinter denen noch völlige Dunkelheit liegt. Dann nickt er mir zu, was wohl eine Verabschiedung sein soll, macht auf der Ferse kehrt und verlässt ohne ein weiteres Wort den Raum. Ohne sich noch einmal nach mir umzudrehen. Seine Schritte, seine Bewegungen sind so lautlos und anmutig wie die eines Jaguars, der sein nächtliches Revier abschreitet.

Ich starre ihm hinterher, bis die Tür ins Schloss fällt. Er mag ja recht haben, dass mir gelegentlich die Fantasie durchgeht. Ganz bestimmt tut sie das, was ihn anbelangt. Aber den Schrei habe ich mir bestimmt nicht eingebildet.

11.

Am nächsten Tag ruft Adela mich erst am Nachmittag zu einer gemeinsamen Arbeitssitzung in die Bibliothek. Anscheinend schläft sie morgens lang und schreibt dafür gerne in den Abend hinein.

Als ich die Bibliothek betrete, führt Adela gerade eine hitzige Diskussion mit ihrem Enkel. "Theresa wird auf mich aufpassen", faucht sie ihn an. "Du musst nicht ständig meinen Babysitter spielen."

Ihre Wangen glühen, sie ist plötzlich gar nicht mehr die liebenswürdige alte Lady, die ich kennengelernt habe, sondern ein ziemlicher Drache. "Du fährst in die Stadt und organisierst mir das Briefpapier, wie du es versprochen hast."

"Verdammt noch mal, Großmutter, das können wir doch genauso gut online bestellen. Ich muss da nicht hinfahren."

Adela macht eine wegwischende Handbewegung. Ich weiß schon jetzt, wer diese Diskussion gewinnen wird. "Shaun", sagt sie und funkelt ihn zornig an, "Ich kaufe seit vierzig Jahren in Annabelles Laden ein, und ich werde ihr jetzt nicht untreu werden und zu irgendeinem anonymen Online-Shop wechseln. Du fährst in ihre Papeterie – und dann machst du dir einen schönen Abend in der Stadt. Ich will dich hier nicht vor morgen früh wiedersehen. Hast du mich verstanden?"

Gegen jeden anderen Gesprächspartner könnte Shaun sich bestimmt locker durchsetzen. Aber seine Großmutter liebt er zu sehr, um sie weiter mit dieser Diskussion aufzuregen. Es steht ihm ins Gesicht geschrieben. Sein Gesicht glüht vor

Zorn, aber sein Herz hängt so sehr an dieser Frau, dass er nachgibt. Ganz egal, wie unsinnig ihm ihr Wunsch erscheinen mag.

Er stöhnt frustriert auf, dann rauscht er mit angespannten Muskeln und zusammengepressten Lippen an mir vorbei. Er verlässt die Bibliothek ohne ein weiteres Wort und knallt die Türe hinter sich zu.

Adela guckt mich an, schüttelt den Kopf und seufzt. "Ich musste es tun", sagt sie, als ob sie mir eine Erklärung schulde. "Wenn ich ihn nicht gelegentlich unter irgendeinem Vorwand in die Stadt schicke, verschanzt er sich nur hier auf der Burg. Und wacht mit Argusaugen über mich, dass ich ja nicht tot umfalle. Dabei soll er doch junge Leute kennenlernen, Spaß haben, in eine Diskothek gehen ... Oder was immer es ist, das ihr Jungen heutzutage so treibt." Sie blickt mich fragend an.

"Oh. Diskotheken sind durchaus eine Möglichkeit", sage ich. Auch wenn ich selbst seit Ewigkeiten keinen Fuß mehr in eine gesetzt habe.

"Er hat doch alles noch vor sich", fährt Adela fort. "Sein ganzes Leben. So viele Chancen. Und er ist so ein guter Junge. Er muss doch ins Leben zurückfinden – statt hier in diesem alten Gemäuer meinen Babysitter zu spielen." Sie sieht mich betrübt an, dann verstummt sie.

Ins Leben zurückfinden? Was für eine seltsame Formulierung. Ausnahmsweise platze ich nicht sofort mit einer Frage hervor, um herauszufinden, was Adela wohl damit meinen könnte. Nein, ich überlege tatsächlich erst, ob es wohl sehr taktlos wäre, so neugierig zu sein. Und bin fast ein bisschen stolz auf mich. Ich kann mich beherrschen, wenn es darauf ankommt! Wer hätte das gedacht. Also wenigstens vor meiner Arbeitgeberin. Ich kann die diskrete und professionelle Sekretärin sein, die sie sich bestimmt wünscht.

Ich komme zu dem Schluss, dass es wohl okay ist, wenn ich vorsichtiges Interesse an den Belangen ihres Enkels zeige und ihr die eine oder andere Frage stelle. Schließlich hat sie ihn ja auch ohne zu zögern in meinem Beisein zur Schnecke gemacht.

Da allerdings ist meine Chance bereits verstrichen. Adela hat es sich in ihrem Ohrensessel gemütlich gemacht und ihre Briefmappe auf dem Schoß ausgebreitet. Sie entstöpselt gerade ihre elegante schwarze Füllfeder und beginnt zu schreiben.

Ich schlucke die Fragen, die mir auf der Zunge liegen, hinunter. "Sie haben eine Menge Brieffreunde", sage ich beiläufig, aber laut genug, dass sie es nicht überhören kann. Ich kann sie doch nicht einfach ihrer Korrespondenz überlassen, ohne dass sie mir eine Arbeitsaufgabe zugeteilt hat. Ich will auf gar keinen Fall schon wieder meine Dienstzeit damit verbringen, in ihren Romanen herum zu schmökern!

Adela blickt hoch und lächelt mich aus ihren wasserblauen Augen an. "Ich schreibe meinem Mann", sagt sie. "Philip."

"Oh, ach so. Befindet er sich denn auf Reisen?" Mir war vorübergehend entfallen, dass Adela verheiratet ist. Obwohl sie ihren Mann ja bereits gestern erwähnt hat. Bei den Büchern, die sie schreibt, ist ihr die Liebe sicher das Allerwichtigste im Leben. Bestimmt führt sie eine sehr glückliche Ehe.

Adelas Augen wandern an mir vorbei, hinaus in das tiefe Grün der Parklandschaft, die sich vor den Fenstern der Bibliothek ausbreitet. "Briefe sind etwas Wunderschönes, finden Sie nicht?", sagt sie. "Sie sind wie Küsse und Berührungen, die man für den Geliebten auf Papier bannt. Wo sie für immer konserviert bleiben."

Sie nimmt mich wieder in den Blick, auch wenn es wirkt, als betrachte sie mich aus einiger Ferne. Wie durch einen unsichtbaren Schleier, der ihre Welt von der meinen trennt. "Schreiben Sie und Ihr junger Mann sich auch manchmal Briefe?", fragt sie mit ihrer zarten Sopranstimme. Und klingt dabei hoffnungsvoll. "Jetzt wo Sie hier arbeiten und sich nicht so oft sehen können, wäre das doch eine wunderbare Gelegenheit, einander zu schreiben. Nicht wahr?"

Warum ist da plötzlich dieser harte, kalte Kloß in meiner Kehle? Ich versuche ihn hinunterzuschlucken, aber es will mir nicht gelingen. "Ich ... habe niemanden, dem ich schreiben könnte", sage ich mit belegter Stimme. "Keinen Freund."

Adela fragt nicht nach, aber ich fühle mich bemüßigt, weiterzureden, ihr eine Erklärung zu geben. "Meine letzte Beziehung ging erst kürzlich in die Brüche", sage ich, bemüht, meine Worte beiläufig klingen zu lassen. Als wäre ich längst darüber hinweg.

Und doch plappere ich weiter, und meine Stimme klingt auf einmal rau. "Wir haben uns vor zwei Monaten getrennt. Und wir waren auch nicht lange zusammen. Er hätte definitiv keine Briefe von mir gewollt. Die Art Mann war er nicht."

Christian war überhaupt nicht die Art Mann gewesen, der irgendetwas von mir wollte. Also nichts, was über Sex hinausging, und dass er mich ab und zu irgendwelchen Kumpels vorführen konnte. Ansonsten waren wir uns fremd geblieben, vom Anfang bis zum Ende.

"Wie schade", sagt Adela leise.

Ich zucke mit den Achseln. "Es ist okay. Beziehungen machen doch ohnedies nur Probleme. Am Ende steht man immer mit gebrochenem Herzen da."

Habe ich das wirklich gerade zu meiner Arbeitgeberin gesagt? Wie pathetisch. "Ehrlich, ich freue mich", stammle ich rasch weiter. "Dass ich jetzt ungebunden bin und bei Ihnen arbeiten kann. Es ist wunderschön hier, dieses Märchenschloss, in dem Sie wohnen, mein Zimmer, der Park, die Wälder. Und vor allem die Romane, die Sie schreiben! Ich freue mich schon sehr darauf, sie alle zu lesen!"

Ich strecke meine Hand aus und deute auf die raumhohen Bücherschränke, die uns umgeben. "Ich werde Ihnen die beste Sekretärin sein, die Sie sich nur wünschen können. Das verspreche ich Ihnen." Ich versuche ein Lächeln, und Adela erwidert es einen kurzen Augenblick lang.

"Wie schade", wiederholt sie dann. "Ein Leben ohne Liebe ..." Sie vollendet den Satz nicht. Ihr Blick wird weich und verliert sich im Raum. Dann nimmt sie erneut ihren Füller zur Hand und beginnt, sich nun endlich ihrer Korrespondenz zu widmen.

Ich stehe da wie ein begossener Pudel und weiß nicht, was ich sagen soll. Aus heiterem Himmel überkommt mich ein Gefühl, das sich wie Liebeskummer anfühlt – was doch gar nicht sein kann. Da ist absolut niemand, dem ich nachtrauern kann. Kein Mann, der mir in den letzten Jahren nahe genug gekommen wäre, um mir das Herz zu brechen. Ganz bestimmt nicht Christian. Und auch keiner seiner Vorgänger, die ohnedies dünn gesät waren. Aber der Kummer ist dennoch da, oder vielleicht ist es eher eine Leere. Eine unbestimmte Sehnsucht, die ich nicht abschütteln kann. Was irgendwie noch viel schlimmer ist.

Im nächsten Moment sehe ich ausgerechnet Shaun vor mir. Vor meinem inneren Auge kommt er geradewegs auf mich zu, durch das Halbdunkel der Bibliothek. Er blickt mich aus seinen unergründlichen schwarzen Augen an, als wäre ich die begehrenswerteste Frau der Welt. Als habe er schon immer auf mich gewartet. Er lächelt, streckt seine Arme nach mir aus ...

Du lieber Himmel! Was ist nur los mit mir?

Rasch schiebe ich den Gedanken beiseite. Mein Job ist mir wichtig, ich bin ein Profi und verfalle nicht mitten in der Arbeitszeit in irgendeine schwermütige Melancholie! Oder gar in schmachtende Visionen von Adelas Enkel. *Reiß dich zusammen, Theresa!*

Von wegen die beste Sekretärin sein. Ich komme mir ganz und gar überflüssig vor. Wie soll ich mich für meine Chefin unentbehrlich machen, wenn sie mir nicht mitteilt, welche Arbeiten ich für sie erledigen soll?

Ich blicke mich im Raum um. Auf dem Glastisch, auf dem Adela die Notizen zu ihrem aktuellen Buchprojekt ausgebreitet hat, sieht es aus wie auf einem Schlachtfeld.

Auch wenn es mir schrecklich peinlich ist – ich nehme meinen Mut zusammen und unterbreche meine Chefin noch einmal bei ihrer Korrespondenz. "Soll ich hier ein wenig aufräumen?", frage ich und deute dabei auf den Glastisch. "Ich kann die Papiere für Sie ordnen, und wenn Sie möchten, gebe ich das, was Sie schon haben, in den Computer ein. Ich habe keine neuen Dateien am Desktop gefunden, keinen aktuellen Ordner für das Buch. Soll ich einen für Sie anlegen? Hat der Roman denn schon einen Arbeitstitel?"

Ich hole Luft. Die Fragen sind ohne Pause aus mir hervorgesprudelt, und jetzt ist mir der Atem knapp geworden.

Adela lässt ihren Füller sinken und stöhnt leise. Anscheinend sind es nicht meine Fragen, die sie quälen, sondern der schiere Gedanke an das Buchprojekt – denn sie sieht mich betrübt aber freundlich an, als sie mir antwortet. "Gerne, meine Liebe. Tun Sie das. Sie können den Ordner *Jonas* nennen. So heißt der Protagonist des Romans. Mögen Sie den Namen?"

Ich nicke eifrig. "Schon. Der klingt gut."

Adela reibt sich den Nasenrücken. "Ich komme einfach nicht weiter mit seiner Geschichte. Es liegt alles völlig im Dunkeln. Figuren tauchen am Horizont auf, aber dann verschwinden sie gleich wieder, bevor ich sie festhalten kann. Jonas kann einfach mit keiner der Frauen, die ich in sein Umfeld setze, etwas anfangen. Dabei soll er sich doch verlieben!"

"Das wäre gut, bei einem Liebesroman", sage ich und grinse Adela aufmunternd an.

Sie erwidert mein Lächeln, doch ihre Lippen kräuseln sich nur leicht. "Es ist zum wahnsinnig werden! Ich fürchte, die Gabe wurde mir genommen. Und das ausgerechnet jetzt, wo ich sie am dringendsten brauche!" Sie rauft sich die Haare.

"Der Roman liegt Ihnen wohl sehr am Herzen", sage ich behutsam. Ich muss an Shauns Worte denken. An seinen Wunsch, seine Großmutter endlich in den Ruhestand zu befördern. Er hat zweifellos recht damit, dass Adelas jüngstes Buchprojekt an ihren Kräften zehrt.

Sie blickt mir direkt in die Augen. "Es ist von größter Wichtigkeit, dass ich ihn fertigstelle ... bevor ich sterbe."

"So etwas dürfen Sie nicht sagen!", erwidere ich rasch. "Sie werden bestimmt noch ganz viele Bücher schreiben! Und das aktuelle wird Ihnen auch gelingen, da bin ich mir sicher."

"Sie sind ein liebes Kind", sagt Adela. Ihr Lächeln wird breiter. "Und bestimmt haben Sie recht. Ich muss einfach nur Vertrauen haben, wie all die anderen Male zuvor. Es wird schon funktionieren."

Sie seufzt, dann stemmt sie sich aus ihrem Ohrensessel hoch und kommt zu mir herüber. Sie betrachtet das Chaos auf dem Glastisch, dann zieht sie einen der beschriebenen Papierbögen zu sich heran. Einen der wenigen, die nicht durchgestrichen oder zerknüllt sind. "Heute Morgen bin ich eigentlich mit einem sehr guten Gefühl aufgewacht", erklärt sie mir. "Ich hatte den Eindruck, dass mir heute ein Durchbruch bevorsteht. Ich habe gleich Stift und Papier zur Hand genommen. Die halte ich immer am Nachttisch bereit. Die besten Ideen kommen einem nicht am Schreibtisch, sondern zu den unmöglichsten Zeiten, wissen Sie? Ganz egal, wo man gerade ist."

Ich nicke. Mir sind auch schon halbe Blogbeiträge mitten in der Nacht eingefallen. Oder unter der Dusche.

"Aber dann ist da plötzlich dieser Kopist bei Jonas im Kloster aufgetaucht", sagt Adela.

"Dieser was?"

"Kopist – so nannte man einst die Schreiber in Klöstern."

"Oh."

Adelas Stirn legt sich mit einem Mal in tiefe Falten. "Keine Ahnung, wo der herkommt, oder was ich mit ihm anfangen soll. Jonas ist doch nicht homosexuell, um Himmels willen!

Er braucht eine Frau, keinen Kopisten!"

"Ihr Buch spielt also in einem Kloster?", frage ich. "Das klingt spannend. Ist Jonas ein Mönch? Der sein Gelübde bricht und sich verliebt?"

"Nein, nein." Adela schüttelt den Kopf. "Er ist ein junger Edelmann, der sich nur vorübergehend ins Kloster zurückgezogen hat. Obwohl, es sind schon einige Jahre verstrichen seit seiner Ankunft dort."

"Ein Edelmann? Wird das ein historischer Roman?"

"Ja, er spielt im Mittelalter. Ich denke, das passt ganz gut."

"Ich liebe diese Zeit", sage ich, "aber in einem Kloster eine Frau kennenzulernen, in die Ihr Jonas sich verlieben kann, das wird vermutlich nicht so einfach."

"Wem sagen Sie das! Ich dachte eigentlich, er könne sich in eine der weiblichen Bediensteten des Klosters verlieben. Ich habe da mehrere wirklich attraktive Frauen rund um ihn herum angesiedelt."

"Das klingt doch gut", sage ich.

Adela stöhnt gequält auf. "Ja, nur keine von denen interessiert Jonas auch nur die Bohne. Und jetzt ist da plötzlich dieser Kopist aufgetaucht. Ganz ungeplant, mitten aus dem Nirgendwo."

"Und Jonas ist ganz bestimmt nicht schwul?", frage ich vorsichtig. "Liebesromane mit homosexuellen Paaren sind doch heutzutage keine Seltenheit mehr."

Adela verzieht die Mundwinkel. "Natürlich nicht, ich hatte auch schon gleichgeschlechtliche Paare. Schon vor Jahren. Aber Jonas liebt Frauen, da bin ich mir ganz sicher."

Adela kaut am hinteren Ende ihres Füllers. Sie starrt auf das Blatt vor sich, das in ihrer gestochen scharfen

Handschrift beschrieben ist. Zarte kleine Buchstaben, die in regelmäßigen und völlig geraden Zeilen angeordnet sind. Obwohl das Blatt unliniert ist.

"Ich hab´s!", platzt es plötzlich aus mir heraus. "Der Kopist ist in Wahrheit eine Frau!"

12.

Adela sieht mich verständnislos an. Dann schüttelt sie den Kopf. "Das geht wirklich nicht, meine Liebe. Ich nehme mir ja durchaus meine Freiheiten, selbst bei historischen Stoffen – aber eine weibliche Schreiberin in einem Kloster? Im Mittelalter? Das ist doch etwas weit hergeholt, finden Sie nicht?"

"Nein. Das heißt, ja. Das ist doch genau der Punkt! *Er*, also der Kopist, ist in Wahrheit eine *sie* – die sich als Mann verkleidet hat, um ihrer Leidenschaft nachzugehen. Sie will nicht einfach Ehefrau und Mutter sein, oder welche Optionen sie sonst zu jener Zeit hatte, sondern sie will schreiben! Sie steckt voller eigener Geschichten, aber sie ist schon glücklich, wenn sie nur einen Stift halten kann. Oder einen Federkiel. Was immer man damals hielt. Deswegen hat sie sich als Mann verkleidet und –" Ich gerate ins Trudeln.

"Ja?", ermuntert mich Adela, die mich völlig verblüfft anguckt.

"Keine Ahnung. Es ist ihr gelungen, mit dieser Tarnung im Kloster eine Anstellung zu finden. Wie wäre es damit: Der Abt des Klosters hat sie als Schreiber eingestellt? Für seine persönliche Korrespondenz? Bestimmt hatte ein Abt jede Menge Bürokram zu erledigen. Schon im Mittelalter! Und er will nicht, dass seine Mönche seine privaten Briefe lesen. Sicher hat er einiges zu verbergen, nicht wahr? Schließlich ist er ein Kirchenmann! Deswegen stellt er jemand von außerhalb der Klostermauern ein. Jemand, der nicht mit den

Mönchen lebt, aber trotzdem sehr schriftkundig ist. Oder so."

Ich hole tief Luft. Wieder einmal habe ich vergessen, zwischen meinen Sätzen einzuatmen.

Adela legt den Kopf schief und mustert mich lange von der Seite. Dabei sagt sie kein Wort, sondern kaut nur gedankenverloren an ihrem Füller herum. Schließlich nimmt sie ihn aus dem Mund, greift sich ein unbeschriebenes Blatt und setzt die Federspitze aufs Papier. "Ich frage mich, ob das funktionieren könnte", murmelt sie. "Eine Kopistin, die sich als Mann verkleidet ins Kloster einschleicht. Hm." Sie beginnt zaghaft zu schreiben, doch kurz darauf fliegt ihre Hand bereits über das Papier.

Ich verspüre einen Anflug von Stolz, dass ich Adela eine Idee liefern konnte, die sie scheinbar weiterbringt. "Was kann ich inzwischen tun?", frage ich, bevor ich sie dem Schreibfluss überlasse.

Sie blickt hoch, sieht mich an, als habe sie spontan vergessen, dass ich überhaupt existiere. Man kann förmlich sehen, wie hinter ihrer Stirn bereits die neuen Ideen für ihr Buch brodeln. Wie sie darauf brennt, die Worte aufs Papier zu bringen. "Keine Ahnung", sagt sie vage. "Haben Sie keine private Korrespondenz zu erledigen?"

Ich schüttle den Kopf. Private Korrespondenz? Dazu hat sie mich nun wirklich nicht eingestellt.

Adela sieht mich ratlos an. Ihre Hand fasst den Füller fester. Wie ein Sprinter an der Startlinie lauert sie förmlich darauf, endlich loslegen zu dürfen.

Ich öffne zaghaft meine Handtasche und ziehe das Exemplar von *Heartbeat* heraus, das ich immer noch nicht durch habe. Lesen ist wohl immer noch besser als gar nichts zu tun. Oder meine Chefin von ihrer Arbeit abzuhalten. Ich halte das Buch Adela hin. "Stört es Sie, wenn ich Ihren Roman weiterlese? Ich habe ihn fast fertiggelesen und finde ihn fantastisch. Ich schulde meinen Abonnenten eine Rezension dazu."

"Ihren Abonnenten?"

Ich spüre, wie mir das Blut in die Wangen schießt. "Na ja, ich schreibe einen Blog", nuschle ich.

Ich schulde meinen Abonnenten eine Rezension. Wie furchtbar hochtrabend das klingt! Als warteten Tausende Menschen schon begierig darauf, endlich mein Geschreibsel zu lesen.

"Einen was?", fragt Adela.

Ich versuche ihr zu erklären, was ein Blog ist. Und dass sich meiner mit der Rezension von Liebesromanen befasst.

"Sie schreiben also über die Bücher anderer Menschen?", fragt sie.

Ich nicke. "Ja. Ich habe zwar noch kaum Abonnenten, also Leser, aber es macht mir großen Spaß. Ich schreibe für mein Leben gern."

"Eine Schriftstellerin also", murmelt Adela.

"Was? Nein. Das könnte ich nie."

"Sie schreiben, also sind Sie Schriftstellerin, nicht wahr? So einfach ist das. Haben Sie sich auch schon an eigenen Geschichten versucht? An der Art von Romanen, die Sie so gerne lesen? Die sie auf ihrem Blog rezensieren?"

"Nein ..."

"Und warum nicht?"

"Es wäre ein Traum", flüstere ich. "Aber ich habe kein

Talent dafür."

"Sagt wer?"

Ich zucke mit den Schultern. "Keine Ahnung. Ich selbst? Ich mache mir da nichts vor. Ich schaffe es doch kaum, als Sekretärin Karriere zu machen", platzte ich heraus.

Und würde mich im nächsten Moment am liebsten ohrfeigen. *Ganz toll, Theresa. Dein zweiter Tag im neuen Job und du offenbarst deiner Chefin, was für eine miese Sekretärin du bist. Großartig.*

Doch Adela nickt wie selbstverständlich. "Ich würde mich als Sekretärin bestimmt auch langweilen", sagt sie. "Romane zu schreiben ist so viel erfüllender." Dann blickt sie wieder auf den Papierbogen, auf dem ihre Hand ruht und murmelt etwas vor sich hin. Es klingt wie "Das ist wirklich interessant. Das könnte womöglich funktionieren."

Ich überlasse sie ihrem Roman, steuere den Bürostuhl vor dem großen Eichentisch an und mache es mir bequem. Ich schlage mein Exemplar von *Heartbeat* beim Lesezeichen auf. Viel lieber würde ich in Adelas Ohrensessel lesen, der so unendlich gemütlich aussieht, oder auf einem der kuscheligen Sofas vor den Marmorkaminen. Aber ich bin noch immer im Job! Wenn ich schon während der Arbeitszeit Romane lesen darf, dann wenigstens am Schreibtisch. Wo ich meiner Chefin jederzeit zur Hand gehen kann, wenn sie mich braucht.

Adelas weißer Haarschopf ist tief über den Glastisch gebeugt, doch ihre Hand ist zum Stillstand gekommen, nachdem sie die ersten paar Zeilen aufs Papier gefegt hat. War meine Idee doch nicht brauchbar?

In diesem Augenblick klopft es an der Tür. Tanja, die

Haushälterin, steckt den Kopf herein. Sie ist auffällig geschminkt und ihr schwarzes Haar fällt ihr glänzend und perfekt glatt über die Schultern. "Stéphane schickt mich. Fürs Dinner war heute Kalbsbraten mit Ihnen vereinbart, Mrs. Bentley, er hat aber gerade ganz frische Steinpilze geliefert bekommen und möchte wissen, ob er umdisponieren darf."

Adela wirkt einen Moment irritiert, bestimmt ist sie in Gedanken noch irgendwo in ihrem mittelalterlichen Kloster. Bei Jonas und seiner angehenden Liebespartnerin. "Steinpilze?", wiederholt sie mechanisch. Dann fasst sie sich. "Ja, ja das ist gut. Stéphane soll den Kalbsbraten ruhig auf morgen verschieben. Shaun liebt Steinpilze."

Bei der Erwähnung von Shauns Namen huscht ein Lächeln über Tanjas Gesicht. Sie mag den Enkel ihrer Arbeitgeberin wohl sehr gern. Und sie ist eine bildschöne Frau. Es würde mich nicht wundern, wenn Shaun in sie verliebt wäre. Vielleicht haben die beiden heimlich eine Affäre, von der Adela nichts weiß? Es kann doch wirklich nicht sein, dass ein Mann wie er Single ist. Oder nicht zumindest reichlich Sex hat.

Geht dich nicht das Geringste an, Theresa!, ermahne ich mich und stecke meine Nase ganz bewusst wieder zurück in mein Buch. Für die Heldin aus *Heartbeat* sieht es gerade verdammt düster aus, aber ich bin mir sicher, dass ein Happy End auf sie wartet. Schon sehr bald. Die Glückliche.

Tanja verabschiedet sich, und Adela verlässt den Glastisch. Sie kehrt zurück in ihren Ohrensessel und wendet sich wieder ihren Briefen zu. Dann hat es also doch nicht so gut geklappt, mit der Kopistin, die in Wahrheit ein Mann ist? Oder braucht Adela einfach nur eine Pause? Ihre Briefe gehen ihr eindeutig leichter von der Hand als die Arbeit an dem Roman.

Stunden vergehen, in denen ihre knochige Hand unablässig über einen Briefbogen nach dem anderen huscht. Das sanfte Gleiten ihres Füllers übers Papier und mein regelmäßiges Umblättern sind die einzigen Geräusche in der Bibliothek. Ich lasse mich völlig davon einhüllen. Es ist ein so wohliges Gefühl, wie in einem warmen Schaumbad zu versinken. Ich fresse die Kapitel von *Heartbeat* nur so in mich hinein und formuliere im Hinterkopf schon eifrig meinen nächsten Blogbeitrag dazu.

Ich habe den besten Job der Welt, auch wenn ich noch immer nicht wirklich arbeite.

13.

Am nächsten Morgen erwache ich spät. Was daran liegen mag, dass ich die halbe Nacht nicht geschlafen habe. Schon die zweite in Folge.

Ich habe *Heartbeat* fertiggelesen. Auf der Terrasse vor meinem Zimmer. Bei Kerzenschein! Es war eine spontane Idee, die mir mitten in der Nacht unter dem Betthimmel kam. Ein so romantisches Buch musste man einfach in einer ebenso romantischen Umgebung lesen. In dem Wissen, dass man am nächsten Morgen nicht wieder todlangweiliges Juristen-Deutsch zu Papier bringen muss. Sondern für die tollste Schriftstellerin der Welt arbeiten kann.

Mein riesiges Bett mit seinen duftenden Kissen war, was die romantische Atmosphäre anbelangt, natürlich ein guter Anfang. Aber die warme, blütenschwere Nachtluft, das Zirpen von Zikaden, und die Abermillionen von Sternen, die man in der Stadt so nie zu Gesicht bekam, lockten mich nach draußen ins Freie. Und direkt über der Terrasse, über den Burgzinnen aus längst vergangenen Tagen, hing der silberne Mond.

Hier draußen waren die Geräusche der Nacht zwar auch unheimlich, aber der Sternenhimmel legte sich wie eine schützende Decke über mich und kein Schrei aus den Tiefen der Burg drang an meine Ohren. Vielleicht hatte Shaun ja doch recht und mir war in der Nacht zuvor wirklich die Fantasie durchgegangen.

Ich machte es mir mit einigen Kissen auf einer der

Outdoor-Liegen bequem und gab mich dem Gefühl hin, durch die Zeit gereist zu sein. Viele Jahrhunderte zurück, in eine magische Epoche, die sich in keinem Geschichtsbuch fand.

Ich entzündete ein paar Kerzen und las die letzten Seiten von *Heartbeat*. Die Heldin (und der Held) bekamen ihr Happy End, wie ich es gehofft hatte. Kaum hatte ich den Roman zugeklappt, verfasste ich meinen Blogbeitrag zu dem Buch. Er ging mir unglaublich leicht von der Hand, die Rezension schrieb sich fast von allein.

Danach hätte ich dringend schlafen gehen sollen, aber ich musste unbedingt noch die ersten paar Kapitel von *Night of the Priestess* lesen, auch wenn es schon lange nach Mitternacht war. Jener Roman, den Shaun als Adelas bestes Buch bezeichnet hatte. Ich habe mir die illustrierte Ausgabe davon aus Adelas Bibliothek ausgeliehen. Ich hoffe, sie steinigt mich nicht dafür, aber ich konnte einfach nicht widerstehen.

Dieses Buch, mit Milo Bentleys traumhaft schönen Illustrationen in Händen zu halten, fühlte sich an wie … ach, ich weiß auch nicht. Wie ein Ballkleid aus feinster Seide zu tragen, sich mit dem sinnlichsten Parfum zu besprühen und dann in gläsernen High Heels die Treppe zu einem Palast hinaufzuschreiten. Ja, schon gut, das ist Kitsch pur. Ist mir klar. Mir ist wirklich nicht zu helfen.

Ich war neugierig, warum *Night of the Priestess* Shaun so besonders gut gefällt. Oder besser gesagt gefiel, denn er hat das Liebesroman-Lesen ja aufgegeben. *Weil man über Adelas Büchern die reale Welt vergisst.* Nun, damit mag er recht haben, aber mir ist das egal. Dann lebe ich eben in einer Illusion. In einer Traumwelt, in der man nachts unter dem Sternenhimmel die schönsten Romane verschlingt, bis man schließlich todmüde aber selig in sein Himmelbett fällt. Das sich in einem Prinzessinnenzimmer befindet, hinter den Mauern eines Märchenschlosses. Ich habe nichts dagegen.

Als ich nun am späten Vormittag schlaftrunken aus dem Bett klettere und ich Richtung Badezimmer taumle, entdecke ich den Brief. Er liegt direkt unter meiner Zimmertür. Bestimmt hat ihn jemand einfach darunter durchgeschoben. Es ist eines der blütenweißen Kuverts aus schwerem Papier, die Adela für ihre Korrespondenz benutzt.

Rasch hebe ich es auf.

Darin befindet sich ein einzelner Bogen Briefpapier, beschrieben in der feinsäuberlichen Handschrift meiner Chefin.

Liebe Theresa,

das mit der Kopistin funktioniert leider doch nicht. Ich habe keine Ahnung, wie ich Jonas und dieses – als Mann verkleidete – Mädchen im Kloster zusammenbringen soll. Vielleicht fällt Ihnen ja etwas dazu ein? Treffen wir uns so gegen drei Uhr in der Bibliothek?

Liebe Grüße,
Adela

Gestern war ich so stolz gewesen, dass ich Adela eine Idee für ihr Buch liefern konnte. Dass sich die als Mann verkleidete Kopistin, die ich mir ausgedacht habe, nun so schnell als Sackgasse erwiesen hat, desillusioniert mich ein wenig. Adela scheint jetzt neuerlich festzustecken. Hoffentlich kann ich ihr am Nachmittag bei unserer Arbeitssitzung doch irgendwie helfen.

Ich muss an das Angebot denken, das Shaun mir gemacht hat. Adela das Projekt ausreden und dafür ein halbes - nein ein ganzes! - Jahresgehalt auf einmal kassieren.

Ich könnte das Geld verdammt gut brauchen. Mein Konto hat schon seit Jahren keine schwarzen Zahlen mehr gesehen. Aber ich will meinen Job bei Adela nicht verlieren. Ich habe ihn doch gerade erst angetreten, und ich kann mir keine bessere Arbeitgeberin vorstellen als sie. Das mit dem Buch muss einfach klappen! Irgendwie. Ohne allzu viel Stress für Shauns Großmutter - dann wird er kein Problem haben, wenn ich weiter für sie arbeite.

Als ich in die Küche komme, um mich von Stéphane mit ein paar seiner göttlichen Blaubeermuffins verwöhnen zu lassen, sitzt ein mir unbekannter Mann am Esstisch. Er trägt einen dunklen Anzug mit Krawatte und blickt drein, als wolle er jemanden ermorden. Er trommelt mit den Fingern auf die Tischplatte, während Stéphane anscheinend damit beschäftigt ist, ihm ein flaumiges Omelett zu braten.

Als der Mann mich sieht, springt er auf. Er verzieht seine Mundwinkel, was wohl ein Lächeln darstellen soll und streckt mir seine Hand entgegen. "Dr. Richard Engelmann", stellt er sich vor.

Ah, der Hausarzt. "Theresa Milar", erwidere ich, und dann frage ich ihn spontan, ob es Adela gut geht. "Ist alles in Ordnung mit ihr?", platzt es aus mir heraus, bevor ich mich bremsen kann. Ich weiß nicht, wie ich darauf komme. Die düstere Ausstrahlung und die Unruhe dieses Mannes übertragen sich irgendwie auf mich. Ich fühle mich plötzlich in Alarmbereitschaft.

Hatte der Arzt Streit mit seiner Patientin? Warum blickt er so finster drein? Was hat ihn so wütend werden lassen?

Er sieht ansonsten recht sympathisch aus. Er ist kaum größer als ich, sehr schlank und hat einen gepflegten weißen Vollbart, der ihn wie einen Gelehrten aussehen lässt. Bestimmt hat er bereits die Siebzig überschritten, aber er wirkt körperlich sehr fit und mustert mich aus wachen grünen Augen.

Hat Shaun mir nicht erzählt, Dr. Engelmann wäre Adela sehr zugetan? Und dass sie – wenigstens manchmal – auf den Arzt höre?

Dr. Engelmann ignoriert meine Frage nach dem Gesundheitszustand seiner Patientin. Er lässt sich zurück auf seinen Stuhl fallen und schielt zu Stéphane hinüber, der ganz in der Zubereitung des Omeletts aufzugehen scheint.

Erneut beginnt der Arzt, die Tischplatte mit seinen Fingerspitzen zu bearbeiten. *Tack tack tack*. Es hört sich an wie ein Erschießungskommando.

"Herr Doktor?", frage ich nach.

"Ja, ja, schon gut. Ich habe Sie gehört", brummt er. Dann entschuldigt er sich. "Verzeihen Sie, wo habe ich nur meine Manieren gelassen. Sie können ja nichts dafür. Wer sind Sie überhaupt, wenn ich fragen darf?"

"Adela Bentleys Sekretärin. Ich bin neu hier."

"Ah ja, so so. Na, ich nehme mal an, Sie können auch nichts ausrichten gegen ihren fürchterlichen Sturschädel." Es ist keine Frage, mehr eine Feststellung. Er springt abrupt auf, läuft zur Küchentheke hinüber, und wuchtet eine Porzellantasse unter die Kaffeemaschine. Anscheinend ist er mit dem Haushalt so vertraut, dass er sich ohne zu zögern selbst bedient. Vermutlich ist er schon seit langer Zeit der Hausarzt der Familie. Und praktiziert auf eine Art und Weise, die man in der Stadt längst nicht mehr findet. Mein Hausarzt, wenn man ihn überhaupt so nennen will, würde nicht zu mir in die Wohnung kommen, selbst wenn ich im Sterben läge.

Dr. Engelmann drückt ein paar Knöpfe an der Kaffeemaschine, und das Mahlwerk erwacht lautstark zum Leben. Gleich darauf tröpfelt duftender, schwarzer Kaffee in die Porzellantasse. Der Arzt steht reglos da und beginnt neuerlich das Trommelkonzert mit seinen Fingern. Diesmal auf der Granitplatte neben der Kaffeemaschine.

"Was ist denn los?", frage ich – obwohl er mir den Rücken zuwendet. Langsam beginne ich wirklich, mir Sorgen zu machen. "Ist Mrs. Bentley krank?"

Er reagiert erst nicht, dann dreht er sich plötzlich ruckartig zu mir um. "Lassen Sie es mich so sagen, sie hat mich ausdrücklich an meine ärztliche Schweigepflicht erinnert, als ich sie vorhin verlassen habe."

Ich gucke ihn verständnislos an.

"Sie will nicht, dass ich mit irgendjemand hier im Haus über ihren Gesundheitszustand spreche", erklärt er mir. "Um Sie alle nicht in Sorge zu versetzen."

Bei diesen Worten blickt Stéphane von seiner Pfanne hoch. Auf seiner Stirn hat sich eine tiefe Falte gebildet, und die gute Laune, die er ansonsten in der Küche versprüht, ist mit einem Schlag wie weggeblasen.

Dr. Engelmann hebt beide Hände. "Ich habe keine

Erlaubnis, Ihnen irgendetwas mitzuteilen, Mrs. Bentleys Gesundheitszustand betreffend", wiederholt er, diesmal an den Koch gerichtet.

Der öffnet den Mund, als wolle er etwas sagen, überlegt es sich dann aber offensichtlich anders und nickt nur zögerlich. Auch in seinem Gesicht spiegelt sich jetzt unübersehbare Sorge. Er zieht die Pfanne vom Kochfeld, lässt das Omelett auf einen Teller gleiten und drückt diesen wortlos dem Arzt in die Hand.

"Danke, Stéphane", murmelt Dr. Engelmann. Er kehrt mit dem dampfenden Ei-Gericht an den Tisch zurück und beginnt, sich darüber her zu machen. Er verschlingt es in wenigen Bissen. Er spült mit Kaffee nach, bedankt sich erneut bei Stéphane, dann nickt er mir zu und einen Moment später ist er bereits verschwunden.

Der Koch und ich sehen uns wortlos an. Was um alles in der Welt war das denn? Was ist mit Adela los?

14.

Eine knappe Stunde später finde ich Adela im weitläufigen Park der Burganlage. Da ich offensichtlich meist nachmittags oder abends arbeiten werde, habe ich beschlossen, den Vormittag zur Erkundung meiner neuen Umgebung zu nutzen.

Der Garten, der die Burg umgibt, ist ein Traum in Grün. Und allen Farben des Regenbogens. Patricia, die Gärtnerin, scheint hier rund um die Uhr am Werk zu sein. Sie ist eine sehr stille Frau, die bei den gemeinsamen Mahlzeiten in der Küche kaum ein Wort von sich gibt. Aber zwischen den farbenprächtigen Beeten, den Baumriesen, den wunderbaren Bronze- und Marmorstatuen und den plätschernden Brunnen im Park scheint sie sich wohlzufühlen.

Heute Mittag ist sie damit beschäftigt, einen buschigen Lorbeer mit der Gartenschere in eine Skulptur zu verwandeln. Man kann noch nicht erahnen, wie genau das Endprodukt einmal aussehen wird.

Adela hat sich auf einer grün lackierten Bank im hinteren Teil des Parks niedergelassen. Hier hat Patricia sich anscheinend sehr zurückgehalten – oder hat sie absichtlich die Illusion eines verwunschenen, in tiefem Schlaf liegenden Zauberwalds erschaffen? Ich verstehe zu wenig von der Gartenkunst, um das beurteilen zu können. Jedenfalls scheint die Natur sich hier ungehindert in ihrer ganzen Üppigkeit entfalten zu können.

Adela sitzt zwischen wilden Rosen und dunkelgrünen

Farnen, auf deren halb eingerollten Spitzen noch der Morgentau schimmert. Mit ihrem langen weißen Haar sieht die alte Dame in dieser Umgebung aus wie eine Sagengestalt, die nur alle hundert Jahre einmal unter den Sterblichen auf Erden wandelt.

Ein paar Meter weiter plätschert ein Springbrunnen vor sich hin. In seiner Mitte räkelt sich eine wunderschöne, halbnackte Frau in den Armen eines Delphins. Also in seinen Flossen, um genau zu sein. Beide – Frau und Delphin – sind aus strahlend weißem Marmor gemeißelt.

Als Adela mich sieht, winkt sie mir zu und lädt mich auf ihre Bank ein. Sie erwähnt weder den Besuch des Arztes, noch dass es ihr gesundheitlich in irgendeiner Form schlecht ginge. Auch über die Arbeit an ihrem neuen Buch spricht sie nicht. Sie scheint einfach nur die Sonne und den Zauberwald zu genießen. Ihr Blick ruht auf der Statue in der Mitte des Brunnens. Auf der Lady mit dem Delphin.

"Sie haben ganz tolle Kunstwerke in Ihrem Park", sage ich. "So wunderschöne Frauen. Sie könnten Heldinnen aus Ihren Büchern sein." Auf meinem Rundgang habe ich ein gutes Dutzend teilweise überlebensgroße Statuen entdeckt, die über die gesamte Gartenanlage verstreut sind. Die meisten von ihnen sind Frauen, teils aus Marmor, teils aus Bronze, oft umgeben von Rosenstöcken, Blumenbeeten oder sogar von Säulenlabyrinthen, die an antike Tempel erinnern.

Adela streicht sich eine weiße Haarsträhne aus der Stirn. "Erkennen Sie sie nicht?", fragt sie mich, während sie auf die Frau mit dem Delphin deutet. "Sie ist keine Heldin aus einem meiner Romane, sie ist diejenige, der ich alles verdanke. Alles Glück in meinem Leben. Vor allem meine

Bücher."

Ich folge Adelas Blick und betrachte die Lady mit dem Delphin genauer. Obwohl sie doch in Wahrheit nur kalter, toter Stein ist, sieht sie aus, als würde sie mich anlächeln. Und ich würde töten für ihre makellose Haut, ihre unglaublichen Kurven oder gar ihre wallende Haarpracht. Von ihren üppigen, perfekt gerundeten Brüsten gar nicht erst zu reden. Und den Delphin zum Kuscheln hätte ich natürlich auch gern.

"Sie ist die Göttin der Liebe", klärt Adela mich auf. "Der Delphin ist ihr heiliges Tier. Also in der griechischen Mythologie."

"Aphrodite?", bringe ich hervor. So hieß sie doch, die Liebesgöttin der Griechen, wenn ich mich recht erinnere.

"Ganz genau", sagt Adela und mustert mich stolz. Als wäre ich eine besonders begabte Schülerin – und sie meine Lehrmeisterin. "Bei den Römern hieß sie Venus, und die alten Astronomen benannten den schönsten aller Himmelskörper nach ihr. Den Planeten Venus, den Abendstern."

Adela erhebt sich von ihrer Bank und bedeutet mir, ihr zu folgen. "Sehen Sie mal, hier drüben." Sie biegt um eine Hecke, und trippelt einen schmalen Pfad entlang. Sträucher mit kleinen gelben Blüten zu beiden Seiten des Weges verströmen einen Duft nach Honigkuchen, und als sich das Blattwerk wieder öffnet, stehen wir vor einer imposanten Bronzeskulptur. Es ist ein noch weitaus beeindruckenderes Kunstwerk als Aphrodite mit ihrem Delphin, gute drei Meter hoch und bestimmt an die sieben Meter lang. Ich will mir gar nicht erst vorstellen, wie man so etwas aus Bronze gießt.

"Auch das ist die Göttin", sagt Adela, "aber in einer uns

nicht so vertrauten Gestalt. Obwohl sie einst bis hierher in unsere Breitengrade verehrt wurde."

Die Bronzeskulptur ist eine mit Ranken und Früchten geschmückte Kutsche, ein offener Reisewagen, in dem eine eindrucksvolle Dame Platz genommen hat. Im Unterschied zu Aphrodite ist sie voll bekleidet, sie trägt ein wallendes Gewand und einen kunstvoll geschmiedeten Halsschmuck. Ihr langes Haar hat sie im Nacken zu einem Knoten hochgesteckt.

Ihre Schönheit ist von etwas reiferer, herberer Art als jene der griechischen Göttin, aber für mich sieht sie noch betörender aus. Sie ist eine starke Frau, eine Kriegerin, die bestimmt vor absolut nichts auf dieser Welt Angst hat. Ihre bronzenen Augen sehen mich an, als könne sie in die tiefsten Tiefen meiner Seele blicken.

Der Wagen der Göttin ist keine herkömmliche Kutsche, denn er wird nicht von Pferden, Maultieren oder sonstigen Huftieren gezogen. Sondern von Katzen! Sechs perfekt geformte kleine Raubtiere sind mit Hilfe edelsteinbesetzter Halsbänder vor das magische Gefährt gespannt.

"Wer ist sie?", frage ich Adela erstaunt.

Die alte Dame lächelt verschmitzt. "Sie ist Aphrodites nordische Schwester. *Freya*, die Liebesgöttin der Germanen und Wikinger. Sie ist die Anführerin der Walküren. Ihr Halsschmuck wurde von Zwergen geschmiedet, Waldkatzen ziehen ihr Gefährt, und sie besitzt das Gewand eines Falken, mit dem sie sich in die Lüfte erheben kann. Die Seelen jener Krieger, die auf dem Schlachtfeld den Heldentod sterben, gehören ihr. Na ja, zur Hälfte. Sie muss mit Odin teilen."

Adela grinst und sieht dabei trotz ihrer zarten Gestalt

einen Moment lang aus, als wäre sie selbst eine nordische Schildmaid. Furchtlos und kampferprobt.

"Wow", entfährt es mir. In diesem Moment würde ich nichts lieber tun, als neben diese stolze Göttin in den Wagen zu klettern und mit ihrem Katzengespann durch die Wälder zu jagen.

15.

Als ich am Nachmittag in die Bibliothek komme, finde ich den Raum verändert vor. Aus allen Ecken duften mir farbenprächtige Blumenbouquets in funkelnden Kristallvasen entgegen. Die meisten von ihnen sind Rosen, die bestimmt frisch aus dem Schlosspark stammen. Im Hintergrund spielt leise klassische Musik, die nach Mozart klingt. Verspielt und lebensfroh. Auf den Tischen brennen Kerzen, obwohl durch die Panoramascheiben genügend helles Sonnenlicht hereinfällt.

"Haben wir etwas zu feiern?", frage ich Adela, die mich in ihrem Ohrensessel erwartet.

Sie blickt sich im Raum um. "Gefällt es Ihnen? Mir hat ein bisschen festliche Atmosphäre oft gute Dienste geleistet. Wir wirken ja schließlich Magie hier, meine Liebe." Sie lächelt wie ein weiblicher Merlin. Eine weise alte Frau, in deren Bibliothek ich mich durch irgendeinen glücklichen Zufall verirrt habe.

"Vielleicht funktioniert es ja auch bei Ihnen?", fährt sie fort. "Solche Kleinigkeiten können helfen. Probieren wir es aus. Wie schreiben Sie am liebsten?" Sie wirkt euphorisch, wie ein junges Mädchen, das jeden Moment ihren Geliebten erwartet.

"Haben Sie das Problem in Ihrem Manuskript lösen können?", frage ich. "Gibt es Hoffnung für Jonas und seine Kopistin?"

"Ja, ich habe es gelöst", verkündet Adela und strahlt dabei

über ihr ganzes Gesicht. "Oder besser gesagt, Freya hat mir die Lösung geschenkt. Vor ihrer Statue kam mir die Idee. Kurz nachdem Sie weg waren."

"Wirklich? Das ist ja fantastisch!"

Adela nickt. Dann lässt sie die Bombe platzen. "Die Lösung sieht folgendermaßen aus: Ich werde diese Geschichte Ihnen überlassen, meine liebe Theresa. Ich glaube, *Sie* sind der Schlüssel dazu."

"Bitte waaaas?", entfährt es mir.

Adela erhebt sich aus ihrem Ohrensessel, packt mich sanft aber bestimmt am Ellenbogen und führt mich zum Glastisch hinüber, auf dem sie ihre Bücher plant. "Sehen Sie, diese Kopistin, die ins Kloster kommt, um für den Abt zu arbeiten ... Das ist doch genau wie bei Ihnen, die Sie zu mir als Sekretärin gekommen sind, nicht wahr? Ich habe keine Ahnung, wie ich das übersehen konnte. Es hätte mir gleich auffallen müssen. Schreiber kommen nun einmal, um zu schreiben. Und das wichtigste, was es in meinem Haus zu schreiben gibt, ist dieses Buch. Es muss fertig werden vor –"

Sie zögert. "Vor meinem Tod." Das Lächeln auf ihren Lippen erstirbt. Sie blickt mich ernst an.

Ich muss an das seltsame Verhalten von Dr. Engelmann heute Morgen denken. An seine kryptischen Bemerkungen Adelas Gesundheitszustand betreffend. "Sie sind doch nicht krank, oder, Mrs. Bentley?", platze ich heraus.

Sie macht eine abwiegelnde Handbewegung. "Ach bitte, sagen Sie doch Adela zu mir." Ihr Lächeln wirkt mit einem Mal sehr müde.

Dann lenkt sie meine Aufmerksamkeit zurück auf den Glastisch. "Also, was sagen Sie, möchten Sie sich einlesen?

Werden Sie mir helfen?"

Ich weiche unwillkürlich einen Schritt zurück. "Natürlich würde ich Ihnen gerne helfen", sage ich. Und meine es. "Aber das kann ich wirklich nicht. Ich bin keine Schriftstellerin wie Sie. Wenn das mit dem Buch nicht klappt, wenn es Sie zu sehr anstrengt ... dann müssen Sie es doch nicht schreiben, oder? Sie haben doch schon so viele Romane veröffentlicht. Sie haben sich redlich verdient –"

Ich stocke, suche nach dem passenden Wort. Ich will nicht sagen, dass Adela längst in Rente gehen könnte, denn gehen Künstler je in Rente? Das klingt irgendwie falsch.

Ich entscheide mich für: "Sie könnten sich zur Ruhe setzen, Mrs. Bentley. Adela. Sich ganz den schönen Dingen zuwenden. Ihrem Garten, Ihren Briefen. Genießen Sie die Zeit mit Ihrem Mann, wenn er wiederkommt. Erwarten Sie ihn bald zurück? Und mit Ihrem Enkel. Er liebt Sie sehr und sorgt sich um Sie."

Ich kann nicht glauben, dass ich meiner Arbeitgeberin gerade erzähle, wie sie ihr Leben gestalten soll. Für wen zum Teufel halte ich mich?

Aber dennoch fühlt es sich richtig an. Notwendig. Auch ich sorge mich um Adela, obwohl ich sie doch erst seit zwei Tagen kenne. Das Buchprojekt quält und belastet sie, und Dr. Engelmann scheint mir nicht der dramatische Typ zu sein, der sich ohne Grund so aufregt wie heute Morgen in der Küche. Bestimmt hat Adela irgendein gesundheitliches Problem.

Die alte Dame seufzt. Dann schüttelt sie den Kopf. "Sie verstehen nicht. Dieses Buch muss fertig werden. Aber haben Sie keine Sorge, Sie müssen es nicht *schreiben*. Nur entwerfen. Fürs erste geht es lediglich um den Plot, um die Story. Die muss von Ihnen kommen, damit es funktioniert, da bin ich mir sicher."

"Damit was funktioniert?", frage ich.

"Beim eigentlichen Text helfe ich Ihnen dann gerne. Oder Sie können das auch ganz mir überlassen. Wie Sie wollen. Schließlich ist Englisch ja nicht Ihre Muttersprache."

Großer Gott, weiß Adela eigentlich, was sie da sagt? Das kann doch unmöglich ihr Ernst sein? Ich soll mir allen Ernstes die Story für ihren neuen Roman ausdenken?

16.

Als Adela sich über den Glastisch beugt, um mir ihre Notizen zuzuschieben, hält sie plötzlich inne. Sie hebt den Kopf und lächelt mich an. "Ich habe so etwas noch nie gemacht, wissen Sie? In meinem ganzen Leben nicht. Jemanden eine unfertige Story lesen lassen. Außer meinen Mann natürlich. Mit ihm bespreche ich alle meine Geschichten, und er hat mir bei jeder einzelnen geholfen."

Sie sieht mich unsicher aus dem Augenwinkel an. "Aber diese Geschichte ... die ist ja noch nicht einmal unfertig. Es ist ja noch kaum etwas vorhanden. Armer Jonas. Helfen Sie ihm, damit er die Liebe findet. Retten Sie ihn!" Und damit schiebt sie mir den dünnen Stapel Papiere zu.

In meiner Kehle sitzt ein Kloß von der Größe einer Billiard-Kugel. Ausnahmsweise wünsche ich mir, dass ich das alles nur träume. Dass ich mich wieder einmal in einer meiner Fantasien verloren habe – und gleich zu mir kommen werde. Auf dem Drehstuhl vor dem Schreibtisch, brav damit beschäftigt, einen handschriftlichen Text meiner Chefin in den Computer einzugeben. Doch ich wache nicht auf.

Adela kehrt in ihren Ohrensessel zurück, greift nach ihrer Briefmappe, die auf dem Beistelltisch liegt und entstöpselt ihren schlanken schwarzen Füller. Entschlossen beginnt sie einen neuen Brief, während ich vor dem Glastisch stehe und auf die Notizen hinunterstarre, die sie mir übergeben hat.

Ich ziehe mir einen Stuhl heran und lasse mich hineinfallen. Halb verwundert stelle ich fest, dass er nicht unter mir zusammenbricht, obwohl ich schwören könnte, dass ich plötzlich zweihundert Kilo schwer bin. Jedenfalls fühlt sich mein Körper so an.

Zu der Kopistin, die ich gestern in die Story eingebracht habe, finden sich lediglich zwei knappe Sätze auf Adelas Notizblättern. *Schummelt sich als Mann verkleidet ins Kloster. Will unbedingt als Schreiberin Karriere machen, liebt Bücher, traut sich aber noch nichts zu.*

Das ist alles. Anscheinend hat Adela noch nicht einmal einen Namen für diese Figur gefunden.

Über Jonas entdecke ich auch nicht viel mehr. Er verdingt sich gegen Kost und Logis im Kloster, indem er im Skriptorium als Illustrator arbeitet. Er hat großes künstlerisches Talent und visionäre Ideen, wie man die kostbaren Handschriften, die das Kloster produziert, noch atemberaubender illustrieren kann.

Aber ich entdecke keine Beschreibung, wie er aussehen soll, lediglich, dass er ein junger Mann adeliger Abstammung ist, der seinen Titel, seine Privilegien, das luxuriöse Leben, das ihm seine Familie bietet, aufgegeben hat, um sich im Kloster vor der Welt zurückzuziehen.

He can never trust again!!!, hat Adela in großen schwarzen Lettern quer über eines der Notizblätter geschrieben und den Satz doppelt unterstrichen.

Ich sehe den Rest der Notizen durch, finde aber keine nähere Erklärung zu dieser Aussage. Ich drehe mich um und blicke zu Adela hinüber. Doch die ist wieder einmal völlig ins Briefeschreiben versunken.

Ich wage es nicht, sie schon wieder zu unterbrechen. Außerdem hat sie mir ja nur zu deutlich gemacht, dass ich die

Geschichte übernehmen soll. Also: *He can never trust again.* Zu Deutsch: Er kann nie wieder vertrauen?

Was ist Jonas widerfahren, dass es dazu kam? Es muss etwas gewesen sein, das ihn in seinem Innersten erschüttert hat. Umsonst kehrt man dem Leben nicht den Rücken und verschanzt sich in einem Kloster am Ende der Welt.

Das Kloster hat Adela übrigens im allerschönsten Detail beschrieben. Auch wenn ich in ihren Notizen nichts darüber entdecken kann, wo es sich eigentlich befindet. Die Beschreibung liest sich nach einem einsamen Tal, tief in einem Wald, der fast magisch anmutet. Genau wie das Kloster selbst. Es hat dicke Mauern, die bereits zu der Zeit, in der das Buch spielen soll, also im Mittelalter, uralt sind. Die Mönche bewohnen karge Zellen, es gibt eine winzige Kirche mit herrlichen Glasfenstern, die alle Farben des Regenbogens in den Innenraum zaubern, und einen imposanten Glockenturm, der in den Himmel ragt. Außerdem noch einen Kreuzgang, der rund um einen Garten voller Heilkräuter und Rosen angelegt ist.

Ich schließe die Augen und kann den Ort vor mir sehen. Er ist friedlich, wunderschön, und er bedeutet Jonas sehr viel. Aber dennoch ist der junge Edelmann rastlos, einsam und voller Sehnsucht. Was ihm fehlt, ist eine Frau, die er lieben kann. Und die ihn liebt. Nur sie kann ihn von den Schatten seiner Vergangenheit erlösen ... Doch das weiß er natürlich noch nicht.

Ausgerechnet an mir soll es jetzt liegen, ihm das im Verlauf des Buches klar zu machen? Ich soll ihn und die süße Schreiberin dazu bringen, sich ineinander zu verlieben, bis hin zum Happy End, ohne dem ein Liebesroman nun mal kein

Liebesroman wäre? Wie um alles in der Welt soll ich das anstellen?

Ich blicke noch einmal zu Adela hinüber. Der Kopf ist ihr auf die Brust gesunken, ihr Atem geht ruhig, aber regelmäßig. Sie ist über ihrem Brief eingeschlafen. Auf ihren Lippen liegt ein zärtliches Lächeln und ihre Hände ruhen auf dem angefangenen Papierbogen, als liebkosten sie die Haut eines geliebten Menschen.

Ich kann es kaum erwarten, Philip kennenzulernen. Adelas Ehemann. Bestimmt ist dieser Brief wieder an ihn gerichtet. Er muss ein ganz besonderer Mensch sein. Die alte Dame scheint ihn zu vergöttern.

Ich gehe zu Adela hinüber. Der schlanke schwarze Füller, mit dem sie so gerne schreibt, ist ihren Fingern entglitten und in ihren Schoß gerollt. Vorsichtig hebe ich ihn auf, damit das blaugeblümte Sommerkleid, das meine Chefin trägt, keine Tintenflecken abbekommt.

In diesem Moment erwacht die alte Dame – obwohl ich sie kaum berührt habe. Sie blinzelt mich einen Moment lang an, dann reibt sie sich die Augen und sieht sich um. Ihr Blick fällt auf den Brief in ihrem Schoß. Sie lässt ihre Fingerkuppen darüberstreichen, doch dann legt sie das Blatt zur Seite und richtet sich in ihrem Lehnstuhl auf. "Und, haben Sie sich eingelesen?", fragt sie mich. "Wie finden Sie die Buchidee?"

"Das Kloster ist ein traumhaft schöner Ort", sage ich. "Und die Figuren mag ich auch gern. Jonas und seine Kopistin. Sie muss unglaublich tapfer sein, dass sie sich als Mann verkleidet in ein Kloster einschleicht. Um sich ihren Traum vom Schreiben erfüllen zu können. Ich würde sterben vor Angst, dabei aufzufliegen. Ich meine, im Mittelalter ... Womöglich würde sie diesen Schwindel mit dem Leben bezahlen, wenn man sie erwischt. Auf dem Scheiterhaufen enden oder so?"

"Sie dürfen nicht gleich so dramatisch denken, mein Kind. Wir schreiben Liebesromane, keine Horrorthriller." Sie schenkt mir ein großmütterliches Lächeln. "Was halten Sie von Jonas?"

"Ich mag ihn", sage ich, ohne lange nachzudenken. Er hat bestimmt ein gutes Herz ... das ihm gebrochen wurde, nicht wahr? Ich würde ihm gern helfen, damit er glücklich werden kann. Und ich denke, Ihre Leserinnen werden sich mit den beiden identifizieren können. Sagt man das nicht so?"

Adela nickt kaum merklich. "Wie soll die Geschichte weitergehen, Ihrer Meinung nach?"

"Meiner Meinung nach? Aber es ist doch Ihr Roman. Ich kann doch nicht einfach –"

"Unsinn", fällt sie mir ins Wort. "Sie können. Sie müssen. Das haben wir doch schon besprochen. Wir dürfen nichts unversucht lassen. Meine Eitelkeit steht hier nicht auf dem Spiel."

"Sondern?", frage ich vorsichtig.

"Einfach alles."

Ich habe keine Ahnung, was sie damit meint. Aber ich komme nicht dazu, nachzufragen, denn sie redet bereits weiter. "Also", fragt sie mich erneut, "wie würden Sie weitermachen? Wie können Jonas und seine Kopistin zusammenkommen?"

Sie deutet auf den gepolsterten Schemel, der ihr eben zuvor noch als Fußstütze gedient hat. "Wollen Sie sich nicht zu mir setzen?" Sie beugt sich vor und tätschelt den Stoffbezug. "Und dann erzählen Sie mir einfach, was Ihnen in den Kopf kommt, ja?"

Ich tue wie mir geheißen, mache es mir auf dem Schemel gemütlich, der unerwartet weich und bequem ist. Es ist fast wie in einem Märchen, in dem sich die Enkeltochter zu den Füßen ihrer Großmutter niederlässt, um einer spannenden Geschichte zu lauschen. Nur dass ich es bin, die in diesem Fall die Erzählerin spielen soll. Und Adela ist nicht meine Großmutter, sondern die von Shaun.

Jetzt bloß nicht an ihn denken. Nicht schon wieder. Alles, nur das nicht.

Aber ich kann nichts dagegen tun. In meinem Kopf nimmt Jonas, dem ich zu seinem Glück verhelfen soll, plötzlich Shauns Aussehen an. Das wikingerblonde Haar, die dunklen Augen, die Figur eines Kriegers aus längst vergangener Zeit. Shaun würde auch problemlos ins Mittelalter passen.

Das kann ich unmöglich Adela erzählen. Die jetzt ihre Hand auf meine Schulter legt und mich erwartungsvoll anlächelt.

Ich schlucke. "Also, hm", beginne ich stockend, "die beiden sollten in irgendeiner Form zusammenarbeiten, finden Sie nicht? Sie brauchen ja Berührungspunkte, müssen in der Nähe des anderen sein, damit sie sich besser kennenlernen. Und sich irgendwann ineinander verlieben können."

Ich sehe Adela an, und die nickt mir ermutigend zu. "Ja, sehr gut. Nur weiter."

"Also", wage ich mich den nächsten Schritt vor, "wenn die Kopistin für den Abt arbeitet, während Jonas Bücher im Skriptorium illustriert, dann begegnen sich die beiden gar nicht. Sie treffen sich höchstens bei den Mahlzeiten, aber da wird geschwiegen, oder? Und sie sind von den ganzen

Mönchen umgeben."

"Was der Libido vermutlich abträglich wäre", bemerkt Adela trocken.

Ich grinse. "In der Kirche würden die beiden sich auch sehen. Beim Gebet. Auch wenn sie keine Mönche sind, müssen sie bestimmt die Messe besuchen. Im Mittelalter hatte man da keine Wahl, denke ich."

"Auch nicht gerade der perfekte Ort für ein romantisches Date", sagt Adela.

Da kann ich ihr nur zustimmen. "Wie heißt die Kopistin eigentlich?", frage ich sie. "Hat sie denn noch keinen Namen?"

"Ich fürchte nicht. Möchten Sie ihr einen geben?"

"Ich?"

"Ja, doch, nur zu ... Sie sind die Schreiberin. Ich meine die Schriftstellerin. Sie machen den Plot. Und Figuren brauchen nun mal einen Namen. Ganz besonders die Hauptpersonen."

Adela scheint sich bestens zu amüsieren, während ich mich wie ein Fisch auf dem Trockenen fühle. Wie ein gestrandeter Wal, den dringend jemand zurück ins Meer rollen müsste. Nur dass mir niemand zur Hilfe kommt.

Ich zermartere mir den Kopf für einen passenden Namen. "Hm, Bernadette fände ich schön", sage ich schließlich. "In ihrer männlichen Verkleidung könnte sie sich dann Bernardo nennen. Bruder Bernardo – das klingt wunderbar mittelalterlich, oder? Ich denke – nein, halt, Bruder Bernardo darf sie auf keinen Fall werden. Sie darf kein Mönchsgelübde ablegen, sie muss sich doch in Jonas verlieben!"

"Es ist trotzdem ein guter Name", sagt Adela und blickt mich mit einem Ausdruck in ihren wasserblauen Augen an, den ich nur als Stolz deuten kann. Als wäre sie sehr zufrieden mit mir.

Ich spüre, wie mir die Röte in die Wangen schießt. Rasch rede ich weiter. "Also Bernadette, Bernardo ... Wir müssen sie irgendwie ins Skriptorium bringen. Zu Jonas."

"Dann hat aber der Abt keinen Schreiber mehr", wendet Adela ein. "Wofür er unsere tapfere Heldin doch eigentlich engagiert hat."

"Ja, hm."

Die alte Dame und ich sehen einander schweigend an. Mein Kopf fühlt sich an, als wolle er jeden Moment explodieren. Und ist dabei doch gleichzeitig leer.

Quälend lange Minuten verstreichen, die sich wie Stunden anfühlen. Adela blickt mich geduldig an. Aber auch erwartungsvoll. Ich darf sie nicht enttäuschen.

Und dann, endlich, kommt mir eine Idee. "Ich hab´s! Es ist ein höchst dringendes Projekt, an dem Jonas im Skriptorium arbeitet. Sagen wir, er, hm, er illustriert gerade eine Abschrift der Bibel? Ein besonders kostbares Exemplar, das der Abt einem wichtigen Besucher schenken will. Einem bedeutenden und hochrangigen Mann, der sich angekündigt hat. Ein Fürst oder so, der sich auf Pilgerreise befindet, und das Kloster mit seinem Gefolge als Herberge wählt. Jonas ist für die Buchmalerei zuständig, aber der Schreiber, mit dem er bis jetzt an der Bibelausgabe gearbeitet hat, ist ein kränklicher Mönch. Und der fällt plötzlich aus. Eine Lungenentzündung vielleicht? Was weiß ich."

Adela hört mir aufmerksam zu. "Nur weiter", ermuntert sie mich.

"Bernadette, also Bernardo, soll für den erkrankten Schreiber einspringen. Dem Abt gefällt ihre Handschrift. Er spürt ihren Ehrgeiz, ihre Begeisterung. Er ist überzeugt, dass sie alles geben wird, damit die Bibelabschrift rechtzeitig fertig wird. Und dass sie besser ist als all die Schreiber, die er unter seinen Mönchen hat. Der Fürst, dem man das Buch zum Geschenk machen will, soll von dieser bibliophilen Kostbarkeit begeistert sein. Er wird dann im weiteren Verlauf seiner Pilgerreise die Buchkunst und Gelehrsamkeit des Klosters loben. Selbst noch in fernen Ländern. Worauf der Abt sehr erpicht ist."

"Bravo", sagt Adela und klatscht mir Beifall. "Ich wusste ja, dass Sie es können. Das ist eine wunderbare Idee. Sie müssen sie unbedingt weiter ausarbeiten!" Sie legt ihre knochigen Hände auf die Armlehnen des Lehnstuhls und stemmt sich hoch. Ihr Atem geht schwer – als habe unsere gemeinsame Arbeitssitzung sie sehr angestrengt.

"Es ist Zeit fürs Dinner, meine Liebe", sagt sie. "Machen Sie doch morgen mit dem Buch weiter. Sie werden sehen, es ist ganz einfach. Nehmen Sie die Notizen an sich, teilen Sie sich die Zeit ein, wie es für Sie am besten ist, und schreiben Sie einfach auf, was Ihnen in den Kopf kommt."

Ich will protestieren, aber Adela spricht schon weiter. "Soweit ich gehört habe, plant Stéphane für heute Abend eine kleine Grillparty im Park. Für uns alle gemeinsam. Seine Steaks sind ein Gedicht, Sie werden begeistert sein, meine Liebe! Kommen Sie, sonst versäumen wir noch den Aperitif!" Sie zwinkert mir zu, stützt sich auf meinen Arm und trippelt los.

Ich gehe neben ihr her, ohne zu sehen, wo ich meine Füße hinsetze. In Gedanken bin ich noch in dem namenlosen mittelalterlichen Kloster, inmitten einsamer Wälder. Ich lehne an einer der Säulen, die die Gewölbedecke des Skriptoriums tragen und sehe Jonas und Bernadette vor mir. Die beiden beugen sich über ein Schreibpult, stecken zum allerersten Mal ihre Köpfe zusammen und fühlen sich sehr wohl in der Gegenwart des anderen. Aber auch verwirrt.

Sie wagen es kaum, ein paar Worte miteinander zu wechseln. Vor ihnen liegt das kostbare Buch aus feinstem Pergament, das erst zur Hälfte geschrieben und illustriert ist, und das sie nun gemeinsam zu einem echten Meisterwerk vollenden sollen.

17.

Adela hat nicht zu viel versprochen. Die Steaks, die Stéphane über dem offenen Feuer zaubert, sind die besten, die ich in meinem ganzen Leben gegessen habe. Der glatzköpfige Koch bereitet sie mit der Präzision eines Chirurgen und der Leidenschaft eines Künstlers zu und umschwirrt zwischendurch Adela, als wolle er ihr am liebsten jeden Bissen persönlich darbieten.

Er garniert ihre Teller mit Salaten und feinen Soßen, schenkt ihr Wein nach, dessen korrekte Temperatur er persönlich prüft und lauscht jedem ihrer Worte, als zitiere sie aus der Heiligen Schrift. Stéphane scheint ein höchst engagierter Angestellter zu sein.

Am Kopfende der festlich geschmückten Tafel sitzt Dr. Richard Engelmann, Adelas Hausarzt. Er trägt dunkle Jeans, in denen er sportlich und sehr jugendlich wirkt, und hat sich das weiße Haar akribisch mit glänzender Pomade zurechtgemacht. Und er hängt fast noch mehr an Adelas Lippen als Stéphane. Wenn das überhaupt möglich ist.

Er ist eindeutig mehr als nur der Arzt der Familie. Man könnte glauben, dass er in Adela verliebt ist, nein, sie anbetet – aber er muss doch wissen, dass sie glücklich verheiratet ist?

Am anderen Ende der Tafel sitzt Tanja, die sich wie für einen Opernabend gestylt hat. Sie trägt bühnenreifes Make-Up, ein tief ausgeschnittenes schwarzes Abendkleid und dazu High Heels, in denen ich kaum ein Zimmer durchqueren könnte – geschweige denn einen Park.

Patricia, die Gärtnerin, hat links von Tanja Platz genommen. Auch sie sieht wunderschön aus, auf eine weit natürlichere Art. Sie nimmt jedoch an den Plaudereien des Abends kaum teil. Nur ab und zu lächelt sie zaghaft, ansonsten isst sie Salat und lediglich ein halbes Steak ohne Saucen.

Shaun Bentley kommt als Letzter, gerade als Stéphane sich anschickt, das Dessert zu servieren. Es gibt Creme Brûlée in winzigen Schüsseln, und jede Portion ist mit einer einzelnen Himbeere dekoriert. Ich vergesse schon beim Duft, den diese Süßigkeit verströmt, all meine guten Vorsätze, was das Kalorienlimit des Abends anbelangt.

Shaun wirkt erhitzt, seine Wangen sind gerötet, die Haare nass. Er trägt eine Stoffhose und ein dunkles Hemd, aber ich stelle mir vor, dass er eben noch in Shorts und ärmellosem T-Shirt durch den Wald gejoggt ist. Nein, gerannt.

Sein Anblick lässt mich die Creme Brûlée vergessen, die ich mir eben vornehmen wollte, und Tanja scheint es ähnlich zu ergehen. Sie strafft ihre Schultern, als Shaun sich auf dem freien Platz zwischen ihr und mir niederlässt, und setzt ein strahlendes Lächeln auf. Selbst Patricias Augen heften sich auf ihn, wandern über seine Schultern, seine Arme ... bis sie sich wieder auf die kleine Dessertschüssel besinnt, die vor ihr steht.

Was hat dieser Mann nur an sich, das ihn so anziehend macht? Es muss mehr sein als bloß sein gutes Aussehen, aber ich bin fest entschlossen, der Frage nicht weiter nachzugehen.

Eine knappe halbe Stunde später hat Shaun eine unglaubliche Portion Steak verdrückt, während ich mir sage und schreibe drei von Stéphanes Creme Brûlées einverleibt habe. So viel zu meinem Kalorienlimit.

Ich habe es vermieden, Adelas Enkel anzusehen oder ein Gespräch mit ihm zu beginnen – trotzdem gelingt es mir keine Minute lang, seine Anwesenheit auszublenden. Er sitzt so dicht bei mir, dass wir gar nicht anders können, als bei jeder Bewegung aneinander anzustreifen.

Zum Glück scheint Tanja nur zu begierig, Shauns ganze Aufmerksamkeit auf sich zu ziehen. Sie redet ohne Unterlass auf ihn ein, er jedoch wirkt seltsam abwesend. Anscheinend sind die beiden doch kein heimliches Liebespaar – obwohl Tanja ganz bestimmt nicht abgeneigt wäre. Warum genau versetzt es mir einen freudigen Stich bei dieser Erkenntnis?

Während die untergehende Sonne den Himmel über uns in ein feuriges Rot taucht, erhebt sich Dr. Engelmann. Er bietet Adela seinen Arm an, und sie lässt sich von ihm ins Haus führen. Tanja und Patricia verabschieden sich kurz darauf, und ich will ebenfalls aufstehen, um Stéphane beim Abräumen der Tafel zur Hand zu gehen.

Doch Shaun legt seine Hand auf meinen Arm. Er blickt mich an, das heißt, nein, er schaut an mir vorbei – vermutlich bewundert er das Farbenspiel des Sonnenuntergangs über den Baumkronen des Parks. "Warten Sie", flüstert er eindringlich. "Nicht bewegen, ich bin gleich zurück." Dann rennt er los.

Ich bleibe verwirrt zurück. Ich sitze auf meinem Gartenstuhl, als habe er mich mit seinen Worten in magischen

Bann geschlagen. Als habe er mich bewegungsunfähig gemacht – bis zu seiner Rückkehr.

Die erfolgt keine drei Minuten später. Er kommt über den Rasen gejoggt, lässt sich mir gegenüber nieder, und zieht sich eine Kameratasche von der Schulter. Nur noch wir beide sitzen jetzt am Tisch, Stéphane ist im Haus verschwunden, und der Himmel hat die Farbe von Blut angenommen.

Shaun holt mit raschen Handgriffen eine sehr teuer wirkende Fotoausrüstung aus der Tasche. Er schraubt ein sperriges Objektiv in den Körper einer Kamera, die futuristisch anmutet. Andererseits habe ich keine Ahnung von Kameras.

"Das ist wundervoll", flüstert er, lehnt sich ein wenig nach rechts und richtet die riesige Linse auf mich aus.

Ich weiche unwillkürlich zur Seite, blicke mich um.

"Nicht bewegen", befiehlt Shaun. Er flüstert noch immer, aber jetzt in einem so eindringlichen Tonfall, als vertraue er mir Staatsgeheimnisse an. "Neigen Sie den Kopf ein wenig nach links. Ja, sehr gut. Diese Farben sind einfach unglaublich."

Und so geht es weiter. Er fotografiert mich aus jedem nur erdenklichen Winkel im tiefroten Licht des Sonnenuntergangs. Gute zwanzig Minuten lang, bis sich das Rot in ein blasses Violett verwandelt hat, und die Silhouetten der Baumriesen und der Burg langsam beginnen, sich in der Dämmerung aufzulösen.

"Ich wusste nicht, dass Sie auch fotografieren", bringe ich schließlich hervor, als er die Schutzabdeckung wieder vor die Linse schraubt und die Kamera sinken lässt. "Ich dachte, Sie wären Maler wie Ihr Bruder?"

Es ist das erstbeste, nein, das einzige, was mir in meiner Verlegenheit einfällt. Ich kann nicht glauben, dass er gerade ein Fotoshooting mit mir veranstaltet hat, als wäre ich so etwas wie ein Model.

Ich weiß in dem Moment, als ich die Worte ausspreche, dass es ein Fehler war, seinen Bruder zu erwähnen. Seinen *toten* Bruder. Shauns Kiefermuskeln verspannen sich. Seine eben noch sinnlich gewölbten Lippen werden zu einer schmalen, blassen Linie.

Ich rede rasch weiter, um meinen Fehler wieder gut zu machen. "Wie läuft es denn mit Ihrem aktuellen Projekt? Den Illustrationen zu – wie hieß das Buch noch?"

"*Midsummer Magic*", sagt Shaun. Seine sonst so melodiöse Stimme klingt hart und düster. Wie die eines brummigen alten Seebären.

"Das hört sich aber nicht an, als hätten Sie viel Freude, es zu illustrieren", platze ich heraus.

Oh Mann. Ich schlage mir die Hände vor den Mund. "Sorry. Das geht mich überhaupt nichts an."

"Schon in Ordnung. Sie haben ja Recht. Es macht mir keine Freude. Aber das wäre noch das geringste Problem. Wenn ich ehrlich bin, komme ich überhaupt nicht vom Fleck." Er verzieht das Gesicht, schüttelt unwillig den Kopf. "Aber ich muss es machen. Und es muss verdammt noch mal perfekt werden. Das schulde ich Milo."

"Sie schulden es ihm?"

"Ganz genau. Er ist tot. Ich lebe. Die Serie war sein Meisterwerk, seine allerbeste Arbeit. Sie darf nicht unvollendet bleiben."

Shauns Stimme ist noch dunkler geworden, der Schmerz,

der jetzt darin liegt, ist nicht zu überhören. Es geht mir nahe, wie er sich quält – und damit ist doch niemandem gedient. Am allerwenigsten seinem toten Bruder.

"Möchten Sie mir zeigen, was Sie schon haben?", höre ich mich sagen. Ich habe nicht die leiseste Idee, wie die Worte in meinen Mund kommen. "Ihre ersten Entwürfe für *Midsummer Magic*?"

Er zieht überrascht eine Augenbraue hoch, hat sich aber sogleich wieder unter Kontrolle. "Warum nicht", sagt er in betont beiläufigem Tonfall. "Wenn Sie mal Zeit haben."

"Jetzt hätte ich Zeit", gebe ich zurück. Ich kann mir nicht helfen, ich brenne einfach darauf, seine Arbeit zu sehen. Bestimmt ist sie gut, vielleicht sogar noch besser als die von Milo, obwohl das kaum möglich scheint. Keine Ahnung, wie ich darauf komme.

Auch die zweite blonde Augenbraue wandert jetzt nach oben, aber ansonsten lässt Shaun sich nicht anmerken, was gerade in ihm vorgeht. Er leert betont langsam sein Weinglas, dann erhebt er sich mit seiner üblichen katzenhaften Anmut von der Dinner-Tafel. "Na dann", sagt er, "kommen Sie mit."

Shaun bewohnt den Bergfried, den zentralen Turm der Burganlage, der in alten Zeiten als letzte Zuflucht vor Angreifern oder Belagerern gedient haben muss. Ein Fallgitter und das eisenbeschlagene Eingangstor erinnern noch daran, innen jedoch erwartet mich eine hochmoderne Wohnung, die sich über sage und schreibe vier Stockwerke erstreckt. Shaun führt mich eine abgetretene Steintreppe hoch, die aussieht, als wäre sie noch original erhalten, und die sich entlang der Innenmauer des Turms durch die einzelnen Etagen schraubt.

Er führt mich durch einen Wohnraum, der mit einem riesigen Sofa eingerichtet ist, einem noch größeren Fernseher, und mit jeder Menge Bücherregale, die an die Bibliothek seiner Großmutter erinnern. Im nächsten Stockwerk befindet sich sein Schlafzimmer. Als wir es durchqueren und weiter der Treppe folgen, habe ich meine liebe Mühe, nicht auf das King Size Bett zu starren, das den Raum dominiert. Es ist vollkommen zerwühlt.

Doch es entgeht mir nicht, dass nur *ein* Kissen und *eine* Decke vorhanden sind. Shaun schläft also anscheinend allein. Bei dieser Erkenntnis versetzt es mir einen freudigen Stich.

Nicht schon wieder. Ich muss mich daran erinnern, dass ich hier bin, um mir seine Arbeit anzusehen. Die Illustrationen für Adelas Buch. Nicht sein Schlafgemach, verdammt noch mal!

Rasch steige ich hinter ihm die glatten Steinstufen in das dritte Stockwerk hoch.

Der Raum, den wir nun betreten, sieht wie eine Mischung aus Spa und Fitnessstudio aus. Während wir weiter hochsteigen, blicke ich auf einen Whirlpool hinab, auf eine Saunakammer und auf ein halbes Dutzend futuristisch anmutender Trainingsgeräte. Shaun lässt mir keine Zeit, mir irgendetwas im Detail anzusehen oder auch nur eine der Fragen loszuwerden, die mir auf der Zunge liegen.

Im vierten Stock, unter den Dachbalken des alten Turms, liegt schließlich Shauns Atelier. Kaum habe ich die letzte Stufe erklommen, entfährt mir ein Laut der Bewunderung.

Die Wände sind mit den unglaublichsten Gemälden vollgehängt, mit Portraits, Akten, Landschaften und Szenen, die aus Adelas Büchern stammen könnten – allesamt in leuchtenden Farben und so dreidimensional, dass sie aus den Bilderrahmen zu springen scheinen.

Wieder einmal kann ich mich nicht bremsen. "Ich wusste ja, dass Sie ein Genie sind!", rufe ich aus und laufe auf die mir nächstgelegene Wand zu, um mir die Gemälde aus der Nähe zu besehen. "Diese Bilder sind unglaublich toll. Ich kann mir ehrlich nicht vorstellen, warum Sie ein Problem haben sollten, die illustrierte Buchreihe Ihrer Großmutter weiterzuführen. Sie haben mindestens ebenso viel Talent wie Ihr Bruder!"

Shaun tritt neben mich und macht eine ausladende Handbewegung durch den Raum. "Das hier *sind* die Werke meines Bruders", sagt er mit belegter Stimme. "Ohne Ausnahme."

18.

Was für ein Fettnäpfchen. Diesmal habe ich mich selbst übertroffen. "Oh", stammle ich, "und I-ihre eigenen Werke? Wo sind die? Wieso hängen Sie die denn nicht auf? Oder teilten Sie sich das Atelier hier früher mit Milo?"

Als ich erneut den Namen seines Bruders erwähne, versteift sich Shaun neben mir.

"Nein", sagt er tonlos, "Milo hatte seine eigenen Räume. Sein eigenes Atelier. Drüben im Wohntrakt, im Erdgeschoß, gleich neben der Bibliothek. Dort lagen früher unsere gemeinsamen Kinderzimmer. Ich verbringe gelegentlich noch Zeit dort, aber ansonsten stehen die Räume jetzt leer."

"Verstehe", murmle ich und vermeide es, Shaun in die Augen zu sehen.

Er löst sich aus seiner Erstarrung und deutet auf eine hohe Regalwand auf der anderen Seite des Raumes. Der obere Teil ist mit Büchern angefüllt, die untere Hälfte des Schranks besteht aus Schubladen. "Da drin finden Sie meine Entwürfe zu *Midsummer Magic*. Das Buch aus der illustrierten Reihe, das als nächstes veröffentlicht werden soll. Der Abgabetermin beim Verlag war vor vier Jahren", fügt er voller Bitterkeit hinzu. Dann wendet er sich ab und steuert den Schreibtisch an, der sich zu unserer Linken befindet.

Es ist eher eine Schreibinsel. Der Tisch besitzt keine Ecken, mehr so etwas wie Buchten, in denen bequem mehrere Menschen nebeneinander arbeiten könnten. Es gibt aber nur einen Drehstuhl, auf den Shaun sich jetzt fallen lässt. Er fährt einen Computer hoch und eine Bildschirmwand, die aus drei Monitoren besteht, erwacht zum Leben. Ich sehe noch, wie er die Fototasche von der Schulter zieht, vorsichtig seine Kamera auspackt und diese dann an den Computer anstöpselt.

Er hebt den Kopf und guckt zu mir herüber. "Was ist, wollten Sie sich nicht die Illustrationen ansehen?" Er deutet erneut in Richtung des Ladenschranks, auf den er mich bereits vorhin verwiesen hat.

"Ja, doch", sage ich rasch. Ich wende den Blick von ihm ab und setze mich in Bewegung.

Ich ziehe die oberste der insgesamt zehn Laden hervor – und finde sie bis zum Bersten mit Zeichnungen gefüllt. Manche Papiere wurden überaus lieblos hineingestopft und sind hoffnungslos zerknittert. Ich ziehe sie vorsichtig heraus, um nicht noch mehr Schaden anzurichten und glätte sie behutsam mit der Handkante.

Nachdem ich ein paar der Zeichnungen durchgesehen habe, muss ich mir eingestehen, dass Shaun recht hat. Seine Arbeiten reichen an die seines Bruders nicht heran. Obwohl er bestimmt Monate in all die Illustrationen investiert hat, die ich hier vor mir habe. Jede weitere Lade, die ich öffne, enthält dutzende Skizzen, Studien, Versuche, das gleiche Motiv aus anderen Blickwinkeln zu erfassen, in anderer Farbgebung ...

Der gesamte Ladenschrank ist ein Mahnmal von Shauns Scheitern. Die Buchregale, die sich oberhalb der Laden befinden, sind angefüllt mit Kunstlehrbüchern. Ich zähle Dutzende Bände über die verschiedensten Mal- und Zeichentechniken, über die Kunst der Perspektive, menschliche Anatomie, Farbenlehre. Wie lange Shaun wohl dafür gebraucht hat, all dies zu studieren? Und was hat es ihm am Ende genützt?

Viele seiner Zeichnungen zeugen von durchaus gekonnter Technik, von geübter Handwerkskunst und von geradezu besessenem Fleiß. An manchen Motiven hat Shaun sich über zwanzig oder dreißig Blätter hinweg die Zähne ausgebissen, aber nicht ein einziges von ihnen kann sich mit Milos Bildern messen. Weder mit jenen, die hier in Shauns Atelier die Wände füllen, noch mit denen, die ich in den vorhandenen zweiundzwanzig Bänden von Adelas illustrierter Werkausgabe bewundert habe. Ich kann mich kaum als Kunstkennerin bezeichnen, aber der Unterschied ist so deutlich, dass man ihn nicht übersehen kann.

Während Milos Arbeiten visionär, lebendig, unendlich kreativ sind, haftet Shauns Zeichnungen etwas Schwerfälliges, zu Gewolltes an. Sie bleiben zweidimensional, während man in Milos Werke förmlich hineingezogen wird. Und das, obwohl Shaun sich sichtlich Mühe gibt, den Stil seines verstorbenen Bruders so gut wie möglich zu imitieren.

Wie es aussieht, will er dessen Werk nicht bloß vollenden, sondern die noch zu veröffentlichenden Bände exakt in der gleichen Art und Weise illustrieren, wie Milo das mit den ersten zweiundzwanzig getan hatte. Und ist dabei – auch wenn man seine Entwürfe mit dem allergrößten Wohlwollen betrachtet – spektakulär gescheitert.

Ich packe die Skizzen und Zeichnungen zurück in die Schubladen, schiebe sie vorsichtig zu und sehe mich nach Shaun um. Er sitzt auf seinem Bürostuhl, hat ein Knie an seine Brust hochgezogen und starrt gebannt auf seine Wand aus Monitoren. Seine rechte Hand fährt wie manisch mit der Computermaus über eine schwarze Unterlage.

Ich gehe zu ihm hinüber und gucke ihm über die Schulter. Er arbeitet so konzentriert, dass er mich nicht bemerkt. Erst als ich ihn anspreche, zuckt er zusammen und minimiert im nächsten Moment das Bild, das er eben noch auf dem Bildschirm hatte.

"Ich bin fertig", sage ich, während ich auf die Hintergrundgrafik seines Desktops starre und innerlich bete, dass er mich nicht nach meiner Meinung zu seinen Zeichnungen fragen wird. Ich habe diesen seltsamen Drang zur Ehrlichkeit, den ich in solchen Situationen nur zu gerne gegen die Kunst der frommen Lüge eintauschen würde.

Mein Gehirn hingegen hat etwas in dem Bild am Monitor registriert, das ich nur einen Sekundenbruchteil zu sehen bekam, bevor Shaun es zuklappte. "Woran haben Sie gearbeitet?", frage ich, "darf ich das nochmal sehen?" Ich bin nicht nur eine lausige Lügnerin, sondern dazu noch neugierig wie eine Katze.

Shaun zögert. "Ach nichts, nur eine Spielerei."

"Ich würde es mir trotzdem gerne anschauen." Mein Gehirn flüstert mir ein, dass es etwas ganz Außerordentliches zu sehen bekommen hat. Etwas, das ich mir unbedingt näher angucken muss.

Shaun greift nach seiner Maus und klickt auf ein kleines Symbol am unteren Bildschirmrand. Der mittlere Monitor, der mit seiner Größe und Detailschärfe locker als Fernsehbildschirm durchgehen würde, füllt sich mit einer Sinfonie aus Farben. Nein, er explodiert förmlich.

Vor meinen Augen entfaltet sich ein Gemälde, das von

einem impressionistischen Maler stammen könnte. Es zeigt einen magisch anmutenden Garten, ein verwunschenes Paradies. Unter einem tiefgrünen Blätterdach, zwischen Farnen und Ranken, die nach mir zu greifen scheinen, ruht eine Sagengestalt. Sie ist auf ein Lager aus Moos gebettet, am Ufer eines kristallklaren Sees, und über ihr erstreckt sich ein Nachthimmel mit einem halben Dutzend Monden. Es ist eine wunderschöne junge Frau, nein, eine Elfe oder ein ähnliches Wesen, das einem Fantasyroman entsprungen scheint.

"Wow", entfährt es mir. "Das ist unglaublich ... Haben Sie das gemalt?"

Shaun zieht eine Augenbraue hoch. Dann huscht ein kaum merkliches Lächeln über sein Gesicht. "Das ist kein Gemälde", sagt er, "gucken Sie doch mal genauer hin." Er deutet auf die Elfe, die sich auf ihrem Moosbett räkelt. Im silbrigen Licht der sechs Monde.

Ich tue, wie mir befohlen, weiß aber nicht so recht, worauf er mich hinweisen will. Doch plötzlich sehe ich es. Mir entfährt ein ungläubiger Schrei. "Ohhhhh ... aber das gibt´s doch nicht! Wie haben Sie das gemacht?"

Die Elfe in dem Bild – das bin ich! Das heißt eine magische, wunderhübsche Version meiner selbst. Und im nächsten Augenblick erkenne ich auch, dass einige Bäume in dieser nächtlichen Fantasy Szene aus dem Park der Burg stammen. Oder ihnen zumindest sehr genau nachempfunden sind. Der Rest jedoch, die unglaublichen Farben, die exotischen Farne und Ranken, der Moosteppich, der See, der den Himmel mit seinen sechs Monden widerspiegelt – das alles stammt eindeutig nicht aus unserer Welt. Shaun muss es aus seiner

Fantasie hinzugefügt haben. Das Ergebnis ist einfach nur umwerfend. Ich könnte quietschen vor Begeisterung. Ich fürchte, ich tue es auch. Mir entfährt ein Laut, der mich an das Quieken eines Ferkels erinnert. Was mir im nächsten Moment zutiefst peinlich ist.

"Das ist nichts Besonderes", sagt Shaun und hebt seine Hände in einer abwiegelnden Geste. "Nur ein bisschen Digitalkunst. Oder genauer gesagt, Fotomanipulation. Eine Spielerei von mir. Ich habe die Aufnahmen, die ich heute Abend beim Dinner von Ihnen gemacht habe, mit anderen Bildern collagiert. Und ein wenig in den digitalen Farbtopf gegriffen. Dazu noch ein bisschen Photoshop. Das ist alles. Sowas kann jeder."

Er grinst mich an, dann öffnet er in rascher Abfolge verschiedene Computerprogramme auf seinem Bildschirm, zeigt mir, wie man Fotos übereinanderlegt, sie bearbeitet und verfremdet, sie übermalt, spiegelt und zu völlig neuen Bildern macht. Vor meinen Augen verwandeln sich ganz normale Fotoaufnahmen in außerirdische Welten, in Bilder, die aus *Herr der Ringe* oder *Harry Potter* stammen könnten, in Gemälde, die man selbst an den Wänden eines Museums bewundern würde.

Shaun redet, ohne Atem zu holen, lacht, gestikuliert wild mit seinen Armen, beantwortet geduldig meine ungläubigen Fragen und strahlt dabei wie ein Kind unter dem Weihnachtsbaum. Dann klickt er auf einen Dateiordner und öffnet andere Bilder, die er auf die gleiche Art im Computer erschaffen hat. Fast alle davon sind atemberaubend, und ich kann mich gar nicht daran sattsehen.

Shauns Stimme klingt mir in den Ohren. Ich spüre, wie mir

warm wird, mein Gesicht zu glühen beginnt, und ich kann doch nichts dagegen tun. Will nichts dagegen tun. Wenigstens schaffe ich es, nicht mehr wie ein vergnügtes Ferkel zu quieken.

Mit einem Mal ist all die Düsternis, die Shaun sonst umgibt, all die Schwere, die stets auf seinen Schultern zu lasten scheint, wie weggewischt. Ich sehe, höre und erlebe nur noch einen bedingungslos glücklichen Mann, der ganz in seinem Element ist und dabei aussieht wie ein antiker Halbgott. So wie Shaun mich jetzt anlächelt, möchte ich ihn einfach nur küssen.

Er wirkt plötzlich verlegen. "Heute Abend beim Dinner", sagt er langsam und mit einer Stimme, die meinen Puls beschleunigen lässt. "Du in diesem unglaublichen Licht ... Ich musste es einfach einfangen."

Er sieht mich an, als wäre ich ein so magisches Wesen wie die Elfe, die er im Computer aus mir gemacht hat. "Aber ich kann dich nicht als Modell für Colette verwenden", fügt er hinzu. "Auf gar keinen Fall."

"Colette? Wer ist das denn?"

"Die Protagonistin aus *Midsummer Magic*. Sie ist nicht wie du. Du bist viel –" Er gerät ins Stottern, verstummt abrupt ganz. Nur seine Augen sprechen weiter zu mir. *Du bist viel schöner als sie.*

Erst jetzt fällt mir auf, dass er mich plötzlich geduzt hat. Meine Wangen glühen. Bestimmt sind sie knallrot, ich kann es förmlich spüren. Ich möchte ihm sagen, wie sehr ich seine digitale Kunst mag, wie atemberaubend schön ich sie finde ... hundert Mal besser als all die Bilder, die er im Stil seines Bruders per Hand gezeichnet hat.

Aber ich wage es nicht, den Mund zu öffnen. Ich würde bestimmt nur wieder quieken und den magischen Augenblick zwischen uns zerstören.

Shaun sieht mich an, und seine Augen glänzen dabei wie der Sternenhimmel in dem Bild der Elfe. Dem Bild von *mir*.

Unvermittelt richtet er sich auf, strafft seine Schultern und räuspert sich. "Natürlich werde ich das Bild löschen, wenn Sie möchten. Ich habe Sie ja gar nicht um Erlaubnis gefragt, ob ich Ihre Fotos überhaupt verwenden darf."

"Schon in Ordnung", bringe ich hervor. Die Magie zwischen uns ist verpufft. Shaun klingt jetzt wieder sachlich-höflich, wie es sonst seine Art ist.

"Sie sollten Ihr eigenes Ding machen", höre ich mich sagen.

Er sieht mich verständnislos an.

"Ihre eigene Kunst." Ich deute auf den Computerbildschirm. "Darin sind Sie unglaublich talentiert. Warum illustrieren Sie die Bücher Ihrer Großmutter nicht auf diese Weise? Anstatt zu versuchen, den Stil Ihres Bruders zu imitieren?"

Wieder einmal sind die Worte über meine Lippen gekommen, bevor sie mein Gehirn erreicht haben. Shaun zuckt sichtlich zusammen. Und die Düsternis, die ihn stets umgibt, ist mit einem Schlag zurück. Seine Augen verdunkeln sich, die sinnlich gebogene Linie seines Mundes verwandelt sich in einen harten Strich.

"Milo war ein begnadeter Künstler", sagt er. "Ich hingegen bearbeite nur Fotos am Computer." So, wie er das sagt, klingt es, als würde er schummeln.

"Was ist daran denn auszusetzen?", frage ich. "Es ist doch nur eine andere Technik. Eine modernere als Zeichnen oder

Malen – aber deswegen doch nicht schlechter? Und Sie sind unglaublich gut darin."

"Es ist keine Kunst", sagt Shaun. Er verzieht verächtlich einen Mundwinkel. "Sowas kann doch jeder."

"Und warum heißt es dann digitale *Kunst*?", gebe ich patzig zurück. "So haben Sie es doch selbst genannt, oder?"

Er zuckt mit seinen Schultern. Angespanntes Schweigen breitet sich zwischen uns aus.

"Ich muss jetzt los", sagt er schließlich. Er legt seine Hand auf die Maus zurück, klickt ein paar Mal und fährt schließlich den Computer herunter. Dabei vermeidet er es, mich anzusehen.

"Zu einer Verabredung?", frage ich – wie üblich, ohne nachzudenken. Neugier vs. Gute Manieren: Hundert zu Null.

Bestimmt hat Shaun doch irgendwo in der näheren Umgebung der Burg eine Freundin. Die er nachts spontan besuchen kann.

Er sieht mich an, als wäre das eine sehr seltsame Annahme. Seine Augenbrauen wölben sich. "Sport", sagt er knapp.

"Trainieren Sie für etwas Bestimmtes?", frage ich. (Hunderteins zu Null.) "Einen Triathlon? Da geht es doch um Laufen und Radfahren, nicht wahr? Und was war das Dritte, Schwimmen?"

Shaun sieht aus, als könne er aus dem Stand heraus an einem solchen Wettbewerb teilnehmen. Er ist der geborene Athlet. Und ein hoch talentierter Künstler. Auch wenn er dazu im Gegensatz zu seinem verstorbenen Bruder eine Kamera braucht. Und einen Computer. Für mich macht das keinen Unterschied. Shauns digitale Kunstwerke stehen Milos

Zeichnungen und Gemälden in nichts nach. Sie sind völlig unterschiedlich, aber auf ihre Weise mindestens genauso beeindruckend.

Wenn ich ihn nur dazu bringen könnte, Adelas illustrierte Buchserie in seinem eigenen Stil weiterzuführen, anstatt sich beim Versuch, Milos Kunst zu kopieren, die Finger wund zu zeichnen. Und dabei doch nur zu scheitern – so sicher wie das Amen im Gebet.

"Nein", unterbricht Shaun meine Gedanken, "Ich nehme nicht an Wettkämpfen teil. Ich ... betreibe einfach gerne Sport. Ich kann dabei gut entspannen. Das ist alles."

19.

"Sie sind noch auf? Es ist schon fast drei Uhr morgens!" Shauns Stimme lässt mich hochschrecken. Ich habe ihn wieder einmal nicht kommen gehört. Muss er sich immer anschleichen wie eine Raubkatze?

Ich blicke mich im Raum um. Adela Bentleys Bibliothek.

Natürlich. Für den Moment habe ich fast vergessen, wo ich bin. Doch jetzt weiß ich es wieder. Nachdem ich Shauns Wohnturm verlassen habe, bin ich hierher gekommen. Um vor dem Schlafengehen noch ein bisschen am Plot für Adelas neues Buch zu arbeiten. An der Lovestory zwischen Jonas und Bernadette. Ich habe mich mit einem Kugelschreiber und meinem Notizbuch bewaffnet und es mir in Adelas Ohrensessel gemütlich gemacht. Da, wo sie immer so leidenschaftlich ihre Briefe schreibt. Und dann habe ich einfach drauflosgekritzelt ...

Es kann doch nicht sein, dass es wirklich schon drei Uhr morgens ist? Habe ich über meiner Arbeit wirklich so die Zeit vergessen?

Ich blinzle auf Shauns Armbanduhr und stelle fest, dass er recht hat. Es ist zehn Minuten vor drei. Ich muss tatsächlich mehrere Stunden lang geschrieben haben. Die Tatsache, dass meine rechte Hand ganz schön schmerzt, bestätigt das. Auch wenn es mir erst jetzt auffällt und ich nicht das Gefühl habe, großartig weitergekommen zu sein.

Aber warum ist Shaun um diese Uhrzeit noch munter? Er trägt Sportkleidung und sieht erhitzt aus. Sein blondes Haar fällt ihm in verwuschelten Strähnen in die Stirn. "Sie waren doch nicht die ganze Zeit über laufen?", frage ich ihn.

Er schüttelt den Kopf. "Konnte nicht schlafen", sagt er knapp, "und hab mir noch ein bisschen die Füße vertreten. Vorhin war ich mit dem Rad unterwegs. Was schreiben Sie denn so fleißig?" Er deutet mit seinem Kopf auf das Notizbuch, das ich auf den Knien balanciere.

Ich zögere kurz. Aber Adela hat bestimmt kein Problem damit, wenn ich ihrem Enkel die Wahrheit sage. "Ich helfe Ihrer Großmutter bei ihrem neuen Roman", erkläre ich ihm. "Ich soll mir den Plot ausdenken. Die Story entwerfen."

"Im Ernst?" Er sieht mich an, als wolle ich mir einen Scherz mit ihm erlauben.

Was ich ihm nicht übel nehme. Ich kann ja selbst kaum glauben, dass Adela mir den Plot für ihr neues Buch übertragen hat. "So ist es weniger Stress für Ihre Großmutter", sage ich. "Das wollten Sie doch."

Er nickt reflexartig, sieht mich dabei aber noch immer misstrauisch von der Seite an. "Das gab es noch nie", sagt er schließlich. "Großmutters Verlag hat ihr im Lauf der Jahre schon öfters Kooperationen mit anderen Schriftstellern angeboten, aber sie hat das immer abgelehnt. Und sie ließ sich auch nie dreinreden bei ihren Plots. Die waren für sie immer wie in Stein gemeißelt. Ich glaube, sie hätte eher den Verlag gewechselt, als sich da zu irgendwelchen Änderungen überreden zu lassen. Obwohl sie die Leute dort fast wie ihre Familie betrachtet." Er schüttelt ungläubig den Kopf. "Und jetzt lässt sie Sie ihren Plot schreiben?"

"Ich habe sie nicht auf diese Idee gebracht, das können Sie mir glauben!", erwidere ich. "Das Buch ist Ihrer Großmutter wohl sehr wichtig. Und irgendwie dringend dürfte es auch sein – zumindest in ihren Augen."

Shaun sieht mich verwundert an. Sein Blick wandert langsam über jeden Quadratzentimeter meines Gesichts.

Ich zucke mit den Schultern. Es macht mich verlegen, wie er mich mustert. So, als sähe er mich plötzlich mit ganz neuen Augen. Bestimmt hält er seine Großmutter jetzt für verrückt, dass sie ausgerechnet mir ihren Roman-Entwurf übertragen hat.

Auch das nehme ich ihm nicht übel. Ich bin ja tatsächlich vollkommen überfordert mit dieser Aufgabe. "Ehrlich gesagt habe ich nicht die leiseste Ahnung, wie ich es anstellen soll", gestehe ich ihm. Ich meine, es macht Spaß, ein paar Ideen durchzuspielen ... aber einen Plot hinzukriegen, der sich dann auch tatsächlich gut liest? Der spannend ist, voller Gefühl und Leidenschaft und mit einem super glücklichen Happy End? Der die Leserinnen Ihrer Großmutter zufrieden stellt? Das schaffe ich ganz bestimmt nicht! Nicht in hundert Jahren!"

Shauns Augen wandern weiter über mein Gesicht, bis er mir schließlich direkt in die Augen sieht. Sein Blick ist mit einem Mal weich, fast zärtlich. Jedenfalls sehr wohlwollend. "Wenn meine Großmutter der Meinung ist, dass Sie es können, dann haben Sie wohl das Zeug dazu", sagt er langsam. "Adela ist eine sehr erfahrene Schriftstellerin. Sie wird schon wissen, was sie tut."

"Aber Ihre Großmutter kann gar nicht wissen, ob ich schreiben kann. Sie hat nichts gelesen von mir."

"Da irren Sie sich. Sie hat sich von mir Ihren Blog zeigen lassen, heute Mittag, im Internet."

"Was? Im Ernst?"

"Ja doch. Ich finde übrigens auch, dass Sie gut schreiben. Man wird richtig neugierig auf die Bücher, die Sie rezensieren. Besonders, was Ihren neuesten Post anbelangt. Ihre Empfehlung von *Heartbeat*. Das Buch wird bestimmt jeder Ihrer Abonnenten lesen wollen, so wie Sie davon geschwärmt haben."

"*Sie* haben meinen Blog gelesen?", frage ich entsetzt.

"Ja", sagt er schlicht. "Warum erstaunt Sie das denn so? Ich habe mir Ihre letzten zehn oder elf Einträge angesehen. Und ich habe Sie natürlich abonniert. Adela übrigens auch."

Oh, mein Gott. Ich kann förmlich spüren, wie ich rot werde. Bis in die Haarwurzeln.

"Einen Blog zu schreiben ist aber noch lange nicht dasselbe, wie eine ganze Romanhandlung zu erfinden", protestiere ich, nachdem ich meine Stimme wiedergefunden habe. "Noch dazu für das Buch einer Starautorin!"

"Tun Sie es einfach", sagt Shaun lachend. "Sie müssen an sich glauben. Hören Sie auf zu jammern und schreiben Sie."

Der hat gut reden. Aus seinem Mund klingt es wie ein Spaziergang, während es sich für mich anfühlt, als müsse ich den Mount Everest bezwingen.

"Was ist denn mit Ihnen?", kontere ich. "Offensichtlich schätzt Ihre Großmutter auch Ihre Arbeit. Ihr künstlerisches Talent. Sonst würde sie kaum wollen, dass Sie ihre Bücher illustrieren. Warum hören Sie also nicht Ihrerseits mit dem Jammern auf und illustrieren einfach? Mit Ihrer Computerkunst, Ihren Fotomontagen ...?"

Shauns Lachen verstummt abrupt. Sein Blick wird hart und kalt. "Das ist etwas ganz anderes", sagt er. "Von Kunst versteht meine Großmutter nichts. Sonst würde sie mich nicht für begabt halten."

"Sie mag ja keine große Kunstkennerin sein, aber ihr gefällt offensichtlich, was Sie tun. Und darauf kommt es doch an, oder?"

"Ihr gefällt es bloß, weil sie mich liebt. Ich werde nie halb so gut wie Milo sein."

"Wenn Sie darauf beharren, ihn zu kopieren, bestimmt nicht. Sie müssen Ihr eigenes Ding machen, mit Ihren Methoden!"

Diesmal bereue ich meine Worte nicht, obwohl ich dafür einen Blick von Shaun ernte, der sprichwörtlich töten könnte. Wie eine antike Rachegottheit steht er vor mir und funkelt mich böse an.

Aber ich lasse mich nicht einschüchtern. Diesmal nicht! "Statt zu schmollen und mich giftig anzugucken, helfen Sie mir lieber", werfe ich ihm an den Kopf. Und bin dabei über mich selbst erstaunt. Woher nehme ich auf einmal diese Kühnheit? Oder besser: diese Unverfrorenheit? Vermutlich ist sie aus der puren Verzweiflung geboren. "Ich brauche dringend eine männliche Perspektive!", erkläre ich Shaun. "Dieser Jonas, um den es in dem Buch gehen soll, ist ja schließlich ein Mann – und ich hab nicht die leiseste Ahnung, was in seinem Kopf vorgeht!"

"Ich male Bilder, ich denke mir keine Geschichten aus", kontert Shaun. "Ich kann Ihnen nicht helfen."

"Dann malen Sie es mir eben. Ganz egal. Alleine kriege ich diesen Jonas jedenfalls nicht hin!"

Einen Augenblick lang steht Shaun steif und wie angewurzelt da, und ich sehe vor meinem inneren Auge schon, wie er sich im nächsten Moment umdreht, auf seine katzenhafte Art zur Tür läuft und sie wortlos hinter sich zuknallt.

Aber er tut nichts dergleichen. Er bleibt. Er gibt sich einen sichtlichen Ruck, sein athletischer Körper kommt in Bewegung, dann zieht er sich einen Fauteuil heran und lässt sich neben mir nieder. Keine zwanzig Zentimeter von mir entfernt.

Erwartungsvoll guckt er mich an. "Nun, dann erzählen Sie mir mal, was Sie schon haben. In wen ist dieser Jonas denn verliebt?"

Mein Herz setzt für ein oder zwei Schläge aus. Ich atme ein, als hätte ich die letzten fünf Minuten unter Wasser verbracht. Und dann erzähle ich Shaun die Story, die ich von seiner Großmutter übernommen habe. Die Geschichte von Jonas und Bernadette, die sich als Bernardo verkleidet ins Kloster eingeschlichen hat. Um ihrer großen Leidenschaft nachgehen zu können. Dem Schreiben. Dass die beiden nun gemeinsam an einem wichtigen Buchprojekt arbeiten sollen, einer kostbaren, illustrierten Bibel für einen bedeutenden Gast des Klosters. "Und viel mehr habe ich noch nicht", schließe ich meinen Bericht. "Die beiden sind einander ein wenig näher gekommen, zumindest räumlich, aber groß knistern tut es noch nicht zwischen ihnen."

Shaun streicht sich über sein Kinn. "Hm", sagt er, dann springt er plötzlich auf und verlässt ohne ein Wort den Raum. Mit schnellen, nahezu lautlosen Schritten. Die Tür fällt geräuschvoll hinter ihm ins Schloss.

Ich bleibe verdutzt zurück. Wie gelähmt sitze ich da. Dann fange ich an, mir den Kopf zu zerbrechen, was ich Falsches gesagt haben könnte. Doch es vergehen bloß ein paar

Minuten, da kehrt Shaun auch schon wieder zurück. Er trägt einen Laptop unter den Arm geklemmt, und hat sich seine Fototasche um die Schulter geschlungen.

Er legt beides auf Adelas Glastisch ab, kramt seine Kamera hervor und entfernt die Schutzkappe vom Objektiv. Dann mustert er mich mit zusammengekniffenen Augen.

"Was ist?", frage ich alarmiert.

"Ich sagte doch schon, dass ich in Bildern denke. Worte sind Ihr Metier."

"Ja ... und? Wie hilft uns das jetzt?"

Er zuckt seine Schultern. "Das weiß ich noch nicht. Aber ich denke, dass Sie gut in die Rolle dieser Bernadette passen würden."

"Was, ich?"

"Sicher. Sie haben einen ganz ähnlichen Charakter, denke ich. Ich würde Ihnen zutrauen, ungewöhnliche Mittel zu ergreifen, um Ihr Ziel zu erreichen. Wenn Sie sich einmal etwas in den Kopf gesetzt haben, das Ihnen wichtig erscheint, dann ziehen Sie es durch, nicht wahr? Genau wie unsere Buchheldin das auch tut. Und die kurzen Haare, um als Schreiber Bernardo durchzugehen, Bernadettes Tarnidentität ... die haben Sie auch schon. Perfekt!" Mit diesen Worten kauert er sich vor mir auf den Boden, hebt seine Kamera an und fängt an, mich zu knipsen.

Bevor ich weiß, wie mir geschieht, beginnt er, mir Anweisungen zu erteilen. Als wäre ich ein Fotomodel. "Den Kopf etwas neigen. Die Schultern nach hinten drücken. Nicht so drein gucken, als ob du Schmerzen leidest. Ganz locker. Das Kinn noch ein Stückchen weiter nach links, bitte. Hm, nein."

Plötzlich steht er vor mir und ich spüre seine Hand an

meiner Kinnlade. Seine Berührung ist so zart wie ein Streicheln. Ich gebe dem sanften Druck seiner Fingerkuppen nach und wende meinen Kopf nach links. Kribbelnde Wärme steigt in meinen Wangen hoch.

"Es sind Bernadettes Augen, die Jonas schon ganz zu Beginn anziehen", murmelt Shaun abwesend, während er sich von mir entfernt und sich auf die Position zurückzieht, von der er mich eben schon fotografiert hat. Er betätigt mehrfach den Auslöser seiner Kamera und besieht sich dann kritisch hinten am Bildschirm des Geräts die Aufnahmen.

Er scheint zufrieden damit. Mit fast hypnotisch anmutender Stimme spricht er weiter, während er langsam auf die andere Seite des Raumes hinübergeht, mich dabei aber die ganze Zeit im Auge behält. "Er begegnet Bernadette Tag für Tag im Skriptorium, im Halbdunkel der dicken Klostermauern, das nur durch ein paar Kerzen erhellt wird. Könntest du mal hier herüber kommen, Theresa?"

Er deutet in eine Ecke des Raumes, die von den Steh- und Leselampen nur schwach ausgeleuchtet wird. Ich stehe wie ferngesteuert auf und folge seinem Wunsch.

"Ja, das ist gut. Noch ein Stückchen weiter nach rechts bitte. Stop, Halt. Wunderbar." Wieder betätigt er mehrfach den Auslöser seiner Kamera und studiert gleich darauf mit konzentriertem Blick die entstandenen Bilder hinten am Display.

"Bernadette hat unglaublich sinnliche Schultern", sagt Shaun und sieht mich dabei eindringlich an, "aber das kann Jonas zunächst nur erahnen. Sie trägt ja in ihrer Verkleidung als Bernardo bestimmt irgendein unansehnliches Kleidungsstück. Etwas, das ihre weibliche Figur verbirgt."

"Sicher", sage ich, obwohl Shaun eher klingt, als spräche er mit sich selbst.

"Aber Jonas ist Künstler", fährt er fort, "und hat deswegen einen gut geschulten Blick. Ihm entgeht Bernadettes Schönheit nicht. Die Art, wie sie sich bewegt. Wie sie lächelt. Ihre höchst erotische Ausstrahlung. Auch wenn er das alles zu Beginn nicht deuten kann. Schließlich hält er sie ja für einen Mann."

Shaun macht zwei Schritte zurück und geht erneut in die Hocke. Er knipst weitere Bilder von mir und spart nicht mit Regieanweisungen. "Sieh zu mir herüber, bitte, Theresa. Könntest du deinen Arm auf das Regalbrett da legen? Nein, nur den Unterarm. Und deine Augen etwas mehr nach oben. Ja, wunderbar."

20.

Shaun kommt auf mich zu und studiert mich aus der Nähe. Als wäre ich irgendeine kostbare Statue und er ein eifriger Kunststudent, der sich jedes noch so unbedeutende Detail von mir einprägen will.

Er berührt mich an der Schulter, drückt sie sanft ein wenig nach hinten. "Ich bin mir sicher, Jonas wird Bernadettes Geheimnis schon bald herausfinden", sagt er, hebt erneut seine Kamera an, und knipst mich aus unmittelbarer Nähe. Bernadette kann ihre weibliche Ausstrahlung nicht vor ihm verstecken. Ich denke, sie ist eine sehr leidenschaftliche Frau."

"Woher willst du das wissen?", frage ich ihn.

Er stockt kurz, wirkt einen Augenblick verlegen, als müsse er sich erst wieder in Erinnerung rufen, wo er sich befindet. Nicht in einem mittelalterlichen Kloster, sondern in der Bibliothek seiner Großmutter. Mit mir. Hat er mich gerade eben schon wieder geduzt? Oder, was noch viel schlimmer ist, habe ich es ebenfalls getan? Alles fühlt sich so richtig an, so seltsam vertraut, wenn er mir so nahe ist wie in diesem Moment. Ich bete, dass er nicht bemerkt, wie wohl ich mich in seiner Gegenwart fühle. Und wie gleichzeitig verlegen.

Bei seinem ständigen Gerede von Bernadettes Sinnlichkeit, ihrer erotischen Ausstrahlung, wird mir ganz kribbelig zumute. Er beschreibt so lebhaft, wie sie Jonas verwirrt. Ist ihm nicht bewusst, wie er *mich* damit verwirrt?

"Die Frauen in Großmutters Romanen sind immer sehr leidenschaftlich, wenn auch auf ganz unterschiedliche Art", gibt er mir zur Antwort. Auf die Frage, die ich fast schon wieder vergessen habe. Weil er mir so eindringlich in die Augen blickt, dass ich mich bald nicht mal mehr an meinen eigenen Namen erinnern werde.

"Und die Männer?", hauche ich. Als wäre ich eine Romanheldin, die in ihrem engen Korsett gerade heftig nach Atem ringt, weil sie in zwei tiefdunkle, verführerisch glühende Augen blickt.

"Die Männer sind natürlich auch sehr leidenschaftlich. Überaus sinnlich und attraktiv. Und furchtlos, also spätestens am Ende ihres Abenteuers", sagt Shaun. "Na ja, es sind eben Romane." Er macht einen Schritt zurück, das Glühen verschwindet aus seinen Augen.

Er schüttelt irritiert den Kopf. "Großmutters Geschichten sind nicht das wahre Leben. Das sagte ich ja schon. Man muss aufpassen, dass man nicht den Boden unter den Füßen verliert, wenn man zu viele davon liest."

"Bernadette findet Jonas auch sehr anziehend", höre ich mich sagen. Meine eigene Stimme klingt mir seltsam fremd in den Ohren, warm und vor Aufregung ein wenig vibrierend. Als wäre ich Scheherazade, die berühmte Geschichtenerzählerin, die sich gerade die tausendundzweite ihrer Geschichten ausdenkt.

Shaun nickt mir zu, dann nimmt er mich bei der Hand und führt mich zu einem der Samtsofas in der Mitte des Raumes. Wo ich mich – ohne seine Anweisungen abzuwarten – in die Kissen sinken lasse und meine Geschichte weiterspinne. "Jonas und Bernadette verbringen Stunde um Stunde in der Gegenwart des anderen. Sie arbeiten gemeinsam im Skriptorium, Schulter an Schulter über ein Schreibpult gebeugt. Sie schreibt auf das kostbare Pergament, er fertigt Skizzen zu den Miniaturgemälden an, mit denen er die Worte der heiligen Schrift illustrieren wird. Die beiden beraten sich über ihre Arbeit, aber irgendwann beginnen sie auch, sich privat näherzukommen. Sie genießen die Gesellschaft des anderen. Bernadette fühlt sich jeden Tag mehr zu Jonas hingezogen. In ihr wächst der Wunsch, ihm ihre wahre Identität zu offenbaren. Dass sie eine Frau ist. Eine mit großer Leidenschaft in ihrem Herzen, die sich nach der Liebe eines Mannes sehnt. Nach *seiner* Liebe."

"Ja", sagt Shaun schlicht. Er macht ein paar Aufnahmen von mir auf dem Sofa, dann geht er zu Adelas Glastisch hinüber und fährt seinen Laptop hoch. Er zieht sich den Drehstuhl heran, kramt ein Kabel aus der Fototasche und verbindet seine Kamera mit dem Computer. Dann beginnt er, in raschen Bewegungen über das Touchpad am Laptop zu wischen. Fotos flimmern in schneller Abfolge über den Bildschirm.

Ich möchte zu ihm gehen, meine Hände auf seine Schultern legen, die Wärme spüren, die sein Körper abstrahlt, und ihm dabei zusehen, wie er auf dem Display des Laptops seine ganz besondere Magie wirkt. Wie ich es heute Abend in seinem Atelier bereits mitansehen durfte.

Aber ich tue es nicht. Ich stehe nicht auf, gebe dem Drang nicht nach, ihm nahe zu sein. "Bernadette muss standhaft bleiben", höre ich mich sagen. "Auch wenn sie Jonas extrem anziehend findet – ihre Arbeit, ihre Berufung, das Schreiben, das ist ihr noch wichtiger. Sie will nicht aus dem Kloster geworfen werden, sie hat so hart dafür gekämpft, diese Stelle als Kopist zu bekommen. Sie hat autodidaktisch an ihrer

Handschrift gearbeitet, tausende Stunden geübt, bis sie die gotischen Buchstaben in vollendeter Schönheit schreiben konnte. Und sie hat jedes Manuskript, jeden Folianten verschlungen, die sie in die Hände bekam. Ich weiß gar nicht, wie sie das überhaupt bewerkstelligte. Bücher waren doch eine große Kostbarkeit im Mittelalter, alles handgeschriebene Exemplare, nicht so wie heute, wo wir billigen Lesestoff für so selbstverständlich nehmen. Als Schreiber zu arbeiten ist Bernadettes Leben, ihr großer Traum. Sie kann das nicht aufgeben für einen Mann. Nicht einmal für Jonas."

Shauns Finger kommen auf dem Touchpad des Laptops zum Stillstand. Er dreht sich auf seinem Stuhl zu mir um. Er scheint etwas sagen zu wollen, braucht aber mehrere Anläufe, bis die Worte schließlich über seine Lippen kommen. Über seine sinnlichen, kühn geschwungenen Lippen, die ich bereits blind nachziehen könnte. Obwohl ich keine Künstlerin bin. Ich habe sie bereits so oft angestarrt, dass sie sich in meine Netzhaut eingebrannt haben.

"Das ist gut", höre ich Shaun sagen. Seine Stimme klingt zögerlich, aber doch fest. "Also ist Bernadette vernünftig. Sie widersteht Jonas, ihr Geheimnis bleibt gewahrt, sie vollendet ihre Arbeit im Kloster zur höchsten Zufriedenheit des Abtes und wird schon bald eine sehr gesuchte und berühmte Schreiberin. Und sie lebt glücklich bis an ihr Ende."

Shaun macht eine dramatische Geste, verbeugt sich - dann lachen wir beide. "Das ist doch kein Liebesroman", pruste ich los.

"Stimmt", sagt er und grinst dabei verschwörerisch. "Die beiden müssen sich kriegen."

"Bloß wie?" Ich nehme meinen Stift wieder zur Hand und

beginne zu grübeln.

"Wieso schreibst du eigentlich mit der Hand?", fragt mich Shaun. Er deutet mit dem Kopf auf meinen Kugelschreiber.

Ich zucke mit den Schultern. "Ich weiß nicht. Es fühlt sich irgendwie richtig an. Deine Großmutter macht das ja auch so. Den Plot mit der Hand schreiben. Und es ist schließlich ihr Buch, an dem ich arbeite. Außerdem passt es gut zum Mittelalter im Roman, finde ich."

"Wenn du willst, kann ich dir einen meiner Laptops ausleihen", sagt Shaun. "Das wäre kein Problem."

"Danke. Ich habe einen eigenen dabei. Oben auf meinem Zimmer."

Er wendet sich wieder seinem Bildschirm zu. Ich würde mir zu gern das Bild ansehen, an dem er arbeitet, aber ich scheue seine Nähe. Ich kann nicht zulassen, wie heftig mein Körper auf ihn reagiert.

"Wenn du möchtest, setze ich die Idee mal in eine Zeichnung um", sagt Shaun, in dem er sich mir kurz über seine Schulter zuwendet. Dabei deutet er gleichzeitig auf seinen Laptop."

"Kannst du es nicht einfach ausdrucken?", frage ich. Nun stehe ich doch auf, gehe zu ihm hinüber und gucke auf das Display.

Aus einem der Fotos, die Shaun von mir geschossen hat, ist das Bild eines jungen Mannes entstanden. Er lehnt an einem Pult, hält eine Schreibfeder in seiner Hand und blickt den Betrachter ernst und eindringlich an. Dennoch erkennt man auf den zweiten Blick, dass er kein gewöhnlicher Mann ist – schon gar nicht einer, der in ein Kloster gehört.

Da ist etwas Sanftes und gleichzeitig Spitzbübisches in

seinen Augen – das heißt in meinen Augen, denn es ist ja mein Bild, das Shaun auf so meisterliche Art am Bildschirm transformiert hat.

"Bernardo", sage ich leise, und Shaun nickt mir zu.

Ein Lichtstrahl fällt auf das Pult des jungen Schreibers, ein goldenes Leuchten, das ihn mit einer geheimnisvollen, fast mystischen Aura umgibt. Bernardo/Bernadette sieht so verführerisch, so wunderschön aus ... Jonas muss sich einfach in sie verlieben.

"Du hast eine richtige Märchenfigur aus mir gemacht!", platze ich heraus.

Ein Lächeln breitet sich auf Shauns Lippen aus. "Du siehst auch aus wie eine. Da musste man nicht viel machen."

Er verstummt abrupt. "Entschuldige. Ich –"

Der Satz bleibt unvollendet. Ich gebe mir Mühe, unser beider Verlegenheit zu überspielen. "Jedenfalls ist es perfekt!", sage ich rasch. "Genau in diesem Stil musst du das Buch illustrieren. Deine Großmutter wird es lieben! Die Leser werden es lieben!"

Er schüttelt den Kopf. "Das geht nicht. Es ist Milos Serie, sie muss in seinem Stil weitergeführt werden. Ich muss das Bild in ein Gemälde umsetzen."

Ich weiß nicht, welcher Teufel mich reitet, aber im nächsten Moment liegen meine Hände auf Shauns Schultern und ich schüttle ihn. "Das ist doch Wahnsinn, du wirst nie malen wie er! Und das musst du auch gar nicht. Deine Kunst ist unglaublich toll, etwas ganz Eigenes, Einzigartiges!"

Er macht sich von mir los, mit behutsamen aber bestimmten Bewegungen. Dann rollt er mit seinem Bürostuhl ein Stück von mir weg und schüttelt wortlos den Kopf.

"Versuch es doch wenigstens", beharre ich. "Deine Großmutter geht ja auch neue Wege mit diesem Buch, indem sie mich den Plot schreiben lässt. Das hat sie auch noch nie getan – du hast es selbst gesagt! Da kann das Buch doch genauso gut auf neue Art illustriert werden. Bitte, Shaun, lass es uns wenigstens versuchen! Mach ein paar Entwürfe, mit deinen Fotos, im Computer ... und dann zeigen wir sie Adela. Einverstanden?"

Er reagiert nicht, sitzt nur unbeweglich da. Aber wenigstens guckt er drein, als arbeite es hinter seiner Stirn. Er schiebt sich eine blonde Haarsträhne hinters Ohr und kaut auf seiner Unterlippe herum. Ich habe das dringende Bedürfnis, ihn noch einmal zu schütteln. Oder seine Lippen, die er so unbarmherzig mit den Zähnen bearbeitet, auf den meinen zu spüren. Am besten beides! Ihn schütteln und ihn küssen. In dieser Reihenfolge.

Verdammt, Theresa. Reiß dich zusammen!

Shaun steht unvermittelt auf, und beginnt, seine Sachen zusammenzupacken. Er fährt den Laptop herunter und verstaut seine Kamera in der Tasche. "Es war ein schöner Abend", sagt er. "Eine wunderbare Illusion."

Er reibt sich die Augen, als könne ihm das dabei helfen, wieder in die Realität zurückzufinden. In die wahre Welt, in der es schöne Abende anscheinend nicht geben konnte. Nicht geben durfte.

Ich kämpfe das Bedürfnis nieder, ihn aufzuhalten. *Geh nicht*, möchte ich ihm sagen. *Noch nicht*.

Aber alles, was ich noch tun kann, ist ihm hinterherzurufen, denn er ist bereits auf halbem Weg zur Tür. "Danke für deine Hilfe."

Wie schrecklich unpersönlich das klingt. Wie banal.

Er brummt etwas Unverständliches, dann fällt die Tür der Bibliothek hinter ihm ins Schloss.

Ich bleibe allein zurück.

21.

Als draußen bereits der Morgen zu dämmern beginnt, liege ich unter den zarten Volants meines Betthimmels und kann nicht einschlafen. Mein Körper fühlt sich bleischwer an, aber mein Kopf gibt keine Ruhe.

Um nicht an Shaun zu denken, versuche ich mich auf meinen nächsten Blog-Beitrag zu konzentrieren. Worüber könnte ich schreiben? Ich kann nicht gleich noch eins von Adelas Büchern rezensieren, ich muss unparteiisch und halbwegs objektiv bleiben.

Ich hole meinen E-Reader vom Nachttisch und durchforste einige der Leseproben, die ich mir in letzter Zeit heruntergeladen habe. Vielleicht findet sich ja da etwas Vielversprechendes, ein Roman, den ich lesen sollte, um ihn dann meinen Blog-Abonnenten vorzustellen.

Doch meine Gedanken kehren unwillkürlich zu meinem eigenen Buch zurück. Also Adelas Buch natürlich. *Du lieber Himmel, jetzt nenne ich es schon mein eigenes.*

Jonas und Bernadette. Die beiden sind mir schon so vertraut, sind so präsent in meinem Kopf, als wären sie neue Freunde. Oder besser gesagt sehr alte Freunde, es fühlt sich an, als würde ich sie schon mein halbes Leben lang kennen.

Ich muss auch an Adela denken, wie sie in ihrem Ohrensessel sitzt und seitenlange Briefe an ihren Ehemann schreibt. In einem Brief wagt man es, Dinge zu sagen, die einem niemals über die Lippen kommen würden.

Ich besitze natürlich keine Schreibmappe wie Adela. Ich

habe noch nicht einmal Briefpapier. Aber ich ziehe eines meiner Notizbücher aus der Nachttischlade hervor und trenne vorsichtig eine leere Seite heraus. Einen eleganten Füller besitze ich auch nicht, also muss es ein Kugelschreiber tun.

Ich nehme das Notizbuch als Schreibunterlage, balanciere es auf meinen Knien, lege das weiße Blatt Papier darauf. Ein seltsames Gefühl überkommt mich. Ich kann mich nicht erinnern, je einen Brief geschrieben zu haben. An niemanden.

Aber jetzt tue ich es, und auch wenn es sich komisch anfühlt, so ist es doch gleichzeitig ein sehr schönes Gefühl. Nostalgisch, romantisch und gleichzeitig so etwas wie ein Abenteuer. Ich komme mir sehr mutig dabei vor.

Lieber Shaun,

danke, dass du mir mit dem Buch hilfst. Weißt du, ich glaube, deine Großmutter hat ein bisschen an dich gedacht, als sie Jonas schuf. Er ist ja auch ein Künstler. Einer, der Bücher illustriert. Genau wie du.
Ich bin mir sicher, deine Bilder werden deiner Großmutter gefallen. Nicht nur, weil sie dich liebt. Obwohl sie das zweifelsohne tut. Ihr beide habt ein wunderbares Verhältnis und ihr lebt an einem magischen Ort. Ich bin sehr glücklich, dass ich bei euch sein kann – und das noch mitten drin im Schreiben, in der Buchproduktion!

Nun brauche ich nur noch eine Abschiedsformel.

Mit herzlichen Grüßen? Nein, das ist viel zu förmlich. *Schön, dass es dich gibt*? Viel zu persönlich.

Ich entscheide mich für:

Alle Liebe,
deine Theresa

Hm, einfach nur *Theresa* wäre besser gewesen. *Deine Theresa* ist auch zu persönlich. Aber das Pronomen jetzt noch durchzustreichen, würde bloß noch mehr Aufmerksamkeit darauf ziehen.

Ich falte das Papier zweimal zusammen und lege es auf meinen Nachttisch. Jetzt muss ich mir noch ein Kuvert organisieren, damit es ein richtiger Brief wird.

Und dann das Schriftstück seinem Empfänger zustellen. Bei dem Gedanken wird mir mulmig. Was Shaun sich wohl dabei denken wird, wenn er einen Brief von mir erhält?

22.

Am nächsten Morgen ist es bereits kurz vor zehn Uhr, als ich endlich aufwache. Kaum sehe ich halbwegs aus meinen Augen heraus, entdecke ich das Kuvert, das unter meiner Zimmertür hervorlugt.

Einen Moment lang denke ich, dass es Shauns Antwort sein muss, und mein Herz macht einen Freudensprung. Aber das ist natürlich Unsinn. Er hat meinen Brief ja noch nicht einmal erhalten, wie kann er mir da schon antworten? Oder hat er mir gar von sich aus geschrieben, noch in der Nacht?

Als ich das Kuvert aufhebe und es öffne, finde ich darin eine Nachricht von Adela.

Guten Morgen, meine liebe Theresa,

Wie geht es voran mit unseren Liebenden? Kann ich Ihnen bei etwas helfen?

Oh Gott, sie bietet *mir* Hilfe an. Als wäre *ich* die Autorin, und sie diejenige, die mir zur Hand geht. Diejenige, die mich bei meinem Buch unterstützt.

Peinlich berührt lese ich weiter:

Ich werde heute den sonnigen Tag am Teich genießen. Dr. Engelmann meint, ich verbringe zu viel Zeit in der Bibliothek. Zwischen staubigen alten Wälzern. Der Mann ist kein

Buchliebhaber, was?
Schauen Sie doch bei mir vorbei, wenn Sie etwas brauchen.

Liebe Grüße
Adela

Was für eine Chefin! *Schauen Sie doch bei mir vorbei, wenn Sie etwas brauchen.*

So etwas hätte mein früherer Boss niemals von sich gegeben. Da hieß es immer nur *Theresa, tun Sie dies, Theresa, kommen Sie sofort in mein Büro, Theresa, was haben Sie schon wieder für einen Mist gebaut?*

Rasch ziehe ich mich an, schnappe mir den Brief an Shaun und durchquere die Burg in Richtung Turm. Dabei verlaufe ich mich nur ein einziges Mal. Langsam werde ich heimisch in dem alten Gemäuer!

Ich schiebe den Brief unter Shauns Tür durch, dann mache ich mich, so rasch mich meine Füße tragen, aus dem Staub. Nicht, dass er noch die Tür öffnet und ich ihm erklären muss, warum ich ihm einen Brief geschrieben habe. Ich weiß es ja selbst nicht so genau.

In der Küche organisiere ich mir eine extragroße Tasse schwarzen Kaffee, spüle etwas Marmeladetoast damit hinunter, dann mache ich mich auf den Weg zum Teich. Wo meine Chefin laut ihrem Brief den heutigen Tag verbringen will.

Ich sehe sie schon aus der Ferne. Sie hat es sich an einem ganz besonders idyllischen Platz unter den Ästen einer riesigen Platane gemütlich gemacht. Zwischen Kissen und mit einer leichten Decke über den Beinen liegt sie da, auf ein

Gartensofa gebettet wie Cleopatra.

Shaun frühstückt mit ihr. Er sitzt auf einem Gartenstuhl, seiner Großmutter gegenüber und hebt gerade eine Kaffeetasse an seine Lippen. Die beiden lachen.

Es ist die perfekte Familienidylle. Sogar auf diese Entfernung kann man spüren, wie sehr die zwei einander zugetan sind. Genauso merkt man aber, wie Shaun an seiner Großmutter hängt, nein, klammert. Wie besorgt er um sie ist. Und sie sieht tatsächlich sehr zerbrechlich aus, in ihrem zarten Sommerkleid, obwohl sie gerade rundum glücklich wirkt.

Der Rasen unter meinen Füßen ist noch feucht vom Tau. Es ist ein Morgen wie aus dem Bilderbuch. Wie aus einer Welt, in der die Zeit keine Bedeutung hat und das Leben noch ganz einfach ist. Wir könnten uns im Mittelalter befinden, in der Epoche von Jonas und Bernadette. Das Kloster der beiden könnte hier auf der Lichtung liegen. An der Stelle, an der die Giebel unserer Burg in den Himmel ragen.

Unserer Burg? Liebe Güte, Theresa, es ist nicht deine Burg. Du arbeitest bloß hier.

Eine dunkle Frauenstimme direkt hinter mir lässt mich hochschrecken. "Sind sie nicht süß, die beiden?" ätzt sie. "Omi ist die einzige Frau, die je sein Herz erobern wird. Wenn er überhaupt eins hat."

Ich wirble herum und sehe Tanja vor mir, die Haushälterin. Wie immer hat sie bühnenreifes Makeup aufgelegt, und ihr perfekt schlanker Körper steckt in einem eng anliegenden Kleid, das kaum ihre Brüste bedeckt.

Ich sehe sie irritiert an und sie lacht. "Oh la la, wenn Blicke töten könnten! Du stehst auf ihn, hm? War ja klar, das ging uns allen so, als wir hier ankamen. Warum solltest ausgerechnet du eine Ausnahme sein?"

"Keine Ahnung, wovon du redest", sage ich und will mich davon machen.

Doch Tanja fasst mich am Arm und hält mich zurück. Ihre Fingernägel bohren sich mir ins Fleisch. "Tu nicht so, als hättest du keinen Schimmer, was hier abgeht. Sieh uns doch nur an, Patricia und mich. Man könnte meinen, Shauns Omi hätte uns bei einer Modelagentur gebucht, nicht wahr? Und du bist zweifelsohne die heißeste von uns."

Wovon zum Teufel redet sie? Ich, heiß?

"Guck nicht so erstaunt", zischt Tanja mir zu. "Hast du kein Selbstbewusstsein, meine Gute? Oder ist das deine Masche? Drein gucken wie Bambi? Unschuldig und hilflos? Vielleicht landest du ja damit bei Shaun. Worum geht es dir, bloß um heißen Sex oder um all die Kohle, die er sich demnächst unter den Nagel reißen wird? Er ist der Alleinerbe, der letzte der Familie. Aber das weißt du ja bestimmt."

"Lass mich los", fauche ich. Na ja, ich möchte gern fauchen, vermutlich klinge ich eher wie ein eingeschüchtertes Kätzchen.

Tanja krallt sich nur noch fester in meinen Arm und redet unbeirrt weiter. "Aber Kohle hin oder her", zischt sie, "wenn du schlau bist, meine Kleine, dann widerstehst du der Versuchung. Mach dich lieber so schnell wie möglich vom Acker, bevor du dir ordentlich die Finger verbrennst. Oder Schlimmeres." Sie zwinkert mir verschwörerisch zu.

Ich begreife nicht, was sie von mir will. Soll das jetzt eine Warnung sein? Vor Shaun?

Anscheinend steht mir die Ratlosigkeit ins Gesicht geschrieben. Tanja lacht kehlig auf. "Oh, du kennst die

Geschichte nicht? Frag unseren jungen Adonis doch mal, was mit seiner Familie geschehen ist. Oder mit seiner Ehefrau."

"Shaun ist verheiratet?", platze ich heraus. Und meine Augen sind dabei vor Erstaunen bestimmt so groß wie zwei Untertassen. Ich könnte mich ohrfeigen, dass ich mich so wenig unter Kontrolle habe. Ausgerechnet vor Tanja, dieser Schlange. Ich konnte sie schon vom ersten Tag an nicht leiden.

"Er *war* verheiratet", zischelt sie mir zu. "Überrascht dich das? Hast du dir gedacht, dass er sich für dich aufgespart hat, du dummes Täubchen?" Wieder lacht sie wie eine Hyäne. Sie scheint unsere Unterhaltung sehr zu genießen. Wenn man es denn so nennen möchte. Für mich fühlt es sich eher wie ein Überfall an.

"Sie sind alle tot", fährt Tanja ungerührt fort. Sie scheint jetzt richtig in Fahrt zu kommen. "Die gesamte Familie. Papa, Mama und Shauns angebeteter Bruder, Milo. Shaun überlebte als einziger. Man munkelt, dass er was mit dem Tod der drei zu tun hatte. Du weißt schon. Von wegen Unfall, und so. Seine Frau verließ ihn deswegen. Und anscheinend plagt ihn das Gewissen so sehr, dass er nachts kaum schlafen kann. Hast du es noch nicht gehört? Schritte auf den Gängen, mitten in der Nacht? Schreie, wenn er aus seinen Alpträumen hochfährt? Hast du gedacht, es spukt in unserem alten Kasten, oder was? Nein, meine Süße, das ist unser Traummann, der sich da umtreibt. Wenn er nicht gerade wie ein Verrückter durch den Wald rennt. Auch gerne mitten in der Nacht. Tja, er ist super scharf, bald schwer reich, aber leider ein Psychopath. Ich schätze, man kann nicht alles haben, was?"

Tanja unterbricht sich, wirkt einen Moment lang, als müsse sie angestrengt über etwas nachdenken. "Hm", macht sie dann, "wer weiß, ob das überhaupt stimmt. Dass seine Frau ihn verlassen hat, meine ich. Vielleicht liegt sie ja gut verscharrt hier irgendwo zu unseren Füßen!"

Sie starrt mir in die Augen, ich weiche ihrem Blick aus, aber das scheint sie erst recht zu amüsieren. "Oh, wie süß. Du hast es echt drauf. Ganz das unschuldige Mäuschen. Da kann bestimmt nicht mal unser Psychoprinz widerstehen. Aber wie gesagt" – sie hebt warnend einen Finger und wedelt mir damit vor der Nase herum – "wenn du clever bist, machst du dich vom Acker. Verschwindest von hier, so schnell du kannst. Du willst doch nicht deinen hübschen Hals riskieren, oder?"

Mit diesen letzten Worten lässt sie meinen Arm los, auf dem die Abdrücke ihrer Nägel zurückbleiben. Sie lacht triumphierend auf, dann stapft sie durch das taufeuchte Gras davon, und ich bleibe allein zurück. Zutiefst verwirrt.

Wie eine böse Schlange hat sie mir ihr Gift injiziert. *Schreie in der Nacht*. Dann war es also Shaun, den ich da gehört haben soll, gleich in der ersten Nacht nach meiner Ankunft? Wenn er an diesem Abend nicht in seinem Turm, sondern in Milos Räumen übernachtet hätte ... seinem ehemaligen Kinderzimmer, das angeblich direkt neben der Bibliothek liegt? Also ziemlich genau unter meinem eigenen Schlafzimmer? Dann könnte es hinkommen. Vielleicht fühlte er sich seinem toten Bruder damit ein wenig näher.

Der Schrei kam von irgendwo unter mir, da bin ich mir sicher. Aber als ich Shaun danach fragte, wollte er mir einreden, dass ich mir das alles nur eingebildet hatte. Was für schreckliche Träume müssen ihn plagen, wenn wirklich er es war, der sich da die Seele aus dem Leib geschrien hat? Es hörte sich an, als erprobe irgendein Großinquisitor mittelalterliche Folterwerkzeuge an ihm.

Und kann es wahr sein, was Tanja außerdem noch behauptet hat? Hat Adela mich nicht eingestellt, weil sie dringend eine Schreibkraft brauchte – sondern meines Aussehens wegen? Als potenzielles Liebchen für Shaun?

Nein, das ist blanker Unsinn, ich sehe überhaupt nicht gut aus. Nicht wie Tanja oder Patricia. Tanja ist einfach nur eine gehässige Schlange. Sie hat sich wohl bei Shaun einen Korb geholt und zahlt es ihm jetzt mit übler Nachrede heim.

Aber die Story mit dem Tod seiner Familie – die kann sie doch nicht einfach erfunden haben? Shaun hat also nicht nur seinen geliebten Bruder verloren, sondern auch beide Eltern? Und seine Ehefrau? Ich muss unbedingt mehr darüber wissen.

Eigentlich wollte ich zu Adela hinübergehen, mich zu ihr setzen, wie sie es mir in ihrem Brief angeboten hat, und sie mit ein paar Fragen über das Schreiben löchern. Aber jetzt stehe ich einfach nur da, im feuchten Gras, und weiß nicht, was ich tun soll. Wie es aussieht, haben Shaun und seine Großmutter mich noch nicht entdeckt, sie sind ganz in ihr gemeinsames Frühstück und ihr angeregtes Geplauder vertieft.

Ich beschließe, später noch einmal wiederzukommen. Jetzt erst mal zurück auf mein Zimmer. Ich muss mich dringend beruhigen. Eine ganze Tafel Schokolade auf einmal in mich hineinstopfen. Das ist das einzig verlässliche Mittel zum Krisenmanagement.

Auf dem Rückweg zur Burg – kaum, dass ich mich in Bewegung gesetzt habe – treffe ich auf Dr. Engelmann. Adelas Arzt. Er kommt mir in großen Schritten über den Rasen entgegen, nickt mir freundlich lächelnd zu, bleibt aber nicht stehen.

Ich drehe mich um und gucke ihm hinterher. Er steuert auf Shaun und Adela zu, umarmt die alte Dame herzlich und schüttelt ihrem Enkel die Hand. Beide wirken höchst erfreut, ihn zu sehen. Sie nehmen ihn in ihre kleine Frühstücksrunde auf, als wäre er ein Teil der Familie.

Nur wenige Augenblicke später steht Shaun plötzlich auf und macht sich erstaunlich bereitwillig davon. Es ist das erste Mal, dass ich erlebe, wie er seine Großmutter freiwillig verlässt. Anscheinend wähnt er sie bei dem Arzt in den allerbesten Händen, nicht nur medizinisch, sondern auch menschlich. Ist er nicht eifersüchtig, um seines Großvaters willen, dass Adela und Dr. Engelmann sich so überaus gut verstehen?

Shaun kommt in meine Richtung gelaufen, also mache ich rasch kehrt und steuere auf die Burg zu. Er muss nicht wissen, dass ich Adela und ihn beobachtet habe. Bestimmt hält er mich ohnedies schon für die neugierigste Nase im ganzen Land.

Als ich am frühen Nachmittag an den Teich zurückkehren will, ist Dr. Engelmann immer noch an Adelas Seite. Ich halte an beinahe der gleichen Stelle inne, an der ich bereits am Vormittag gestanden habe – und auch diesmal werde ich nicht bemerkt.

Meine Chefin und ihr Arzt sind in ein Streitgespräch verwickelt, das ihre ganze Aufmerksamkeit gefangen nimmt. Von der guten Laune, mit der Dr. Engelmann vor ein paar Stunden eingetroffen ist, scheint nichts mehr übrig zu sein.

Heftig gestikulierend läuft er vor der alten Dame auf und ab, redet erregt auf sie ein, und auch sie fuchtelt wild mit den Armen herum. Obwohl sie noch immer auf ihrem Gartensofa ruht und ziemlich erschöpft wirkt.

Ich bin zu weit entfernt, um dem genauen Wortlaut der Auseinandersetzung folgen zu können, aber anscheinend geht es um Adelas Gesundheitszustand. Stein des Anstoßes scheint ihre hartnäckige Weigerung zu sein, sich angemessen medizinisch betreuen zu lassen.

Ich mache mich lautlos davon. Dieses Gespräch ist nicht für meine Ohren bestimmt. Ich käme mir schäbig dabei vor, bewusst zu lauschen, auch wenn ich natürlich wissen möchte, wie es um die Gesundheit meiner Chefin bestellt ist. Und warum der Arzt sich solche Sorgen um sie macht.

23.

Als ich einige Stunden später in die Bibliothek komme, finde ich Adela in ihrem Ohrensessel. Sie hat ihre Briefmappe auf den Knien ausgebreitet und schreibt konzentriert an einem Brief. Dabei strahlt sie übers ganze Gesicht, als wäre die heftige Auseinandersetzung mit dem Doktor ein paar Stunden zuvor nie passiert.

"Philip?", frage ich nur, als sie aufblickt.

Ihr Lächeln wird breiter. Sie nickt. Es ist wirklich unglaublich, mit welcher Hingabe Adela sich der Korrespondenz mit ihrem Ehemann widmet. Wo immer er stecken mag, er muss jeden Tag Stunden damit zubringen, die ellenlangen Briefe seiner Frau zu lesen. Wie sich eine solche Liebe, die scheinbar unberührt die Jahrzehnte überdauert hat, wohl anfühlen mag? Ich werde das wohl nie erfahren.

Adela stöpselt ihren Füller zu und schiebt den angefangenen Briefbogen samt den bereits vollgeschriebenen Blättern, die darunter liegen, in ihre Schreibmappe. "Setzen Sie sich doch zu mir", sagt sie und deutet auf den Fauteuil, der ihr am nächsten steht.

Ich tue, wie mir geheißen, ziehe den Fauteuil dicht an Adelas Ohrensessel heran und lasse mich in die weiche Polsterung fallen. Sie macht ein wenig Small Talk mit mir, kommentiert das herrliche Sommerwetter und wie gerne sie Zeit an dem kleinen Teich verbringt.

Ich will sie nicht direkt auf den Streit mit dem Arzt ansprechen, aber ich muss einfach wissen, wie es ihr geht. Wie es um ihre Gesundheit bestellt ist. "Der Doktor scheint ein sehr netter Mann zu sein", beginne ich und gebe mir Mühe, es ganz beiläufig klingen zu lassen.

"Richard? Oh ja. Er ist auch sehr gutaussehend, nicht wahr? Und so charmant. Ich mag seine Ausstrahlung. Ganz schön erotisch für sein Alter."

Ich traue meinen Ohren nicht, während Adela verschwörerisch kichert. "Jetzt tun Sie nicht so erstaunt, meine Liebe", tadelt sie mich. "Ich bin noch nicht tot. Ich bin eine Frau und werde bis zu meinem letzten Atemzug eine sein. Eine mit guten Augen und ziemlich feinen Antennen, was Männer anbelangt. Berufskrankheit." Sie grinst und entblößt dabei ihre Zähne.

Gleich darauf beugt sie sich zu mir herüber und flüstert mir zu: "Ich habe mal eine Buchfigur nach Richards Vorbild gemacht, aber verraten Sie ihm das nicht. Keinen Hauptdarsteller, nur eine Nebenfigur. Aber die Leserinnen mochten ihn sehr. Wenn mein Herz nicht Philip gehören würde, würde ich nicht zögern und ihn mir schnappen."

Sie hält kurz inne und ihr Blick wandert durch den Raum. "Richard versteht es leider nicht", sagt sie dann. "Obwohl ich es ihm schon so oft erklärt habe. Dass ich neben meinem Mann niemals einen anderen lieben kann."

"Er ... er wirkt auch als Arzt sehr um Sie bemüht", stammle ich. Im Hintergrund ist mein Gehirn noch damit bemüht, zu erfassen, was Adela da gerade von sich gegeben hat.

Ihr Lächeln erstirbt und sie mustert mich kritisch von der Seite. "Ich werde in kein Krankenhaus gehen, vergessen Sie es. Falls er Sie auf mich angesetzt hat."

"Was? Nein, das hat er nicht."

"Dann ist es ja gut."
"Ich sorge mich nur um Sie."
Sie tätschelt meine Hand. "Nett von Ihnen, meine Liebe. Sie sind ein gutes Kind. Aber jetzt sagen Sie mir: Wie geht es denn mit dem Buch voran?"
"Also, na ja ..."
Sie sieht mich aufmunternd an. "Nur heraus damit."
"Es ist toll, ich liebe das Schreiben. Und ich kann noch immer nicht glauben, dass Sie mir Ihr Buch anvertrauen. Aber ich fürchte, sehr weit sind wir mit der Geschichte noch nicht gekommen."
"Wir?"
"Ihr Enkel hilft mir. Stellen Sie sich vor, er will das Buch illustrieren. Er hat sogar schon damit begonnen, obwohl ja noch nicht einmal der Plot fertig ist."
"Das ist gut", sagt Adela.
"Ich hoffe, ich kann ihn dazu bringen, dass er Ihnen seine Entwürfe zeigt. Also seine Computerkunst. Er möchte unbedingt –" Ich stocke. Es fühlt sich falsch an, sich so in Shauns Angelegenheiten zu mischen. Oder Adela dazu zu bringen, ihm gut zuzureden. Aber es scheint mir noch viel verkehrter, dass er unbedingt wie Milo malen will. Und dabei doch so offensichtlich scheitert.
"Was möchte er?", fragt Adela nach. "Was wollten Sie sagen?"
"Na ja, er –" Ich weiß nicht so recht, wie ich es formulieren soll.
Verdammt noch mal, Theresa, du bist hier als Sekretärin angestellt! Nicht als Kunstexpertin. Und schon gar nicht als Shauns persönliche Seelsorgerin.

"Kennen Sie die digitale Kunst Ihres Enkels?", frage ich Adela vorsichtig. "Die Fotomanipulationen, die er am Computer macht?"

Sie sieht mich verständnislos an. "Was soll das denn sein, meine Liebe?"

"Das habe ich mir gedacht!", platze ich heraus. "Er hat es Ihnen vorenthalten. Die ganze Zeit über. Seinen eigenen Stil. Dabei ist der großartig. Sie müssen ihn dazu bringen, dass er Ihnen seine Werke zeigt. Und dass er endlich damit aufhört, wie Milo malen zu wollen! Hätten Sie denn etwas dagegen, wenn Ihre illustrierte Serie in einem etwas abweichenden Stil fortgesetzt würde?"

Na gut, in einem *sehr* abweichenden Stil. Shauns digitale Kunstwerke sehen völlig anders aus als die Gemälde oder Zeichnungen von Milo. Aber trotzdem, sie würden auch toll in Adelas Bücher passen, das weiß ich einfach.

Adela sieht mich prüfend von der Seite an. Dann huscht ein winziges Lächeln über ihre Lippen. "Ich werde Shaun dazu bringen, mir seine Arbeiten zu zeigen", sagt sie. "Wie es aussieht, hat er in Ihnen ja schon mal einen glühenden Fan gefunden."

Ich spüre, wie mir das Blut in die Wangen schießt. Schnell überspiele ich meine Verlegenheit und schildere Adela, wie weit wir mit der Story gekommen sind. Mit unbeholfenen Worten beschreibe ich ihr das Hindernis, das zwischen Bernadette und Jonas aufgetaucht ist. "Die Arbeit als Schreiberin ist Bernadette wichtiger als ihre aufkeimenden Gefühle für Jonas. Sie mag ihn, findet ihn sehr anziehend ... Das heißt, eigentlich ist sie schon ziemlich verliebt in ihn, aber sie liebt die Schreibkunst einfach über alles. Die kostbare

Bibelausgabe, die der Abt ihr anvertraut hat, ist ihre große Chance."

"Ja, Hindernisse", murmelt Adela. "Manchmal sind sie unüberwindbar."

"Wollen Sie nicht ... könnten Sie, na ja, nicht doch wieder den Plot übernehmen? Ich bin so unerfahren. Ich habe Angst, dass ich Ihr Buch völlig ruiniere. Und es ist Ihnen doch so wichtig!"

Adela streckt ihre Arme aus und nimmt meine Hände vorsichtig in die ihren. Ihre Haut, die sich über die knochigen Finger spannt, fühlt sich so dünn wie Papier an. "Sie sind genau die Richtige, meine Liebe", sagt sie und blickt mir dabei direkt in die Augen. "Das kann ich spüren."

Ich muss daran denken, was sie eben vorhin gesagt hat. Dass sie um keinen Preis in ein Krankenhaus will. Wenn Dr. Engelmann sie so vehement dazu bringen möchte, sich einweisen zu lassen, dann ist es bestimmt etwas Ernstes. Adela Bentley, meine Chefin, meine Mentorin, meine Freundin – ja, auch das ist sie mittlerweile, auch wenn ich sie kaum ein paar Tage kenne – ist offensichtlich schwer krank.

Shaun hat recht gehabt. Das Buch hat sie angestrengt, als sie noch selbst daran arbeitete. Ich darf nicht von ihr verlangen, dass sie sich wieder damit herumplagt.

Und auch wenn ich eine Heidenangst habe, zu versagen, die Story völlig zu ruinieren, so ist es doch auch wahr, dass ich enorme Freude an dem Buch habe. Dass ich nichts lieber tue, als an dem Plot zu arbeiten. Ganz besonders, wenn Shaun mir dabei hilft. Obwohl ich wirklich nicht die geringste Ahnung habe, wie die Geschichte weitergehen soll. Ob mir etwas halbwegs Brauchbares einfallen wird.

Geschweige denn etwas, das auch nur annähernd an Adelas großartige Romane der Vergangenheit herankommt.

Wie soll ich Bernadettes Dilemma auflösen? Ich sehe da keinen Ausweg. Sie kann entweder ihre Karriere als Schreiber verfolgen, getarnt als Mann. Oder Jonas lieben. In beiden Fällen wird sie vermutlich nicht glücklich werden, weil sie das jeweils andere aufgeben musste. Nein, sie wird ganz bestimmt nicht glücklich werden.

"Soll ich einmal durchlesen, was Sie schon geschrieben haben?", schlägt Adela vor.

"Um Himmels Willen, alles nur das nicht", platzt es aus mir heraus.

Adela zieht amüsiert eine Augenbraue hoch. "Warum denn nicht?"

"Es ist so schrecklich hölzern. Während Ihre Bücher ..."

"Ja?"

"Na ja, die sind so wunderbar elegant geschrieben."

Adela lacht. So laut und so heftig, bis ihre Augenwinkel tränennass sind. Sie japst nach Luft. "Mein liebes Kind, Sie sollten mal meine Rohfassungen sehen. Was sie da gerade schreiben, das ist der erste Entwurf."

"Ja ... und?"

"Wie schon Hemingway sagte: The first draft of anything is shit."

"Der Erstentwurf von egal was ist –" Ich zögere. "Mist?"

Adela hebt in gespielter Strenge ihren Zeigefinger und fuchtelt mir damit vor der Nase herum. "Sagen Sie es ruhig, meine Liebe, wir wollen doch nicht zimperlich sein, oder? *Shit* bedeutet Scheiße, soweit ich Ihre Sprache beherrsche, nicht wahr?" Sie zwinkert mit beiden Augen und sieht dabei aus wie ein Waldtroll.

"Und das hat Hemingway wirklich gesagt?"

Sie nickt heftig. "So wahr ich hier sitze! Und wenn der gute Herr Nobelpreisträger uns eingesteht, dass er Scheiße zu Papier bringt, dann dürfen wir das erst recht, finden Sie nicht? Beim Erstentwurf geht es lediglich um die Story. Da müssen Sie nicht schreiben wie Shakespeare. Oder wie Goethe, in Ihrem Fall."

Ich kann nicht glauben, was ich da höre, aber ich muss zugeben, dass es mich ungemein erleichtert. Beinahe noch unglaublicher ist aber, dass Adela *wir* sagt ... Als wäre ich ihre ebenbürtige Kollegin, mit der sie hier über das Autorenhandwerk fachsimpelt.

"Sie sollten mal meine Rohfassungen sehen", wiederholt sie und rollt dabei theatralisch mit den Augen. "Da würde Ihnen übel werden! Deswegen vernichte ich die immer gleich, wenn das Buch fertig ist. Also nachdem ich es sieben oder acht Mal überarbeitet habe. *Dann erst* bekommt es der erste Leser zu Gesicht."

Ich gucke sie verdutzt an. Sieben oder acht Fassungen?

"Schreiben Sie einfach ganz ungehemmt drauf los", rät sie mir. "Experimentieren Sie! Hören Sie auf Ihre Figuren. Die sagen Ihnen schon, was sie brauchen. Wo sie hin wollen. Sie müssen ihnen einfach nur zuhören. Sie von der Leine lassen, damit sie sich entfalten können. Es ist wie mit Kindern."

"Aber ich kann doch nicht einfach schreiben, was mir so in den Kopf kommt. Es ist doch Ihr Buch. Es sollte Ihr Stil sein."

"Es ist unser gemeinsames Buch, ich habe nur den Grundstein gelegt, Sie entwickeln es jetzt. Es ist nicht wichtig, wessen Stil es ist. Ich möchte nur ... Ich möchte es noch vollendet sehen, bevor –"

Sie spricht die Worte nicht aus, aber sie drängen sich mir von ganz allein in den Kopf. *Bevor ich sterbe.* Ich versuche erst gar nicht, ihr doch noch ein paar Details über ihren Gesundheitszustand zu entlocken. Sie will ganz offensichtlich nicht darüber reden. Anscheinend will sie sich noch nicht einmal richtig behandeln lassen, so wie sie vorhin auf das Thema Krankenhaus angesprungen ist.

Adela spricht ungerührt weiter: "Egal, wohin die Geschichte Sie führt, gehen Sie mit. Wenn ich kann und Sie das möchten, werde ich Ihnen bei der Reinschrift helfen. Ach, und eines noch, was die Figuren anbelangt: Stellen Sie sich darauf ein, dass die im Allgemeinen nicht so handeln, wie Sie das gerne hätten. Das tun sie fast nie. Aber vertrauen Sie ihnen. Sie wissen, wo ihre Story hin muss."

Ich sehe Adela wohl ziemlich ratlos an, denn erneut tätschelt sie meine Hand – wie eine Großmutter, die ihrer verängstigten Enkelin Trost spendet. Es würde mich kein bisschen erstaunen, wenn sie mir demnächst eine Tasse Kakao anbietet. Oder einen Schokoriegel.

Zum Glück kommt es nicht so weit, und ich gebe mir alle Mühe, wieder eine halbwegs professionelle Miene aufzusetzen. Ich bin noch immer Adelas Sekretärin, nicht ihr Mündel!

"Und wenn Sie gar nicht weiterwissen, meine Liebe, dann gehen Sie in den Garten", fährt sie mit ihren Ratschlägen fort. "Sprechen Sie mit ihr."

"Mit ihr?"

"Der Göttin. Venus, Aphrodite, Freya ... Sie hat viele Namen. Viele Gesichter. Und sie weiß immer Rat. Selbst wenn uns unsere menschliche Weisheit längst im Stich gelassen hat. Ich wünsche mir, dass sie durch Sie weiterwirkt, meine liebe Theresa. Wenn meine Zeit zu Ende ist."

Ich würge den Kloß hinunter, der sich in meiner Kehle gebildet hat. Ich will nicht über das Ende sprechen. Oder mit einer Liebesgöttin Zwiesprache halten müssen. Ich finde mich noch nicht einmal in der Religion zurecht, in die ich hineingeboren wurde. Oder besser gesagt hineingetauft.

"Was wird eigentlich Ihr Verlag dazu sagen, wenn ich an Ihrem Buch mitwirke?", versuche ich einen Themenwechsel.

"Mein Verlag?" Adela guckt mich an, als wäre sie auf die Idee noch gar nicht gekommen. Als wäre es ihr bloß wichtig, dieses letzte Buch fertigzustellen. Die Vermarktung scheint ihr völlig egal zu sein.

Warum nur will sie unbedingt dieses Buch schreiben? Wo sie es doch jetzt nicht einmal selbst schreibt? Sondern ich. Es kann nicht an der Geschichte liegen, die sie unbedingt noch erzählen möchte, denn die existiert ja noch gar nicht. Beziehungsweise nur in ihren Grundzügen. Und gerade eben hat Adela mir geraten, mir ganz eigenständig eine Story auszudenken. Mit Hilfe der Göttin, wenn das nötig ist – aber ohne Input von Adela selbst. Es ist völlig verrückt.

"Ich werde alles für Sie regeln", höre ich Adela sagen. "Wegen der Rechte und Ihrem Honorar. Machen Sie sich keine Sorgen, meine Liebe."

"Es geht mir doch nicht ums Honorar!", brause ich auf.

Sie lächelt. Und ergreift noch einmal meine Hand. "Sie sind ein liebes Kind, Theresa. Alles wird ein gutes Ende finden, ganz bestimmt. Ich weiß es einfach."

24.

Das Abendessen findet heute im stimmungsvollen alten Speisesaal der Burg statt, weil draußen durch den Park der Sturmwind pfeift. Und wiederum ist auch das Personal eingeladen, gemeinsam mit der Familie zu essen. Also auch ich.

Ich bemerke kaum, was ich zu mir nehme, obwohl Stéphane, der Koch, bestimmt wieder etwas Köstliches gezaubert hat. In Gedanken bin ich im Refektorium des Klosters, wo Jonas und Bernadette – das heißt, Bernardo – schweigend eine karge Abendmahlzeit zu sich nehmen. Schielen sie, heimlich und verstohlen zum jeweils anderen hinüber, während sie ihre dünne Suppe löffeln? Schmiedet Jonas kühne Pläne, wie er Bernadettes Herz erobern kann?

Unwahrscheinlich, er weiß ja noch nicht einmal, dass sie Bernadette heißt und nicht Bernardo. Dass sie kein Mann ist. Auch wenn er es ahnen mag, weil er ihre weibliche Ausstrahlung spüren kann, und sich jeden Tag mehr zu ihr hingezogen fühlt. Wo er sich doch auf die Illustration der kostbaren Bibel konzentrieren sollte.

Ist Jonas verwirrt, weil er Bernardo so anziehend findet? Denkt er, dass etwas Dunkles, Dämonisches innerhalb der geheiligten Klostermauern am Werke ist, das ihn zur Wollust mit einem Mann, zur Sünde der Sodomie verführen will? Jonas ist kein Mönch, aber dennoch muss er ein streng gläubiger Mensch sein, oder etwa nicht? Ich würde ja gerne einen Atheisten aus ihm machen, aber gab es so etwas im Mittelalter überhaupt?

Sobald es die Höflichkeit erlaubt, leere ich hastig meinen Espresso, den ich mir anstelle eines Desserts bestellt habe, und verlasse die Abendgesellschaft. Ich kehre in die Bibliothek zurück, mache es mir in Adelas Ohrensessel gemütlich und lege mir Notizbuch und Kugelschreiber zurecht.

Einfach drauflosschreiben, hat Adela mir geraten. *Auf die Figuren hören.*

Was willst du also, Jonas? Und du, Bernadette?

Ich erhalte keine Antwort. Nicht der kleinste Gedanke regt sich. In meinem Kopf herrscht die totale Stille.

Ich warte geduldig ab. Lese noch einmal die Notizen durch, die ich bereits habe. Ich versuche, die hölzerne Sprache zu ignorieren und mich nur auf den Inhalt zu konzentrieren. Auf die Story. *The first draft of anything is shit.* Tausend Dank, Mr. Hemingway, Sie haben mich gerettet. Aber nichtsdestotrotz hätte ich jetzt gern eine Idee. Ich muss wissen, wie es weitergehen soll.

Irgendwann ist meine Geduld zu Ende. Ich lege Notizbuch und Kugelschreiber beiseite und springe auf. Ich brauche Inspiration – was ja in diesem Raum kein Problem darstellen sollte. Die Regale, die mich umringen, sind randvoll mit Adelas Bestsellern.

Ich gehe zu der Vitrine mit den illustrierten Ausgaben hinüber und beginne wahllos, Romane in die Hand zu nehmen. Ich sehe mir Milos Illustrationen an, die vielen verschiedenen Szenen, die er so kunstvoll abgebildet hat. Und stelle mit Schrecken fest, dass viele davon Liebesszenen sind. Kein plakativer Sex, aber leidenschaftliche Umarmungen, hungrige Küsse, teils spärlich bekleidete Körper, die sich ineinander verschlingen.

Warum ist mir das beim ersten Mal, als ich diese Bücher durchgeblättert habe, entgangen?

Das ist es nicht, und es ist ja auch bei Gott nichts Ungewöhnliches, in Liebesromanen Liebesszenen vorzufinden.

Schlaues Mädchen, Theresa, wirklich eine beeindruckende Erkenntnis!

Ich selbst lese ja Romance Bücher, vor allem um der Liebesszenen willen! Eine plötzliche Panik überkommt mich, denn jetzt – bei Venus, Aphrodite, Freya, oder wer immer sonst noch göttlichen Beistand in dieser Angelegenheit leisten kann! – jetzt werde ich selbst welche schreiben müssen. Knisternde, romantische, leidenschaftliche, feurige Liebesszenen. Küsse, Umarmungen, Streicheleinheiten, verbale Liebkosungen, und am Ende auch Sexszenen – zumindest andeutungsweise. Bei allen Göttinnen, das schaffe ich niemals!!!

Ich will das Buch, das ich gerade in der Hand halte, in die Vitrine zurückstellen. Es nennt sich *The Fiery Passion of My Heart*. Die feurige Leidenschaft meines Herzens. Will es mich verhöhnen? Als ich es in den schützenden Kartonschuber packen will, bemerke ich, dass zwischen den Seiten, am unteren Ende des Buches ein Stück Papier herausragt.

Ich halte inne, lege den Kartonschuber für den Moment beiseite und klappe das Buch an der Stelle auf, wo das Papier hervorlugt. Zum Glück befindet sich hier keine von Milos Illustrationen, kein weiteres Abbild jener vollendeten Liebesszenen, die Adela schreibt.

Das Papier entpuppt sich als Brief, der ohne Kuvert zwischen die Seiten des Buches geschoben wurde. Er ist mit *Liebste Adela* überschrieben und eindeutig von Frauenhand verfasst. Bevor ich mich bremsen kann, gewinnt meine Neugier die Oberhand und ich beginne, die Zeilen zu überfliegen.

Der Brief ist nur eine einzige Seite lang und inhaltlich ein glühendes Dankschreiben an Adela. Er endet mit den Worten:

Du hast mir mit diesem Buch, mit deiner Gabe, das Leben gerettet, meine geliebte Freundin. Wie kann ich dir je dafür danken?

Herzlichst
Deine Karoline

Erst jetzt bemerke ich, dass das Kuvert dieses Briefes nicht verloren gegangen ist. Es liegt ganz vorne im Buch, auf der Widmungsseite, ist aber eines jener hauchdünnen Dinger, die man früher gerne für Luftpostbriefe nahm. Beinahe hätte ich es zwischen den festeren Buchseiten nicht bemerkt.

Das Kuvert ist per Hand adressiert, in der gleichen Handschrift wie der Brief selbst. Empfänger ist Adela Bentley, Absenderin eine Karoline Stralitzky mit einer Wiener Adresse.

Die Widmung des Buches lautet *Für K.*

Ist das ein Zufall? Oder hat Adela dieser Karoline den Roman gewidmet?

Gut möglich, offensichtlich hat die Briefschreiberin einen starken Bezug zu dem Buch. *Du hast mir mit diesem Buch das Leben gerettet,* hat sie in ihrem Brief geschrieben. Das klingt sehr dramatisch. Ich wüsste zu gerne mehr über die

Geschichte dieser Karoline.

Ich schiebe den Briefbogen vorsichtig in das Kuvert und lege beide auf die Widmungsseite des Buches. Dann klappe ich es zu, verstaue es im Schuber, und stelle es schließlich in die Vitrine zurück.

In diesem Augenblick öffnet sich die Tür der Bibliothek. Vielleicht ist das ja Adela – könnte ich sie dann nicht gleich nach der Briefschreiberin und ihrer Geschichte befragen? Käme das sehr neugierig und klatschsüchtig rüber? Schließlich habe ich den Brief ja rein zufällig gefunden und nicht etwa Adelas Schreibtisch durchwühlt. Aber dennoch ...

Eine Entscheidung diesbezüglich bleibt mir erspart, denn es ist nicht Adela, die durch die Tür der Bibliothek tritt. Sondern Shaun.

Auf seinem Gesicht, das mich mit seiner ebenmäßigen Schönheit mehr denn je an eine altmeisterliche Skulptur erinnert, liegt ein zaghaftes Lächeln. "Wie geht es voran?", fragt er anstelle einer Begrüßung.

"Mit dem Buch?" Ich verziehe die Mundwinkel. "Frag nicht."

"So toll, ja?" Er tritt neben mich und starrt für einen Moment in die Vitrine, wendet den Blick aber sogleich wieder ab. "Kann ich etwas helfen? Woran krankt es denn?"

Wie es aussieht, ist er mir aus dem Speisesaal in die Bibliothek gefolgt. Diesmal kann er kaum auf der Suche nach seiner Großmutter gewesen sein, denn die hat beim Dessert angekündigt, dass sie müde sei und heute früh zu Bett gehen wolle.

Shauns endlos lange Beine stecken in dunklen Jeans – die er schon beim Abendessen trug. Genau wie das türkisblaue

T-Shirt, das sich so eng an seinen Körper schmiegt, dass sich jeder Muskel seines Oberkörpers darunter abzeichnet.

Macht er das absichtlich? Kann er nicht irgendeinen formlosen Kartoffelsack tragen? Eine Mönchskutte?

Selbst die würdest du ihm am liebsten vom Körper reißen, gestehe es dir doch ein, Theresa.

"Du bist gekommen, um mir zu helfen?", frage ich ihn. Bei der Vorstellung steigt Wärme in mir auf.

Er zuckt die Schultern. "Ja. Warum nicht?"

Das ist zwar nicht ganz das, was ich hören wollte, aber es muss reichen. Euphorische Begeisterung wäre wohl zu viel erwartet. Anscheinend macht ihm die Arbeit am Buch seiner Großmutter aber doch Spaß. Warum wäre er sonst heute Abend wieder hier?

"Wo stehen wir denn?", fragt er. "Oder besser gesagt, wo stehen unsere Turteltäubchen?"

"Noch genau da, wo sie gestern Abend standen", muss ich eingestehen.

"Hm ... okay. Also weißt du, ich hätte da eine Idee. Die kam mir heute Morgen. Möchtest du sie hören?" Er zieht fragend eine Augenbraue hoch und seine Kohlenaugen funkeln mich verheißungsvoll an.

"Ja, klar", sage ich – viel zu schnell und eifrig.

"Also: Was hältst du davon, wenn Jonas für eine seiner Illustrationen eine Bibelstelle auswählt, in der Jesus mit Johannes am See Gennesaret zusammentrifft? Ich habe das nachgeprüft", fügt er mit einem Anflug von Stolz in der Stimme hinzu. "Johannes war von Beruf Fischer am See Gennesaret. Es wäre also nicht weit hergeholt, wenn Jonas ihn mit Jesus in einer stimmigen Uferszene darstellt, was meinst du?"

"Äh, und wer ist Johannes?", frage ich, innig hoffend, dass ich mich damit nicht als hoffnungslose Ignorantin oute. Wer hätte gedacht, dass Shaun so ein Bibelkenner ist?

"Na, der Apostel. Der, den Jesus liebte, heißt es im Evangelium. Was meist in dem Sinne interpretiert wird, dass er sein Lieblingsjünger war. Aber es gibt noch eine andere Möglichkeit. Darüber hab ich mal was in so einem Verschwörungsroman gelesen. Eine Idee von Leonardo Da Vinci ..."

"Du kennst dich aber gut aus", sage ich, und gebe mir Mühe, ihn nicht allzu bewundernd anzustarren. Er steht keine Armlänge von mir entfernt, direkt vor mir, und trägt mir seine Idee mit ausholenden Gesten und einem breiten Grinsen im Gesicht vor. Sie gefällt ihm augenscheinlich sehr gut. Während ich bis jetzt nur Bahnhof verstehe. Wie kommt denn plötzlich Leonardo Da Vinci ins Spiel?

"Lass mich dir etwas zeigen", sagt Shaun, als habe er meine Gedanken gelesen. Er zieht sich eine Tasche von der Schulter, die ich erst jetzt bemerke und fischt seinen Laptop heraus. Mit drei großen Schritten ist er bei Adelas Glastisch, wo er den Computer abstellt und den Bildschirm hochklappt.

Das Gerät erwacht zum Leben. Shaun dreht sich zu mir um. "Kommst du?"

Ich stehe wie festgewurzelt vor der Vitrine, werde jetzt zum Glück aber wieder Herrin über meine Beinmuskulatur und laufe zu Shaun hinüber.

"Hier", sagt er und deutet auf seinen Bildschirm – auf dem mittlerweile ein Gemälde zu erkennen ist, das sogar mir geläufig ist. Leonardo Da Vincis *Letztes Abendmahl*.

Shaun deutet auf die Figur, die rechterhand von Jesus sitzt. "Das ist der Apostel Johannes", sagt Shaun.

Ich kneife die Augen zusammen und betrachte die Figur. "Quatsch", sage ich, "das ist eindeutig eine Frau, kein Apostel."

Shaun grinst triumphierend. "Eben. In Wahrheit ist das nämlich gar nicht Johannes."

"Sondern?"

"Maria Magdalena", verkündet er und sieht mich erwartungsvoll an. So als müsste es mir jetzt wie Schuppen von den Augen fallen.

Ich hasse es, wenn ich schwer von Begriff bin und wie ein Doofkopf dastehe. Was mir leider häufiger passiert, als mir lieb ist. In der Gegenwart von Shaun, der anscheinend nicht nur ein Top-Athlet und ein begnadeter Künstler ist, sondern obendrein auch noch ein Bibelkenner, ist es mir nur umso peinlicher.

"Da Vinci hat Johannes in seinem *Letzten Abendmahl* sehr weiblich gemalt", erklärt mir Shaun, der mir meine Verwirrung zweifellos ansieht. Immerhin klingt er nicht genervt, sondern spricht ganz locker und geduldig. "In unserem mittelalterlichen Kloster, bei Jonas und Bernadette, befinden wir uns natürlich zeitlich vor Da Vinci, aber der wird sich die Idee ja auch nicht aus den Fingern gesaugt haben. Bestimmt existierte diese Vorstellung schon lange vor seiner Zeit."

"Welche Vorstellung denn?"

"Na, dass Jesus´ Lieblingsjünger in Wahrheit eine Frau war. Nicht Johannes, sondern Maria Magdalena. Wenn es nach der Meinung einiger moderner Gelehrter geht, so ist das Fakt, nicht bloße Fiktion. Maria Magdalena könnte Jesus´ Lieblingsjüngerin gewesen sein. Und vielleicht sogar noch mehr. Der Jünger, den Jesus liebte, verstehst du?"

Er zwinkert mir verschwörerisch zu. "Das würde doch super passen, findest du nicht? Jonas kommt auf die Idee, Bernardo in der Rolle von Jesus´ Lieblingsjünger zu malen. Der in Wahrheit eine Frau war. Vielleicht sogar Jesus´ heimliche Geliebte. Genau wie Bernardo in Wahrheit Bernadette ist. Die Jonas´ heimliche Geliebte werden soll – also, wenn es nach uns geht." Noch mehr Zwinkern. Shauns Augen sind jetzt voller Leben und Energie. Er genießt es sichtlich, Ideen für das Buchprojekt zu spinnen.

Ich hingegen muss mir eingestehen, dass ich es mindestens genauso genieße, ihm dabei zuzusehen.

"Jonas erkennt bei dieser Gelegenheit, wer Bernadette wirklich ist", fährt Shaun fort. "Er blickt hinter ihre Verkleidung."

"Wie das denn?"

"Was weiß ich, sie posiert einfach für diese Szene am See Gennesaret, die mir vorschwebt – die zwischen Jesus und Johannes – sooo weiblich für ihn, dass sein Künstlerauge gar nicht anders kann, als die Wahrheit zu sehen. Das ist eine schöne Vorstellung, finde ich. Der Künstler, der das wahre Wesen der Dinge sieht. Und der Menschen."

Shaun streicht sich mit einer behutsamen Geste eine Haarsträhne aus dem Gesicht, und ich frage mich zum bestimmt hundertsten Mal, wie sich seine Fingerkuppen wohl auf meiner Wange anfühlen würden. Oder irgendwo sonst auf meiner Haut.

"Wirklich sehr poetisch", sage ich rasch und grinse, um

meine Verlegenheit zu überspielen. Seine Idee ist tatsächlich nicht schlecht. Nein, sie ist sogar sehr gut. Sie könnte funktionieren. Bernadette hat zwar beschlossen, sich Jonas nicht zu offenbaren, sie will ihre Gefühle für ihn zugunsten ihrer Schreiberkarriere aufgeben, doch da entdeckt er ihr Geheimnis, weil sie ihm Modell steht und dabei einfach zu sehr Frau ist.

Und dann? Nun, jetzt liegt der Ball bei Jonas. Bernadette hat sich ihm offenbart, wenn auch nicht ganz freiwillig, und sich ihm damit ausgeliefert.

Was wird er jetzt unternehmen?

25.

Ich gucke Shaun erwartungsvoll an.

"Was ist?" Er zieht eine blonde Augenbraue hoch.

"Wie geht es weiter?"

"Das fragst du mich? Du bist die Schriftstellerin. Ich illustriere nur."

Kann er bitte mit diesem Lächeln aufhören? Es ist so warm, so lebendig, so freundlich ... Und es verwandelt meine Eingeweide in Pudding.

"Aber ich habe noch etwas für dich", sagt er, und minimiert dabei Leonardos Gemälde am Bildschirm. Stattdessen öffnet er eine Bilddatei, die den Namen *Skriptorium* trägt.

Um ein Haar verwandle ich mich wieder in das quiekende Ferkel. Ich traue meinen Augen nicht. Vor mir sehe ich ein Foto von Adelas Bibliothek, dem Raum, in dem wir uns gerade befinden. Doch Shaun hat das Bild vollkommen verwandelt.

Die Buchregale sind noch da, das dunkle Holz mit seinem prächtigen Schnitzwerk ist deutlich zu erkennen, aber auf den Regalbrettern stehen jetzt nicht mehr die Romane von Adela Bentley. Sondern ledergebundene Folianten und Reihen von Manuskripten, von nichts als flackerndem Kerzenlicht beleuchtet. Leitern lehnen an den meterhohen Regalwänden, und in der Mitte des Raumes reihen sich Schreibpulte aneinander. Darüber spannt sich statt der Stuckdecke von Adelas Bibliothek ein steinernes Gewölbe auf.

In Kutten gehüllte Mönche beugen sich über die Schreibpulte, doch an einem Platz in einer der hinteren Reihen erkenne ich eine vertraute Gestalt. Mich selbst – in der Rolle von Bernardo. Ich halte einen Gänsekiel zwischen meinen Fingern und blicke konzentriert auf ein aufgeschlagenes Buch, das vor mir auf dem Pult liegt.

"Shaun, das ist unglaublich! Du hast ein Skriptorium gebaut – aus unserer Bibliothek! Und es ist perfekt. So ... mittelalterlich!"

Er nickt lächelnd – anstatt mich darauf hinzuweisen, dass es nicht *unsere* Bibliothek ist. Sondern die seiner Großmutter. Deren Sekretärin ich bin.

"Gefällt es dir?", fragt mich Shaun.

Ich nicke heftig. "Ich liebe es."

Er grinst und sieht dabei sehr zufrieden aus. Und sowas von sexy. Seine dunklen Augen glänzen wie ... wie zwei Moorseen zur Mitternacht.

Oh Gott, wie kitschig!

"Was ist?", fragt er mich.

"Hm?"

"Du guckst auf einmal so düster drein."

"Ich frage mich gerade, wie Bernadette wohl darauf reagieren wird, wenn Jonas ihr Geheimnis lüftet."

"Finden wir es heraus. Du schreibst einfach die Szene, wo sie für Jonas in der Rolle des Apostels Johannes posiert. Aus ihrer Perspektive."

"Hm."

"Keine gute Idee?"

"Doch schon. Und mit Bernadettes Perspektive tue ich mir ja auch viel leichter. In Jonas´ Kopf komme ich so schwer hinein."

"Ja, das sagtest du gestern schon. Ich werde dir mit der männlichen Perspektive helfen, okay?"

"Das ist sehr lieb von dir." Da ist es wieder, das anheimelnd warme Gefühl, das in mir aufsteigt.

"Du wirkst aber trotzdem noch unschlüssig?"

"Na ja, es ist nur so, dass deine Großmutter das Buch eigentlich strikt aus Jonas´ Perspektive begonnen hat. Und ich hab schon gestern angefangen, Bernadette eigene Szenen zu geben. Was ist, wenn ihr das nicht gefällt?"

"Das wird es schon. Bernadette ist so ein interessanter Charakter. Als Leser will ich wissen, was sie denkt. Wie sie die Ereignisse erlebt. Nicht nur Jonas."

"Als Leser? Ich dachte, du liest keine Liebesromane mehr?"

Schweigen. Dann: "Den hier werde ich wohl lesen. Sonst kann ich ihn ja nicht passend illustrieren, oder? Also tu es, gib Bernadette eigene Kapitel – aus ihrer Perspektive. Hör auf mich! Wie ich auf dich gehört habe wegen der Illustrationen."

"Wie bitte?", entfährt es mir. "Heißt das, du wirst das Buch in *deinem* Stil illustrieren?"

Er hebt abwehrend beide Hände. "Ich werde die Entwürfe, die ich am Computer mache, Großmutter zeigen – bevor ich versuche, sie in Zeichnungen umzusetzen. Vielleicht hast du ja recht und sie gefallen ihr tatsächlich. Vielleicht kann sie mit einem Stilbruch in ihrer illustrierten Reihe leben. Auch wenn der echt krass wäre. Ich meine, gegenüber Milo sind meine Arbeiten –"

"– mindestens genauso gut", falle ich ihm ins Wort.

"Schon gut", brummt er. "Wollen wir?" Er klappt seinen Laptop zu und verstaut ihn in der Tasche. "Ich gehe nur schnell meine Fotoausrüstung holen. Bin gleich wieder da."

"Und dann?"

"Gehen wir zum See. Wenn Jonas Bernadette als Johannes am See Gennesaret malen soll –" Er unterbricht sich, holt tief Luft und lacht. "Langsam komme ich selbst durcheinander, mit den verschiedenen Ebenen! Na, jedenfalls brauche ich ein paar Fotos von dir. Am Seeufer."

"Was, jetzt? Mitten in der Nacht?"

"Warum denn nicht?" Shaun sieht sich in der Bibliothek um. "Johannes stammte vom See Gennesaret", wiederholt er. "Deswegen skizziert Jonas Bernardo an dem Seeufer, das versteckt im Wald, unweit des Klosters liegt. Rund um den echten See Gennesaret erstreckt sich zwar Wüste, aber die kann Jonas locker aus der Fantasie ergänzen. Bäume weg, ein paar karge Felsen rein, voilà. Das ist kein Problem für ihn."

"Es gibt einen See in der Nähe des Klosters?", frage ich.

"Nun, schreib einen rein, in deinen Plot. Wir haben einen ziemlich tollen See ganz in der Nähe der Burg, wo wir die passenden Fotos machen können."

"Den Teich, meinst du? Da wo du heute mit Adela gefrühstückt hast?"

Er wirkt einen Moment lang überrascht. *Verdammt,* er weiß ja nicht, dass ich ihn und seine Großmutter am Vormittag beobachtet habe.

"Nein", sagt er und fragt zum Glück nicht weiter nach. "Es gibt noch einen zweiten, größeren See. Ein paar Hundert Meter weiter, außerhalb des Parks. Er liegt mitten im Wald.

Sehr idyllisch. Es ist der perfekte Ort für –" Er unterbricht sich.

"Für?" bohre ich nach.

"Na ja, für die erste Liebesszene zwischen den beiden. Dazu sollte es ja bald kommen, oder? Und dafür ist, wenn du mich fragst, ein heimliches nächtliches Treffen am Seeufer ideal. Die beiden können sich ja wohl kaum hier im Skriptorium lieben. So sehr mir das gefallen würde."

Sein Blick schweift durch den Raum, als sähe er alles gerade zum ersten Mal. Als könnten seine Augen die moderne Bibliothek durchdringen und dahinter die mittelalterliche Schreibstube erblicken.

Ich nutzte die entstandene Pause, um das Chaos in meinem Kopf ein wenig zu ordnen. Ich kann nicht sagen, ob ich wirklich über Jesus und seinen Lieblingsjünger schreiben will. Mitten in der Geschichte von Jonas und Bernadette. Ist das nicht zu kompliziert? Jonas, der Bernadette als den Apostel Johannes malt, der in Wahrheit die Apostelin Maria Magdalena ist? Ob das meine Leserinnen nicht völlig verwirren wird?

Adelas Leserinnen! Es sind noch immer ihre! Aber verwirrend ist es allemal.

Mir bleibt keine Zeit für weiteres Nachgrübeln. Shaun packt meine Hand, mit der anderen greift er sich seine Ausrüstungstasche und zieht mich mit sich fort. Hinaus aus der Bibliothek, durch die verwinkelten alten Gänge der Burg, zu seinem Turm, wo er seine Fotoutensilien einsammelt. Dann durch weitere verwinkelte Gänge, bis in die imposante Eingangshalle, die zu dieser späten Stunde geisterhaft still und verlassen daliegt. Das schwere Haupttor der Burg quietscht leise in den Angeln, als Shaun es aufstemmt.

Wir laufen durch die warme Nacht. Über den gepflegten Rasen des Parks, zwischen Bäumen, Büschen und Beeten hindurch. An den Statuen vorbei – die die Liebesgöttin in ihren verschiedenen Gestalten zeigen. Aphrodite und ihren Delphin. Freya in ihrem Wagen mit den Waldkatzen.

Es ist nicht vollständig finster, denn am Himmel hängt eine fast volle Mondscheibe. Ohne zu zögern, schlägt Shaun einen Weg ein, der ins Unterholz führt. Mit der Taschenlampe seines Smartphones spendet er uns ein wenig Licht, denn sobald sich das dichte Blätterdach des Waldes über uns aufspannt, sieht man kaum noch die Hand vor Augen.

Shaun kennt sich im Wald wirklich gut aus. Er lässt meine Hand nicht los, zieht mich immer weiter mit sich in die Dunkelheit. Dabei redet er die ganze Zeit, während ich meine volle Konzentration darauf verwenden muss, auf dem schmalen, von Wurzelwerk durchzogenem Pfad nicht ins Straucheln zu geraten. In tiefen Atemzügen ringe ich nach Luft und versuche dabei, nicht wie ein Walross zu schnaufen. Das Aroma von Harz und Tannennadeln steigt mir in die Nase und füllt meine Lungen. Ich habe nicht annähernd Shauns Kondition.

Er schildert mir, wie sehr Bernadette Jonas inspiriert. Wie der junge Künstler darauf brennt, sie zu malen. An dem Seeufer, mitten im Wald. Shaun ist wie ausgewechselt, so euphorisch habe ich ihn noch nie erlebt.

Als wir endlich ans Ziel gelangen, sehe ich, dass er nicht zu viel versprochen hat. Der Waldsee ist ein unglaublich romantischer Ort. Perfekt für das junge Liebespaar. Also das angehende Liebespaar, denn noch haben sie ja nicht zueinander gefunden.

An den Ufern wuchert Schilf, Weidenäste hängen tief über einen verwitterten alten Steg, und wo die Wasserfläche nicht silbrig im Mondschein glänzt, ist sie von Seerosen bedeckt. Ob hier am Ufer einmal ein Haus gestanden hat? Eine Fischerhütte? Ein einsames Kloster? In dem sich zwei junge Menschen begegnen, die alles suchen, nur nicht die Liebe ...

Shaun führt mich auf den Steg hinaus, bis fast ans Ende. Die Balken knirschen morsch unter unseren Füßen, aber ich verspüre nicht die geringste Angst.

"Hier wäre ein guter Platz, was meinst du?", sagt er.

Ich nicke wortlos, mache es mir auf den verwitterten Planken gemütlich und lasse meine Füße über die Wasseroberfläche baumeln. Einen Ort wie diesen dürfte es gar nicht geben. Also außerhalb von Romanen. Es ist so still, so friedlich, ich könnte hier sitzen bleiben bis ans Ende aller Tage.

Ich lehne mich zurück und gucke in den Sternenhimmel, während Shaun seine Kamera hervorholt und beginnt, Bilder von mir und dem See zu schießen. Ich muss daran denken, wie er die Bibliothek verwandelt hat ... in ein mystisches mittelalterliches Klosterskriptorium. Was er wohl aus diesem See machen wird?

Wieder beginnt er, mir Regieanweisungen zu erteilen, und ich gebe mir Mühe, die Posen einzunehmen, die er vorschlägt. Arme hier hin, Beine da hin. Blick etwas mehr nach oben. Vielleicht den Kopf in den Nacken?

"Darf ich dir das Haar ein wenig aus dem Gesicht streichen?" Bevor ich weiß, wie mir geschieht, spüre ich Shauns warme Hände an meiner Schläfe.

Ich zucke zusammen. "Sorry", höre ich ihn sagen und er

weicht zurück. Dabei wollte ich ihn ja gar nicht verscheuchen …

Er knipst weiter, aber bleibt mir dabei so nahe, dass ich seinen Atem hören kann. Er geht ruhig und regelmäßig, und in Shauns Gesicht liegt ein Ausdruck höchster Konzentration. Trotzdem hört er nicht auf, mich immer wieder zu berühren. Manchmal ist es bloß ein scheinbar zufälliges Anstreifen, mal drückt er mich sanft in eine bestimmte Körperhaltung, mal zupft er an meinem T-Shirt herum und murmelt etwas von Faltenwurf. Sein Duft vermischt sich mit dem harzigen Aroma des Waldes, seine Stimme übertönt das leise Blubbern des Sees, da wo das Wasser gegen die Trägerbalken des Stegs plätschert.

Der Pulsschlag pocht mir in den Schläfen, ich schließe meine Augen – da macht sich plötzlich kalte Panik in meiner Magengrube breit. Unvermittelt drängen sich mir Shauns Worte ins Gedächtnis zurück. *Die erste Liebesszene zwischen Jonas und Bernadette … dazu sollte es bald kommen, oder?*

Oh Gott! Er hat recht. Viel länger werde ich es nicht mehr aufschieben können. Die beiden müssen ja nicht gleich Sex haben, aber zumindest muss es ordentlich knistern zwischen ihnen – nachdem Jonas Bernadettes Geheimnis gelüftet hat. Sobald er weiß, dass sie eine Frau ist, und er endlich versteht, warum er sich so zu ihr hingezogen fühlt. Er ist bestimmt erleichtert, dass er kein potenzieller Sodomit ist, nicht von einem Dämon verführt wurde …

Bloß wie in aller Welt soll ich eine Liebesszene schreiben!?

26.

"Was ist los?", höre ich Shauns Stimme. "Warum ziehst du denn so ein Gesicht? Du siehst gerade aus wie meine Großmutter."

"Was? Na, danke für die Blumen."

Er lacht. Ein perlendes Geräusch, das sich anhört, als fände es aus den silbrigen Fluten des Sees den Weg in meine Ohren.

"Sorry", sagt er, "ich meine so, wie meine Großmutter drein guckt, wenn sich ihre Buchfiguren gerade mal wieder daneben benehmen."

"Wenn es nur das wäre", murmle ich. Meine Buchfiguren verhalten sich bis jetzt wie die Musterschüler. Brav und sittsam. Und das ist mein Problem. Wie bringe ich sie dazu, dass sie voller Leidenschaft über einander herfallen?

"Kann ich helfen?", fragt Shaun. Er guckt mich über den Rand seiner Kamera aufmunternd an.

Ich zögere. Aber schließlich gestehe ich es ihm doch. "Die Liebesszenen machen mir Angst. Sowas kann ich bestimmt nicht schreiben."

Ich wappne mich, dass Shaun in Lachen ausbrechen wird. Aber er bleibt ernst. "Liest du denn nicht gerne welche?"

"Doch. Das schon. Aber die Bücher deiner Großmutter ... das ist unglaublich. Da prickelt und sprüht es nur so. Gleich von Anfang an. Bei *Heartbeat* war ich als Leserin schon in den Hauptdarsteller verliebt, bevor er seine Heldin das erste Mal geküsst hat. Und die ... die Bettszenen, die waren ganz toll erotisch."

Ich wende den Kopf ab und bete, dass es dunkel genug ist. Damit Shaun nicht sieht, wie ich rot werde, schon bei der bloßen Erwähnung des Wortes *Bettszenen*. Am Ende hält er mich noch für ein verklemmtes kleines Mauerblümchen.

"Hm", sagt er. "Vielleicht musst du das einfach Bernadette überlassen? Lass sie einfach erzählen, was in ihr vorgeht. Sie fühlt sich doch zu Jonas hingezogen, oder?"

"Oh ja", platze ich heraus.

Ein Lächeln huscht über Shauns Gesicht. Er setzt seine Kamera vorsichtig ab und lässt sich neben mir auf den wettergegerbten Holzplanken nieder. "Und wie äußert sich das?", fragt er. "Was fühlt Bernadette, was denkt sie, was will sie tun? Was wünscht sie sich, dass Jonas tut?"

Shaun ist mir so nahe, dass ich nur meine Hand ausstrecken müsste, um ihn zu berühren.

"Stell dir einfach vor, die beiden sind hier am Steg", fährt er fort. "An dem Weiher im Wald hinter ihrem Kloster. Jonas hat endlich kapiert, dass er eine Frau vor sich hat. Keinen Mann. Was empfindet Bernadette dabei?"

Er beugt sich vor, wodurch er mir noch näher kommt, und sieht mich erwartungsvoll an. Im Mondlicht sind seine Augen vollständig schwarz. Und doch funkeln sie mit dem Wasser um die Wette, das sich in kaum wahrnehmbaren kleinen Wellen gegen die Pfosten des Stegs wirft.

"K-keine Ahnung", sage ich. Mein Mund ist plötzlich so trocken, und meine Zunge klebt am Gaumen.

Shaun erwidert nichts, er guckt mich nur erwartungsvoll an. Er vermittelt mir das Gefühl, dass ich mir alle Zeit nehmen kann, die ich brauche.

"Bernadette findet Jonas wunderschön", höre ich mich sagen. Das entspricht zwar der Wahrheit, aber dennoch ziehen sich bei den Worten meine Eingeweide zusammen. Was für eine plumpe Ausdrucksweise. Viel zu allgemein. *Wunderschön*, das kann ja alles heißen. Das muss doch besser gehen.

"The first draft of anything is shit", höre ich Adela in meinem Kopf sagen. Ja, ja, genau. Danke, Mr. Hemingway. Überarbeiten kann ich später immer noch! Hauptsache ich habe mal etwas Rohmaterial.

Ich krame einen Stift und das Mini-Notizbuch, das ich immer in meiner Handtasche dabei habe, hervor, schlage eine neue Seite auf und lege das Buch so vor mich hin, dass der Mond mir ausreichend Licht zum Schreiben spendet. *Bernadette findet Jonas wunderschön*, kritzle ich mit steifen Fingern.

"Weiter", ermuntert mich Shaun. "Was gefällt ihr so an ihm?"

"Sie ... sie mag seine Augen. Obwohl es sie aus der Fassung bringt, wenn er sie längere Zeit anschaut. Sie hat das Gefühl, dass er jeden ihrer Gedanken erraten kann, dass er die Fähigkeit hat, sie mit seinen Blicken förmlich zu durchleuchten. Seine Augen sind so dunkel ..."

Shaun nickt wortlos, und ich kritzle alles in mein Notizbuch. Während ich noch schreibe, kommen die nächsten Worte. "Sein Körperbau. Er ist ... perfekt." Ich halte inne, streiche das Wort durch. Schon wieder so eine Pauschalformulierung. *Wunderschön. Perfekt.*

Später überarbeiten, ermahne ich mich. Und schreibe noch einmal *perfekt*. Neben das bereits durchgestrichene *perfekt*.

"Aber das Schlimmste ist eigentlich seine ... Ich weiß nicht, wie ich das ausdrücken soll. Seine Ausstrahlung. Die Anziehungskraft, die von ihm ausgeht. Ich möchte einfach nur in seiner Nähe sein. Ähm, nein. Nicht ich. Bernadette natürlich!", korrigiere ich mich rasch. "Sie ist glücklich, wenn sie mit ihm gemeinsam an dem Roman arbeiten kann."

"An dem Roman?"

"An der Bibelausgabe, meine ich." *Verdammt.* "Bernadette fühlt sich wohl in seiner Gegenwart, sicher und geborgen. Das ist keine sehr moderne Einstellung, ich weiß, aber ... Wir sind ja im Mittelalter, nicht wahr?" Das hätte ich beinahe vergessen. "Sie vermeidet es, auf seine Lippen zu gucken, weil sie Angst hat, dass sie irgendwann die Beherrschung verlieren wird, und ihn einfach küsst. Und dann nie wieder damit aufhört. Sie mag ihn küssen, bis die Sonne aufgeht, will wissen, wie es sich anfühlt, wenn er sie in seine Arme zieht. Und für immer festhält."

Ich hole Luft und gucke Shaun an. Der sitzt so unbeweglich da wie die Statuen im Garten seiner Großmutter. "Was ist mit Jonas?", bringe ich hervor. "Mit seiner Perspektive musst du mir wirklich helfen, ich –"

Weiter komme ich nicht, da beginnt Shaun bereits zu sprechen. Seine Worte sind kaum mehr als ein Flüstern, aber dennoch höre ich ihn klar und deutlich in der Stille, die uns umgibt.

"Jonas kann Bernadette nichts geben", sagt er. "Sie ist so vertrauensvoll, behandelt ihn so voller Zärtlichkeit – selbst, wenn sie nur mit ihm redet. Er hat immer das Gefühl, dass sie ihn streichelt und liebkost, selbst wenn sie nur über ihre Arbeit sprechen. Sie verdient einen anderen Mann, einen besseren, der ihre Liebe erwidern kann. Einen, der sie glücklich macht."

"Aber sie will Jonas", höre ich mich sagen. "Sie hatte schon andere Männer in ihrem Leben. Bevor sie es schaffte, den Job als Schreiber zu bekommen. Hier im Kloster. Sie will ja auch nur ihre Arbeit machen, aber dennoch ... Sie kann sich gar nicht mehr vorstellen, wie es ohne Jonas wäre. Jetzt, wo sie jeden Tag in seiner Gesellschaft verbringt. In seiner Nähe. Es macht sie verrückt, wenn er ihr so nahe ist, dass sie seinen Atem spüren kann. Seine Wärme. Er ist so lebendig, selbst wenn er sich ihr verschließt."

"Er begehrt sie doch genauso", sagt Shaun mit belegter Stimme. "Er kann sich kaum beherrschen, ihr nicht mit seinen Fingern durchs Haar zu fahren. Diese kurzen widerspenstigen Haare, die niemals eine Frisur ergeben werden. Die sich genauso wenig bändigen lassen wie Bernadette selbst. Sie sieht damit aus wie eine Elfe, und Jonas möchte sie hochheben, mit ihrem Fliegengewicht, sie in seinen Armen tragen bis ans Ende der Welt. Sie lieben und beschützen und alle Übel der Welt von ihr fernhalten. Aber er –"

Shaun springt plötzlich auf. "Lass uns morgen weitermachen", sagt er unvermittelt. "In der Bibliothek. Es ist ja schon viel zu spät. Ich werde ein paar Entwürfe aus den Fotos hier vom See basteln. Und du solltest dich etwas ausruhen. Bestimmt bist du todmüde."

Seine Stimme hat einen sachlichen Klang angenommen. Sie klingt völlig verändert, fast fremd. Und dennoch vibriert sie vor Anspannung. Ich kann es hören.

Ich rapple mich hoch, stütze mich auf einen der wuchtigen Pfosten, die den Steg tragen. Meine Beine fühlen sich taub an. "Okay", höre ich mich sagen.

Dann trotte ich neben Shaun durch die Dunkelheit. Diesmal führt er mich nicht an der Hand.

Während ich über Wurzeln und Steine stolpere, rufe ich mir in Erinnerung, dass es hier nicht um mich geht. Dass ich an einem Buch arbeite. An einer fiktiven Story. An der Geschichte zweier Menschen, die auch etwas schreiben. Die gemeinsam an einem Buch arbeiten, an einer kostbaren Bibelausgabe. Mit Illustrationen.

Bei dem Gedanken schwimmt mir der Kopf. Es ist wie eine dieser russischen Puppen, in der immer weitere, kleinere Puppen stecken. Jonas hat Bernadette abgewiesen, nicht Shaun mich, rufe ich mir in Erinnerung. Er hat mir nur geholfen, mein Buch zu schreiben. Adelas Buch. Und für den Roman ist es gut, nein, geradezu notwendig, dass es Hindernisse gibt. Widerstände. Die beiden Liebenden dürfen nicht schon auf Seite fünfzig zusammenkommen.

Es war also ein durchaus erfolgreicher Abend, rede ich mir ein. Blöd nur, dass es sich kein bisschen danach anfühlt.

In der Eingangshalle der Burg, die jetzt noch unheimlicher, noch düsterer auf mich wirkt, verabschiedet sich Shaun von mir. "Gute Nacht", ist alles, was er sagt, und er sieht mich dabei nicht an.

Ich will ihn aufhalten, will über das reden, was da am Steg zwischen uns geschehen ist. Nur, was ist eigentlich geschehen?

In Wahrheit gar nichts. Shaun hat mir lediglich dabei geholfen, mir eine Liebesszene für das Buch auszudenken. Eine, die ein jähes Ende fand, aber das ist für die Spannung im Roman durchaus von Vorteil.

Alles ist gut, sage ich mir in Gedanken vor. *Alles ist gut.*

Shaun ist in dem schmalen Gang verschwunden, der zu seiner Wohnung führt. Zu seinem Turm, dem Bergfried, der letzten Verteidigungsbastion …

Geh ins Bett, Theresa, ermahne ich mich.

Ich brauche noch eine Weile, in der ich reglos in der Dunkelheit stehe. In der Totenstille der Eingangshalle. Als wäre ich ein einbalsamierter Ritter, der in seiner eisernen Rüstung einsame Wacht hält. Über die Jahrhunderte.

Sei nicht so theatralisch, Theresa. Geh endlich ins Bett, bevor du dir hier noch die Füße abfrierst.

In der riesigen Halle, die vom Mondschein kaum ausgeleuchtet wird, ist es tatsächlich verdammt kalt für eine Sommernacht. Das bemerke ich erst jetzt. Ich komme endlich in die Gänge, schalte die Taschenlampe auf meinem Handy ein, weil es mir irgendwie falsch erscheint, mehr Licht anzumachen, und stapfe die Treppe hinauf.

27.

Ohne mich zu verirren, finde ich in mein Zimmer zurück. Das wie das Schlafgemach einer Prinzessin auf mich wartet.

Ein schwacher blumiger Duft umfängt mich, vermutlich nichts weiter als Reste meines eigenen Parfums, und die hauchdünnen Vorhänge meines Himmelbetts bewegen sich sanft in einer nächtlichen Brise. Ich habe vergessen, die Balkontür zu schließen, aber was macht das schon aus, hier in meinem Burgzimmer? Kein Einbrecher verirrt sich mitten in den Wald und käme auf die Idee, die alten steinernen Zinnen zu erklimmen.

Geh ins Bett, ermahnt mich erneut die innere Stimme, die so viel vernünftiger ist als ich selbst. Obwohl sie natürlich auch zu mir gehört. Vielleicht sollte ich häufiger auf sie hören, ja, das wäre bestimmt eine gute Idee.

Aber nicht heute. Ich lasse mich zwar aufs Bett fallen, aber ich versuche erst gar nicht, einzuschlafen. Stattdessen hole ich das Notizbuch aus der Nachttischlade und trenne vorsichtig ein weiteres Blatt heraus. Wie ich es bereits gestern Abend getan habe.

Ist das wirklich erst einen Tag her, mein erster Brief an Shaun? So viel ist seither geschehen.

Ach ja? Doch nur in deiner Einbildung. Oder bestenfalls im Kloster bei Jonas und Bernadette. Du schreibst bloß an einem Buch. Was dein Job ist, nichts weiter.

Das heißt, nein, es ist viel mehr als bloß mein Job! Es ist eine einmalige Chance, ein Traum, den ich niemals zu träumen gewagt habe. Ich schreibe ein Buch, gemeinsam mit einer Schriftstellerin, die fast schon eine Legende ist. Zumindest in meinen Augen.

Shaun hat meinen ersten Brief, den ich ihm heute Morgen unter der Tür durchgeschoben habe, mit keinem Wort erwähnt. Was nichts heißen muss. Ich habe ja nichts geschrieben, was eine Antwort erfordert hätte. Immerhin hat er sich heute Abend bereit erklärt, es einmal mit seinen eigenen digitalen Kunstwerken zu versuchen. Als Illustrationen für das neue Buch. Zumindest hat er versprochen, dass er Adela seine Entwürfe zeigen wird. Vielleicht habe ich das ja mit meinem Brief bewirkt? Das wäre doch wunderbar, viel mehr als man sich realistischerweise erhoffen dürfte?

Sei es wie es sei, ich muss Shaun einen zweiten Brief schreiben. Vorher werde ich ja doch keinen Schlaf finden. Und diesmal wird er mir antworten müssen.

Lieber Shaun, kritzle ich drauf los, und dann schreibe ich alles nieder, was mich beschäftigt, all die Fragen, die mir auf der Seele brennen.

Was ist da geschehen zwischen uns, heute Nacht am Steg? Du musst es doch auch gespürt haben? Ich habe versucht, mich in Bernadette hineinzuversetzen, wie du es mir geraten hast. Und natürlich waren es ihre Gefühle, die ich dir geschildert habe, nicht meine eigenen.

Ich halte inne, nehme den Stift vom Papier. Das ist eine Lüge, dessen bin ich mir vollauf bewusst. Und Shaun bestimmt genauso.

Aber dann hatte ich plötzlich nicht mehr Jonas vor Augen, sondern dich, schreibe ich weiter. *Nur dich, Shaun. Ich weiß nicht, wie das geschehen ist.*

Vielleicht konnte ich einfach keinen klaren Gedanken mehr fassen, weil du mir so nahe warst? Du hast etwas an dir, das mich verrückt macht …

Ich halte erneut inne, streiche *verrückt* durch, so gründlich, dass man das Wort nicht mehr entziffern kann. Und ersetze es durch *nervös*. Das ist schlimm genug.

Waren das deine eigenen Gedanken und Gefühle, die du mir mitgeteilt hast? Oder strikt die von Jonas? Warum hast du unsere Sitzung so plötzlich abgebrochen?

Sitzung gefällt mir nicht. Das klingt nach einem sterbenslangweiligen Meeting in einem sterilen Büro oder Konferenzraum. In meiner kurzen, erfolglosen Sekretariats-Karriere habe ich schon an mehr *Sitzungen* teilgenommen, als mir lieb ist.

Der nächtliche Ausflug mit Shaun an den See hat sich viel mehr nach einem romantischen Date angefühlt. Das silbrige Wasser im Mondlicht, das Schilf, die Seerosen, der verwitterte Steg … Wie Shaun mich fotografiert hat, und seine Blicke voller Bewunderung und Zärtlichkeit waren. Wie er sich neben mich gesetzt hat und mit einer Stimme, die warm und dunkel vor Sehnsucht war, vor sich hin fantasiert hat. Obwohl er mir mit seinen Worten doch eigentlich einen Korb gab.

Oder war es doch Jonas, der Bernadette einen Korb gab? Hat Shaun mich wirklich an diesen fast magischen Ort geführt, strikt um Fotos für das Buch zu machen? Weil die Story von Jonas und Bernadette das erforderte?

Ich lasse das Wort *Sitzung* stehen und schreibe weiter:

Mir ist natürlich klar, dass ich für euch arbeite, also für deine Großmutter, und dass es sehr unprofessionell ist, wie sehr ich dich …

Ja, was eigentlich? Begehre? Liebe? Nein, so weit würde ich wirklich nicht gehen. Aber dennoch lässt sich nicht leugnen, dass, na ja, dass mein Herz gerade gegen meine Rippen hämmert, als hätte ich einen Marathonlauf hinter mir.

In meinem Kopf dreht sich alles. Ach, verdammt noch mal. Ich kann ja nicht mal mehr einen klaren Gedanken fassen!

Ich weiß nicht, was ich als Nächstes schreiben soll. *Bitte, Shaun, gib mir eine Erklärung*?

Nein, viel zu formell. Und zu unterwürfig ist es auch!

Lass mich bitte wissen, was du fühlst?

Puh, hölzern.

Ich lese noch einmal, was ich bisher geschrieben habe. Es klingt alles zusammen schrecklich theatralisch und ich würde den Brief am liebsten gleich zerreißen.

Aber wer sagt denn, dass man nur Romane in mehreren Entwürfen schreiben kann? Auch ein Brief lässt sich überarbeiten, bevor man ihn abschickt. Auch das, was ich hier zu Papier gebracht habe, ist nur ein *first draft*, der ziemlich, na ja, vielleicht nicht gerade *shit* ist, aber bestimmt auch keine gute Literatur.

Die Briefe, die Adela ihrem Philip schreibt, sind sicher wunderbar romantisch, poetisch, jeder für sich genommen ein kleines literarisches Meisterwerk. Während ich ihren Enkel mit Brachialprosa zu betören versuche.

Ich lege das Blatt beiseite. Ich werde mir ein schönes heißes Bad gönnen, beschließe ich spontan – meine Füße sind eiskalt – und danach werde ich den Brief überarbeiten. Ich muss unbedingt die richtigen Worte finden, und wenn ich bis morgen früh dafür brauche!

Das Badezimmer, das ich hier in der Burg mein Eigen nenne, ist in etwa so groß wie mein gesamtes WG-Zimmer, das in den letzten Jahren in Wien meine Heimat war. Es ist mit winzigen Mosaiken in olivgrün, türkisblau und gold ausgekleidet. In der Badewanne hätte man auch ohne Probleme zu zweit Platz. Ich drehe den Hahn voll auf, gieße reichlich Schaumbad in die Wanne, und kaum, dass das Wasser zur Hälfte eingelassen ist, klettere ich in das Meer aus Dampf und Schaum.

Es ist einfach herrlich. Die bleierne Müdigkeit fällt von mir ab, und auch ein wenig von der Fahrigkeit, die mich am Einschlafen gehindert hat.

Erst als das Wasser schon unangenehm abgekühlt ist, beende ich mein Bad. Ich hülle mich, nass wie ich bin, in meinen flauschigen Bademantel und kehre in mein Schlafzimmer zurück.

Wo ich vor Schreck beinahe aufschreie. Auf der Bettkannte, unter dem zurückgeschlagenen Volant-Vorhang, sitzt Shaun. In seinen Händen hält er meinen Brief, das heißt den Entwurf meines Briefes, den er konzentriert liest.

Für meine Verhältnisse reagiere ich geradezu pfeilschnell. Ich reiße mir die Duschhaube vom Kopf, die ich beim Baden trage, damit mein Haar nicht nass wird. Dass Shaun mich je mit diesem scheußlichen Plastikding sehen würde, habe ich mir in meinen schlimmsten Alpträumen nicht ausgemalt.

Erst an zweiter Stelle wird mir bewusst, dass ich den Gürtel meines Bademantels nicht zugeknotet habe, und dass Shaun mir, sobald er von seiner Lektüre hochblickt, geradewegs auf meinen nackten Bauch starren kann. Und auf das, was sich darunter befindet.

In meinem Hinterkopf versuche ich nachzurechnen, wann ich mir zuletzt die Bikinizone rasiert habe. Egal, nach der Duschhaube ist das fast das kleinere Fiasko.

Muss ich erwähnen, dass Shaun von dem Brief hochblickt, lange bevor ich meine Nacktheit bedeckt habe?

"Was machst du hier?", fauche ich ihn an. "Leg das sofort weg!"

Ich umrunde im Laufschritt das Bett und will den Brief seinen Händen entreißen. Doch er weicht mir geschickt aus.

"Sorry", sagt er. Seine Beinmuskeln spannen sich, anscheinend möchte er aufstehen, doch ich habe mich so dicht vor ihm aufgebaut, dass ihm diese Möglichkeit nicht bleibt. Er würde mit seinem Kopf irgendwo in meinem Dekolleté landen. Na ja, und wenn schon. Das wäre ja nichts, was er nicht gerade eben schon gesehen hätte.

Er deutet zur Tür und zuckt mit den Schultern. Was wohl eine Entschuldigung sein soll. "Es war offen", sagt er. "Und das hier ist ja an mich adressiert, also dachte ich –" Er wedelt mir mit dem Briefbogen vor der Nase herum.

"Gib das her", fauche ich. Und dann schaffe ich es endlich, den Brief seinen Fingern zu entwenden. Als ich Shaun berühre, fühlt es sich an, als würde sich eine elektrische Spannung zwischen uns entladen. Nur dass es nicht wirklich ein Stromschlag ist. Bloß eine Entladung meiner überhitzten Fantasie.

"Um deine Frage zu beantworten", beginnt Shaun zögerlich und guckt aus seinen dunklen Augen zu mir hoch.

Ich lasse ihn nicht weiterreden. "Welche Frage denn?"

Nun erhebt er sich doch. Ich weiche reflexartig einen Schritt zurück, doch er legt seine Hände auf meine

Schultern, sodass ich nicht weit komme. "Warum bist du denn so kratzbürstig, Theresa?"

Das ist eine wirklich gute Frage. "Ich bin überhaupt nicht kratzbürstig", will ich ihm entgegenschleudern, doch in diesem Augenblick wird mir klar, dass er recht hat. Seit ich aus dem Badezimmer gekommen bin, fauche ich ihn an, wie eine Großkatze, die einen Eindringling in ihrem Revier gestellt hat. Aber hey, genau das ist er ja! Ein Eindringling! Er ist einfach in mein Zimmer gekommen und hat meine Korrespondenz gelesen.

Natürlich hat er recht, dass der Brief an ihn adressiert war. Aber es war doch bloß ein Entwurf, ein shitty first draft, den er niemals zu Gesicht bekommen sollte. "Warum bist du überhaupt hier?", frage ich ihn. "In meinem Zimmer?"

Erst jetzt wird mir klar, was seine Anwesenheit hier zu bedeuten hat. Was sie nur bedeuten kann. Mein Schlafzimmer, mitten in der Nacht ... Er ist einfach hereingekommen, obwohl ich ihn nicht dazu eingeladen habe. Falls er überhaupt angeklopft hat. Und er blieb, obwohl er bestimmt bemerkt haben muss, dass ich im Badezimmer war.

Er wollte zu dir, Theresa. Es kann nichts anderes bedeuten. Manchmal bist du eeecht schwer von Begriff.

Shaun weicht meiner Frage aus. Er deutet auf den Brief in meiner Hand und zitiert aus dem Gedächtnis "*Lass mich bitte wissen, was du fühlst*. Das hast du geschrieben. Möchtest du eine Antwort darauf?"

"Ich wollte das nicht schreiben", falle ich ihm ins Wort. "Das heißt, ich habe es natürlich geschrieben, aber ich wollte es noch überarbeiten, und –"

"Lässt du mich jetzt bitte einmal ausreden?", fragt er und

lächelt dabei kurz. Es ist ein so melancholisches Lächeln, dass ich seine Antwort gar nicht erst hören möchte. Sie kann nur lauten: *Nichts. Ich fühle nichts für dich, Theresa.*

Doch das ist es nicht, was Shaun sagt. Eigentlich sagt er erst einmal gar nichts, obwohl er mich doch gerade gebeten hat, endlich ausreden zu dürfen. Er nimmt seine Hände von meinen Schultern, legt mir die rechte in den Nacken und umarmt mich mit seiner Linken. "Es ging mir –" Er zögert, sieht mir dabei aber tief in die Augen.

Dann gibt er sich einen sichtbaren Ruck. "Es ging mir wie dir, Theresa. Da am Seeufer vorhin. Genau wie dir. Aber ich kann dir nichts geben, das ist dir doch bestimmt klar?"

Ich nicke mechanisch, obwohl mir überhaupt nichts klar ist.

"Was denn geben?", frage ich.

"Na, Gefühle, eine Beziehung ..."

Ist ihm nicht bewusst, wie zärtlich er mich gerade anguckt? Wenn das, was mich da aus seinen Kohleaugen anglüht, keine Gefühle sind, dann weiß ich auch nicht.

"Keine Liebe jedenfalls", fährt er fort.

"Ich dachte, das betraf Jonas, der –"

"Nein", unterbricht er mich. "Das heißt, vielleicht ihn auch. Ich weiß es nicht." Er schüttelt unwillig den Kopf. "Verdammt, er ist eine Buchfigur. Keine Ahnung, was er für ein Problem hat. Ich jedenfalls ..."

Er vollendet den Satz nicht, stattdessen bohren sich seine Augen noch tiefer in die meinen. Ich sehe einen Schmerz darin, den ich nicht verstehe, aber auch Sehnsucht und etwas unendlich Zärtliches. Und – oh ja, das ist unverkennbar – auch, das was ich selbst gerade empfinde, als Shauns Hände über meinen Rücken streichen und mich enger an ihn heranziehen: pure, brodelnde Lust.

Ich weiß nicht, wie es geschieht, aber plötzlich liegen wir einander in den Armen. Streicheln und küssen uns und fallen engumschlungen in mein Himmelbett.

Shaun atmet hörbar aus. "Es ist reine Chemie", höre ich ihn sagen. "Das zwischen uns. Körperliche Anziehung. Ich meine, was sollte es auch sonst sein? Wir kennen uns ja überhaupt nicht, nicht wahr?"

Seine Stimme hat einen völlig neuen Tonfall angenommen. All die kühl distanzierte Sachlichkeit, die sonst darin mitschwingt, ist verschwunden.

"Nur Sex, okay?", flüstert er, da ist mein Bademantel längst über meine Schultern geglitten. Und er trägt kein T-Shirt mehr. Es muss wohl ich gewesen sein, die es ihm gerade vom Körper gerissen hat. Meine Hände haben ein Eigenleben entwickelt, das ich nicht mehr kontrollieren kann. Ich weiß nicht mehr, ob mir heiß oder kalt ist, ich weiß nur noch, dass ich Shaun will. Nein, dass ich ihn haben *muss*.

"Okay", höre ich mich zurückflüstern, während mir das Herz vor lauter Gefühlschaos fast aus der Brust springt. *Oh, Shaun, was machst du nur mit mir?*

Ich streiche über seine Schultern, seinen Hals, die braungebrannte Haut, die sich über seine Brustmuskeln spannt. Sie ist seidenweich, seine Haut.

Er ist der Enkel deiner Arbeitgeberin!, erinnere ich mich, irgendwo ganz tief in meinem Hinterkopf, aber in diesem Augenblick legt Shaun mir seine Hand in den Nacken, zieht mich noch enger an sich und küsst mich so leidenschaftlich, dass dieser Einwand jede Bedeutung verliert.

28.

Geräusche auf dem Gang lassen mich aus dem Schlaf hochfahren. Schritte.

Sie hasten direkt an meiner Tür vorbei und verursachen dabei einen Höllenlärm auf den Dielenbrettern. Wer immer es da mitten in der Nacht so eilig hat, schert sich nicht darum, ob er das halbe Haus aus dem Schlaf reißt.

Ich drehe mich zum Fenster. Draußen, hinter den Baumkronen, ist gerade das erste Zwielicht der Morgendämmerung zu erkennen. Es kann allerhöchstens fünf Uhr sein.

Shaun atmet ruhig und regelmäßig neben mir. Er schmiegt schlafend sein Gesicht in die Armbeuge und sieht dabei so unschuldig aus wie ein Engel. Dabei weiß ich jetzt, dass er alles, bloß das nicht, ist. Vor ein paar Stunden hat er mit mir geschlafen, wie ein liebestoller Dämon, hungrig, wild, mit einer Leidenschaft, bei der sich irgendwann das ganze Zimmer um mich drehte. Die Wände scheinen sich jetzt noch gefährlich zu neigen, wenn ich bloß daran denke.

Nur Sex, hat er gesagt. Ganz zu Anfang, als wir uns die Kleider vom Leib gerissen haben. Und danach auch noch ein paar Mal. Es schien fast wie ein Mantra für ihn zu sein, das er sich immer wieder vorsagte, um es ja nicht zu vergessen.

Nur Sex.

Kann es sein, dass er nicht bemerkt hat, wie zärtlich und hingebungsvoll er zu mir war, noch während er diese Worte aussprach? Männer, die mir schworen, dass ich die Liebe ihres Lebens sei, haben mich nicht so liebevoll behandelt wie er.

Unser Sex war wild, ja fast brutal, wie ein Raubtier ist Shaun über mich hergefallen – aber gleichzeitig hat er mich gestreichelt, geküsst, umarmt, mir die zärtlichsten Worte ins Ohr geflüstert und mich dann, als wir todmüde in die Kissen sanken, in seine Arme genommen und so fest an sich gedrückt, dass ich eher vor Sauerstoffmangel in Ohnmacht gefallen sein muss, als auf herkömmlichem Weg einzuschlafen.

Sieht so *nur Sex* aus? Er wirkte so ausgehungert nach jeder Form von Liebe. Als habe er völlig vergessen, wie es sich anfühlt, eine Frau in den Armen zu halten.

Shaun.

Immer wieder habe ich seinen Namen gesagt, während wir diesen erstaunlichen Nur-Sex miteinander hatten. "Ich finde deinen Namen wunderschön", habe ich in sein Ohr geflüstert, kurz bevor ich in seinen Armen weggedriftet bin, halbtot vor Erschöpfung, aber mit so viel Freude im Herzen, dass ich mich sorgte, daran zu ersticken.

"Das freut mich", hat er zurückgeflüstert. "Es ist die irische Version von Johannes, weißt du, meine Süße? Und wie um seine Sprachkompetenz zu beweisen, hat er dann etwas geflüstert, was verdammt irisch klang. Na ja, jedenfalls irgendwie nördlich und sehr exotisch. Und auch dabei war seine Stimme voller Zärtlichkeit gewesen.

Ich muss an Jonas und Bernadette denken. Gleich nach dem Aufstehen werde ich ihre Liebesszene am See schreiben. Ich glaube, es wird jetzt funktionieren. Ich wünsche mir jetzt nichts mehr, als dass ich diese eine, erste Liebesszene zwischen den beiden ganz alleine schaffe. Ganz ohne Hilfe von Adela. Wenn das für sie okay ist. Ich wünsche mir, dass es meine Worte sind. Die ich dank Shaun gefunden habe.

Ich will mich wieder unter die Decke kuscheln, mich an Shauns Brust schmiegen und noch ein paar Stunden schlafen. Doch irgendwo im Haus wird eine Tür zugeschlagen. Ich höre Stimmengemurmel, kann aber nicht orten, woher es kommt.

Ich betrachte Shaun, wie er schläft und dabei sanft lächelt. Er wirkt glücklich. Von der Düsternis, die ihn sonst so oft umgibt, ist jetzt nichts mehr zu sehen. Und trotzdem bohrt sich plötzlich ein dunkler Gedanke in mein Herz. Ich muss an meine Begegnung mit Tanja denken, gestern Vormittag im Park. An ihre gehässigen Worte. Ihre Lügen.

Aber was, wenn sie doch die Wahrheit gesagt hat? *Sie sind alle tot. Die gesamte Familie. Man munkelt, dass Shaun etwas mit ihrem Tod zu tun hat.*

Das waren Tanjas Worte gewesen.

Und vielleicht liegt seine Ehefrau, die ihn angeblich verlassen hat, ja in Wahrheit gut verscharrt hier irgendwo zu unseren Füßen.

Nein, das kann einfach nicht wahr sein. Tanja ist bloß eine intrigante Schlange. Und dennoch bekomme ich ihre Worte nicht mehr aus dem Kopf. *Liege ich mit einem Psychopathen im Bett,* frage ich mich plötzlich, so sehr ich mich auch dagegen wehre. *Mit einem Mörder?*

Nein, niemals! Shaun würde keiner Fliege etwas zu leide tun, das weiß ich einfach.

Erneut poltern Schritte auf dem Gang vorbei. Diesmal sind es mindestens zwei Personen und auch sie denken anscheinend nicht im Traum daran, dass vielleicht noch jemand schlafen möchte. Um fünf Uhr morgens. Sie unterhalten sich in voller Laustärke, nein, sie brüllen sich geradezu an.

Da stimmt etwas nicht. "Was ist denn los?", brummt Shaun schlaftrunken neben mir.

Im nächsten Moment, bevor ich noch begreife, was die Stimmen sich da zubrüllen, ist er hellwach. Er springt aus dem Bett, rafft seine Kleider zusammen, und während er sich wie ein Akrobat in Hose und T-Shirt hineinwindet, ist er bereits auf halbem Weg zu Tür.

Die Worte auf dem Gang entwirren sich in meinem Kopf, der noch bei weitem nicht so munter ist wie Shaun, langsam zu halbwegs verständlichen Sätzen.

"Wo bleibt denn der Arzt?", fragt eine Stimme.

"Keine Ahnung. Der sollte schon längst da sein."

"Ist sie wieder bei Bewusstsein?"

"Noch nicht ... Hast du Shaun informiert?"

"Kann ihn nirgends finden. Keine Ahnung, wo er steckt."

"Ach, verdammt."

"Ist sie schwer verletzt?"

"Woher soll ich das denn wissen?"

Und dann verhallen die Schritte auch schon wieder. Sie entfernen sich rasch. Wenn ich mich nicht irre, gehörten die Stimmen Stéphane und Tanja, aber ich bin mir nicht sicher, beide klangen völlig verändert. Aufgeregt, fast panisch.

Shaun stürmt auf den Gang hinaus und schlägt die Tür hinter sich zu. Kein Wort des Abschieds, keine Erklärung.

Das graue Licht des Morgens fällt durch die Fensterscheiben und es fröstelt mich plötzlich. Wie durch dichten Nebel drängt sich der Gedanke in meinen Kopf: *Adela muss etwas zugestoßen sein.*

29.

Ich weiß nicht einmal, wo in der Burg sich Adelas Schlafzimmer befindet. So rasch ich kann, ziehe ich das nächstbeste Kleid über, dann eile ich Shaun hinterher, doch auf dem Gang ist nichts mehr von ihm zu sehen.

Erst nach einigen Irrwegen finde ich ihn, stolpere ihm praktisch in die Arme, in einem Seitengang auf meinem Stockwerk, den ich bis dato noch nie betreten habe. Er läuft beinahe durch mich hindurch, ich springe reflexartig zur Seite, aber dann bekomme ich doch noch seinen Arm zu fassen. Widerwillig bleibt er stehen.

"Was ist passiert?", frage ich ihn. "Geht es Adela gut?"

Er schüttelt den Kopf und presst ein paar abgehackte Worte hervor. Seine Lippen sind eine harte, blutleere Linie. "Sie ist gestürzt. Auf der Treppe. Wollte wohl in die Küche. Ein Schwindelanfall. Dr. Engelmann ist bei ihr. Sie weigert sich, die Ambulanz kommen zu lassen. Um keinen Preis ins Spital, sagt sie. Diese sturschädlige alte Frau. Sie will wohl lieber sterben, als auch nur einen Spezialisten zu konsultieren."

Er verzieht gequält das Gesicht, mustert mich einen Sekundenbruchteil aus seinen dunklen Augen, dann fährt er fort: "Es ist meine Schuld. Ich war nicht für sie da. Ich habe ihr eingeschärft, mich am Handy anzurufen, wenn sie in der Nacht etwas braucht. Damit sie nicht im Halbschlaf die Treppe hinunterstolpert. Aber ich habe mein Telefon bei mir im Turm liegen lassen, vorhin als ich –"

Weiter spricht er nicht, aber ich weiß auch so, was er sagen will. *Vorhin, als ich zu dir kam.*

Ohne mich eines weiteren Blickes zu würdigen, macht er sich von mir los und setzt seinen Weg fort. Ich habe keine Ahnung, wo er hin will, aber ich versuche erst gar nicht, ihn aufzuhalten. Vermutlich möchte er einfach nur allein sein und sich seinen Schuldgefühlen hingeben. Und mir ist klar, dass ich sie ihm nicht werde ausreden können. Seine Großmutter, die er wie ein Besessener liebt, hatte einen Unfall, während er mit mir im Bett lag.

Stattdessen gehe ich weiter, in die Richtung, aus der er gekommen ist – und treffe hinter der nächsten Biegung auf Dr. Engelmann. Der Arzt verlässt gerade mit leisen Schritten ein Zimmer und zieht die Tür hinter sich ins Schloss. Vermutlich habe ich Adelas Privaträume gefunden.

"Wie geht es ihr?", frage ich den Arzt, bevor der mir auch noch entkommt.

Er ist nicht viel besserer Laune als Shaun. "Sie schläft jetzt", sagt er und dann äußert er sich auf ganz ähnliche Weise über seine Patientin wie Shaun eben zuvor: "Sie ist so eine bockige, sture, verbohrte Frau. So etwas habe ich noch nie erlebt." Die Worte kommen in einem atemlosen Schwall aus seinem Mund. Seine Stimme klingt verbittert.

"Was fehlt ihr denn?", versuche ich erneut, nun endlich zu erfahren, was eigentlich geschehen ist. "Hat sie sich bei dem Sturz verletzt?"

"Nicht ernstlich. Zum Glück. Nur ein paar blaue Flecken. Aber beim nächsten Mal kommt sie womöglich nicht so glimpflich davon. So ein Anfall kann sie überall treffen."

"Beim nächsten Mal?"

Dr. Engelmann schüttelt den Kopf. Auf seiner Stirn haben sich tiefe Linien eingegraben. Von seiner Jugendlichkeit, dem Elan, den er sonst versprüht, ist nicht viel übrig. Er wirkt wie ein alter, erschöpfter Mann, der des Lebens und der damit verbundenen Qualen überdrüssig ist. "Ich habe es Ihnen ja schon erklärt, die ärztliche Schweigepflicht", sagt er. "Adela pocht darauf, erst vorhin hat sie mich wieder daran erinnert. Nicht einmal ihr Enkel darf etwas erfahren. Aber sie gibt mir ohnehin nicht die Chance, eine ordentliche Diagnose zu stellen. Ich bin Hausarzt und kein Kardiologe. Mir stehen einfach nicht die Möglichkeiten zur Verfügung, sie –"

"Kardiologe? Dann hat sie etwas am Herzen?", falle ich ihm ins Wort.

Er nickt unwillig. Ich weiß nicht, ob er mir absichtlich diesen Hinweis gegeben hat, oder sich bloß versprochen hat. Aber das ist auch schon alles, was ich erfahre. Mehr bekomme ich aus dem Arzt nicht heraus, obwohl ich noch ein paar Minuten lang weiter nachbohre.

"Wird sie ... sterben?", frage ich ihn schließlich.

Er fährt sich mit einer ungelenken Geste durchs Haar. "Vermutlich", sagt er. Und dann sieht er mich mit einem Blick an, der nicht mehr der eines Arztes ist. Sondern der eines Mannes, dem gerade alles genommen wird, was in seinem Leben in irgendeiner Form von Bedeutung ist.

"*Halten Sie mich am Leben, bis der Roman fertig ist",* versucht er sich an einer Imitation von Adelas Stimme. "Das ist alles, was ich von ihr zu hören bekomme. Alles, was für sie zählt. Ich verstehe nicht, warum ihr dieses Buch so wichtig ist. Während sie ihre Gesundheit, ihr Leben einfach wegwirft."

"Ich verstehe es auch nicht", sage ich wahrheitsgemäß. Dann versuche ich, den Arzt ein wenig zu trösten. Obwohl ich genau weiß, dass es bloß Worte sind, aber ich kann nicht einfach still dastehen und ihm dabei zusehen, wie er leidet. "Adela hatte ein langes und erfülltes Leben", sage ich vorsichtig. "Vielleicht ist sie einfach bereit, zu gehen?"

"Das darf sie nicht", erwidert Dr. Engelmann voller Bitterkeit und starrt mich dabei herausfordernd an. Eine drückende Stille legt sich zwischen uns.

"Sollten wir nicht Adelas Ehemann informieren?", frage ich schließlich. "Bestimmt möchte er seine Reise abbrechen, wenn es so schlecht um seine Frau bestellt ist?"

Der Arzt guckt mich an, als hätte ich den Verstand verloren. "Philip?", fragt er ungläubig.

Ich nicke verwirrt. *Wer denn sonst?*

"Der ist nicht auf Reisen, wie kommen Sie auf die Idee? Der ist verstorben. Vor gut dreißig Jahren. Adela ist Witwe."

"Witwe?", wiederhole ich verständnislos.

"Ja." Der Arzt strafft seine Schultern, dann berührt er mich am Arm. "Hören Sie, Frau Milar, Sie haben doch einen guten Draht zu Adela, nicht wahr? Sie spricht in den höchsten Tönen von Ihnen, Ihrem schriftstellerischen Talent, Ihrem wunderbaren Charakter ... Sie müssen mir helfen! Ich könnte Adela retten, wenn ich sie in ein Krankenhaus bringe. Dessen bin ich mir sicher –"

Er unterbricht sich, presst die Zähne auf seine Unterlippe und scheint über etwas nachzudenken. "Zumindest hätte ich eine realistische Chance, sie zu retten", korrigiert er sich. "Das weiß ich einfach. Und ich will Adela retten, verstehen

Sie? Nicht nur in meiner Eigenschaft als ihr Arzt. Ich verehre sie schon mein halbes Leben. Als Mann. Sagen Sie mir, wie ich zu ihr durchdringen kann. Wie ich sie davon überzeugen soll, dass sie leben muss! Und sei es nur um meinetwillen. Es muss doch irgendeinen Weg geben?"

Dr. Engelmanns Worte sind eindringlich. Er hält meine Schulter umklammert, als wäre sie ein Rettungsanker für ihn, und er meint, was er sagt. Daran zweifle ich keine Sekunde.

Ich habe allerdings keine Ahnung, wie ich ihm helfen könnte. Ich bin noch immer damit beschäftigt, zu begreifen, was er mir eben mitgeteilt hat. Wie beiläufig er es gesagt hat. *Adela ist Witwe.* Als spiele es keine große Rolle. Als wäre es nur ein simples Missverständnis, dass ich angenommen habe, ihr Ehemann wäre verreist.

Ich bin Zeugin geworden, wie die alte Dame ihrem Philip Briefe schreibt. Täglich mindestens einen. Nur deswegen bin ich auf die Idee gekommen, er befände sich auf Reisen.

In Wahrheit schreibt Adela also Briefe an einen Toten. Seit wann geht das schon so? Seit Philips Tod? Vor gut dreißig Jahren? Ich habe mich nicht verhört. Nicht, was diese Zahl anbelangt. *Dreißig Jahre.*

Außerdem hat Adela mir erzählt, dass Philip ihr bei ihren Büchern hilft. *Hilft,* nicht *half.* Leidet meine Chefin unter Wahnvorstellungen? Hat sie verdrängt, dass ihr Mann verstorben ist?

Ich kann es nicht glauben. Adela wirkt kein bisschen verwirrt auf mich. Sie mag an einer lebensgefährlichen Herzkrankheit leiden, aber ihr Verstand ist so klar wie mein eigener. Oder der von Dr. Engelmann. Sie leidet nicht unter

Halluzinationen. Sie hält nur einfach Zwiesprache mit einem Toten. Sie ist ihrem verstorbenen Mann nahe, indem sie ihm Briefe schreibt. Liebesbriefe, daran hat sie keinen Zweifel gelassen.

Adela liebt ihren Mann, noch dreißig Jahre über den Tod hinaus. Was mag das nur für ein Leben gewesen sein, das sie geführt hat? All die Liebesromane, die sie geschrieben hat, achtundneunzig bis jetzt – waren diese Geschichten ihr Trost? Ihre Zuflucht vor der realen Welt, in der es für sie selbst kein Happy End mehr geben konnte?

"Miss Milar?", holt mich der Arzt in die Gegenwart zurück.

Er lässt meine Schulter los, tritt respektvoll einen Schritt zurück, aber sieht mich dabei noch immer an, als erwarte er ein Wunder von mir.

"Nennen Sie mich doch bitte Theresa", sage ich.

Er nickt rasch. Natürlich ist das nicht das, was er hören will. Bestimmt ist es ihm gerade völlig gleichgültig, wie er mich ansprechen soll. "Sagen Sie Richard zu mir", fügt er hinzu. "Was kann ich tun, um zu Adela durchzudringen?", wiederholt er dann. "Ich muss ihr klar machen, was sie mir bedeutet. Dass sie leben muss ..." Seine Stimme verliert sich, seine Worte verhallen im Halbdunkel des Gangs, auf dem wir uns noch immer gegenüber stehen.

"Schreiben Sie ihr", sage ich spontan. "Schreiben Sie Adela einen Brief. Ich denke, das ist der beste Weg, sie zu erreichen. Ja, bestimmt."

"Einen Brief?", wiederholt Dr. Engelmann. Er lässt es klingen, als habe ich ihm vorgeschlagen, nackt auf einem Bein zu tanzen.

Ich nicke. "Probieren Sie es aus. Ich denke, Sie haben

nichts zu verlieren."

"Das ist wahr", sagt er, in dem er jedes Wort langsam und gedehnt ausspricht. "Danke", fügt er noch hinzu, und ich nutze die Gelegenheit, mich von ihm zu verabschieden.

Ich brauche dringend etwas frische Luft. Und Sonnenlicht. Ich muss hinaus aus der Düsternis der alten Mauern, aus dem Zwielicht dieses Flurs. Vielleicht kann ich dann wieder einen klaren Gedanken fassen.

30.

Eine Weile lang irre ich im Park der Burg herum. Die Sonne ist längst aufgegangen und brennt schon wieder unbarmherzig vom Firmament. Gedankenverloren bewundere ich Patricias Künste mit der Gartenschere, die farbenprächtigen Beete, die stillen Baumriesen.

Als ich an dem Brunnen vorbeikomme, in deren Mitte Aphrodite, die Liebesgöttin, ihren Delphin umarmt, steigt mir herrlicher Rosenduft in die Nase. Ich werde ihn nicht mehr los, auch als ich weitergehe, auf den Waldrand zu, wo kein Rosenstock weit und breit mehr zu sehen ist.

Wie von selbst finden meine Füße den Weg zu dem Waldsee. Im hellen Sonnenlicht des Morgens ist er nicht weniger schön als gestern Nacht unter dem Sternenhimmel. Ich laufe auf den Steg hinaus und lasse mich auf den verwitterten Holzplanken nieder. Ganz am äußersten Ende. Da wo Shaun mich gestern Nacht fotografiert hat.

Der Himmel ist nahezu wolkenlos, und die Seerosen, die ein gutes Drittel der Wasserfläche vereinnahmt haben, strecken mir ihre weitgeöffneten, pinkfarbenen Blüten entgegen. Ich klettere aus meinen Kleidern, behalte nur die Unterwäsche an und strecke mich auf den warmen, dunklen Planken aus.

Damit ich nicht wieder anfange, über Shaun nachzudenken, über unsere gemeinsame Nacht, die angeblich nur Sex war, hole ich mein Notizbuch aus der Handtasche und beginne zu arbeiten. Zumindest versuche ich es. Die

Geschichte von Jonas und Bernadette muss weitergehen. Wenigstens diese beiden sollen ihr Happy End kriegen.

Shaun hat recht, das weiß ich jetzt. Das wahre Leben ist kein Liebesroman. Adela liebt einen Toten, der Doktor liebt sie, die ihm unerreichbar bleibt, und ich … Nein, ich liebe Shaun nicht. Wir hatten bloß Sex. Verdammt noch mal, warum fällt es mir so schwer, mir das einzureden? Warum sehne ich mich nach seinen Armen, wenn ich bloß seinen Namen denke?

Ich blättere in meinem Notizbuch auf die letzte beschriebene Seite. *Arbeiten. Nicht über Shaun nachgrübeln.*

Also: Wie soll es weitergehen mit Jonas und Bernadette? Ich habe sie gestern Nacht am Ufer ihres Sees zurückgelassen. Demjenigen, der sich im Wald hinter ihrem Kloster befindet.

Wird Shaun mir noch helfen, wird er weiter mit mir an dem Buch arbeiten wollen, nach dem, was letzte Nacht zwischen uns geschehen ist? Und dem Unfall seiner Großmutter heute Morgen – für den er sich die Schuld gibt? Ich hoffe es, wünsche es mir.

Ich versuche mir auszumalen, wie wohl der nächtliche See aussehen mag, nachdem Shaun die Fotos in seinem Computer verwandelt haben wird. Bestimmt wird es eine märchenhafte Landschaft sein, eine Szene wie aus einer anderen Welt. Einer, in der die Liebe siegen darf.

Jonas hat Bernadettes Geheimnis gelüftet, in dieser Nacht am Seeufer. Er versteht jetzt endlich, warum er sich zu dem vermeintlichen Bernardo hingezogen fühlt.

Bernadette hingegen fürchtet um ihre Karriere, will das Schreiben nicht aufgeben, um keinen Preis. Und dennoch wünscht sie sich nichts mehr, als Jonas´ Arme um sich zu spüren. Diese seltsame Anziehung, die von ihm ausgeht, ist stärker als alles andere, sie löscht all ihre Gedanken aus. All die Bedenken, die Bernadette hegt. All die Gründe, warum sie Jonas nicht lieben darf.

Und ihm ergeht es wie ihr. Auch er will diese Liebe nicht, und zieht doch Bernadette in seine Arme, in jener Mondnacht am See. Die Liebesszene werde ich am Nachmittag in der Bibliothek schreiben. Jetzt habe ich nicht mehr so viel Angst davor.

Abgesehen davon, dass Jonas natürlich ein leidenschaftlicher und vollendeter Liebhaber ist, ist er bestimmt auch ein progressiver Denker. Er muss es sein – weil ich es so will. Er kann verstehen, warum Bernadette zu der List gegriffen hat, um sich als Schreiber in das Kloster einzuschleichen. Er wird ihr Geheimnis für sich behalten, sie niemals verraten, komme, was wolle.

"Hallo, Theresa", sagt plötzlich eine Männerstimme in meiner unmittelbaren Nähe.

Ich fahre vor Schreck zusammen, das Notizbuch rutscht mir von den Knien und verabschiedet sich beinahe in den See. Shaun bekommt es noch im letzten Moment zu fassen, indem er einen tollkühnen Hechtsprung vollführt. Er ist es, der scheinbar aus dem Nichts vor mir aufgetaucht ist. Lautlos wie immer.

"Darf ich?", fragt er und deutet auf den Platz neben mir.

"Sicher", bringe ich hervor. Ich blinzle ihn an. Ich bin noch nicht ganz zurück aus dem Mittelalter. Eben war ich noch mitten in der Liebesszene zwischen Jonas und Bernadette, und das wunderbar warme Gefühl, das dabei in mir aufstieg, umfängt mich noch, legt sich zwischen mich und Shaun.

"Woher wusstest du, dass ich hier bin?", frage ich ihn.

Er sieht mich mit einem Blick an, den ich nicht deuten kann. Seine Augen wirken leer. Hat er geweint? Um seiner Großmutter willen, die er jeden Tag verlieren kann? Aber da ist auch etwas Zärtliches in seinem Blick, etwas, das sich nach Nähe und einer sanften Berührung sehnt. Oder bilde ich mir das bloß ein? Bin nicht eher ich es, die sich nach seiner Berührung sehnt?

"Ich wusste nicht, dass du hier bist", sagt er. "Ich komme gern hierher. Besonders seit gestern Nacht", fügt er nach einer kurzen Pause hinzu. Und dann schenkt er mir ein dünnes Lächeln. Das seine Augen nicht erreicht. Die Düsternis, die er stets mit sich getragen hat, seit ich ihn kenne, hat ihn wieder eingehüllt. Sie hält ihn fest in ihrem Griff.

"Das mit deiner Großmutter ist nicht deine Schuld", sage ich. "Ihr Sturz. Wenn sie einen Schwächeanfall hatte, ohnmächtig wurde –"

Er hebt eine Hand, um mich zum Schweigen zu bringen. Ganz offensichtlich möchte er nicht über dieses Thema reden, aber ich bringe meinen Satz trotzdem zu Ende. "Das hätte ihr überall passieren können. Zu jeder Zeit. Du kannst nicht immer in ihrer Nähe sein. Und es ist ganz allein ihre Entscheidung, wenn sie keine medizinische Betreuung in Anspruch nehmen will. Es ist ihr Leben. Wenn sie es beenden möchte –"

"Ich hätte für sie da sein müssen", fällt mir Shaun ins Wort. "Anstatt nur an mein eigenes Vergnügen zu denken. Meine Großmutter ist alles, was ich noch habe." Seine Augen wandern über mein Gesicht, als wäre ich eine sündhafte, verbotene Speise, die er sich doch um jeden Preis einverleiben möchte.

In meinem Nacken beginnt es zu kribbeln. Mir wird bewusst, dass ich kaum etwas anhabe. Dass ich in meiner Unterwäsche dasitze.

Andererseits ist das nichts, was Shaun nicht schon gesehen hätte. Und mehr. Viel mehr.

"Was ist mit dem Rest deiner Familie?", frage ich ihn. Bestimmt ist das kein guter Zeitpunkt, aber ich brauche endlich Antworten. Um Tanjas Gift aus meinem Kopf zu bekommen. Ich muss die Wahrheit wissen.

Ich will nicht darüber reden, sagen Shauns Augen. Er wendet den Blick von mir ab, schaut aufs Wasser hinaus. Als könne er dort die Vergangenheit sehen.

Schließlich antwortet er mir doch. "Sie sind alle tot", sagt er. "Meine Eltern ... und Milo. Es gab einen Autounfall, den ich als Einziger überlebt habe."

"Und deine Frau?", frage ich. "Ist sie ... War sie auch in dem Wagen? Starb sie gemeinsam mit deiner Familie?"

"Was? Nein. Sie hat mich verlassen. Nach dem Unfall. Das ist alles. Können wir jetzt weiterarbeiten?"

Ich nicke wortlos. Ich will ihm sagen, wie leid es mir tut. Der Tod seiner Familie, dass seine Ehe gescheitert ist ... Doch ich bringe kein Wort über meine Lippen. Nur abgedroschene Floskeln kommen mir in den Sinn, die man bei solcher Gelegenheit gerne verwendet. *Tut mir leid, das zu hören. Mein Beileid für deinen Verlust.* Wie schrecklich leer das klingt. Aber etwas Besseres will mir nicht einfallen.

"Lass uns arbeiten", sagt Shaun erneut und öffnet die Fototasche, die er neben sich auf dem Steg abgestellt hat. "Wo stehen wir?" Er lässt es klingen, als bestünde unsere Arbeit darin, irgendein technisches Handbuch zu schreiben. Eine Montageanleitung für ein Möbelstück. Ungefähr so viel Emotion liegt in seiner Stimme.

"Jonas und Bernadette sind hier am See", sage ich. "Also an dem See hinter ihrem Kloster. Weiter bin ich noch nicht gekommen. Heute Nachmittag werde ich die Szene schreiben." Ich bringe es nicht fertig, ihm die leidenschaftliche Liebesnacht zu schildern, die ich mir für die beiden wünsche.

Er nickt kaum merklich mit dem Kopf. Und presst dabei die Lippen aufeinander. "Gib mir Material, dass ich illustrieren kann. Was wird als Nächstes passieren? Welche Schauplätze hast du im Sinn?"

Ich weiß nicht, welcher Teufel mich reitet, als ich ihm antworte. Das, was ich sage, kann ich selbst kaum glauben. "Es wird ein weiteres Treffen zwischen den beiden geben", beginne ich. "An dem Waldsee hinter ihrem Kloster. Nach ihrer ersten Liebesnacht. Die beiden stehlen sich heimlich davon und treffen wieder hier zusammen. Und Jonas hegt einen brennenden Wunsch. Es ist nicht nur der Wunsch eines Mannes, der eine Frau begehrt, sondern das kreative Verlangen eines Künstlers, der seiner Zeit weit voraus ist. Der etwas wagen will, von dem andere nicht einmal träumen würden. Für seine Zeit ist sein Vorhaben absolut unüblich, ja geradezu ketzerisch, aber Jonas bekommt die Idee einfach nicht mehr aus dem Kopf. Er will Bernadette nackt malen."

Ich halte inne, fasse mir ganz langsam mit den Händen in den Rücken, und öffne den Verschluss meines BHs. "Und als Jonas Bernadette diese geheime Sehnsucht, diesen unerhörten Wunsch offenbart, ist sie dazu bereit. Sie würde alles für ihn tun, aber insgeheim erregt die Vorstellung sie auch. Also nach dem anfänglichen Schock. Sie neigt sonst wahrlich nicht zu solcher Kühnheit, aber die Art, wie Jonas sie ansieht, lässt sie das Wagnis eingehen. Wie er sie betrachtet, wie seine Augen Zentimeter für Zentimeter über ihren Körper wandern, wie er sie schon mit seinen bloßen Blicken auszieht. Als wäre sie die begehrenswerteste Frau der Welt."

Ich streife mir in Zeitlupe den BH von den Schultern und lasse ihn fallen. "Bernadette will sich ihrem Geliebten zeigen, will ihren nackten Körper von ihm auf ein Holzpanel bannen lassen, in kostbaren Farben – damit er ihren Anblick bis ans Ende seiner Tage nicht mehr vergessen kann. Und sie vertraut ihm bedingungslos, dass kein anderer Mann jemals dieses besondere Gemälde zu Gesicht bekommen wird."

Bei den letzten Worten stehe ich auf, lasse meine Hände über meine Hüften abwärts gleiten und ziehe mir den Slip über die Beine hinunter. Vor Shauns Augen streife ich das bisschen Stoff ab, dann mache ich es mir erneut auf dem Steg bequem und strecke mich dabei aus, als wäre ich eine Kurtisane. Ich hebe eine Hüfte an, um meine Kurven zu betonen, schlage lasziv die Beine übereinander und überdrehe meinen Kopf in den Nacken. Meine Arme lege ich oberhalb des Kopfes ab, ich winkle sie ein wenig an und lege die Handflächen übereinander.

Dann schenke ich Shaun das verführerischste Lächeln, dessen ich fähig bin.

31.

Befriedigt stelle ich fest, dass meine wahnwitzige Aktion Shaun nicht kalt lässt. Ganz im Gegenteil.

Sein Atem geht schneller. Seine Augen sind geweitet und wandern unablässig über meinen Körper. Als wolle er mich mit seinen Blicken streicheln. Mit raschen Handgriffen, die deutlich ungeschickter sind als sonst bei ihm üblich, holt er seine Kamera aus der Tasche, schraubt ein Objektiv ein, dann springt er hoch und stolpert fast, als er sich ein paar Schritte von mir entfernt.

Er probiert ein paar unterschiedliche Blickwinkel im Stehen aus, dann kniet er nieder, hält sich die Kamera vors Auge und beginnt wortlos, mich zu fotografieren. Ich kann ihn schlucken hören und genieße den fiebrigen Eifer, mit dem er auf den Auslöser drückt.

Er beginnt, mir Anweisungen zu geben, wie er es bereits bei früheren Gelegenheiten getan hat. Ich tue, wie mir geheißen, und seine Stimme verliert die anfängliche Zaghaftigkeit, wird mutiger, lässt mich kühnere Posen einnehmen.

Ich räkle mich vor dem dunklen Auge von Shauns Kamera wie eine Nymphe im warmen Licht der Junisonne. Ich kann meinen eigenen Puls rasen hören, und auch mir fällt das Schlucken zunehmend schwerer.

Shaun kommt mir immer näher, er berührt mich jetzt und drückt mich sanft in die Posen, die ich für ihn einnehmen soll. Seine Handflächen, die über meine nackte Haut streichen, fühlen sich an, als stünden sie unter Strom.

"Jonas ist ein verdammter Glückspilz", höre ich ihn murmeln, dann packt er plötzlich die Kamera weg, blinzelt, als blende ihn die Sonne und legt schließlich seine Hand auf mein Knie. Von dort lässt er sie aufwärts wandern, die Innenseite meines Oberschenkels hinauf, so langsam wie ich mich eben vorhin für ihn ausgezogen habe. "Du bist wunderschön, Theresa", sagt er und sieht mich so hungrig an, dass mir eine Gänsehaut über den Rücken läuft.

Ich schließe genießerisch die Augen, male mir aus, was jetzt folgen wird, und gebe mich dem Prickeln hin, das meinen Körper durchströmt. Sehnsüchtig warte ich darauf, dass Shauns Hand ihr sicheres Ziel erreichen wird – und fahre wie von der Tarantel gestochen auf, als ich eine wohlvertraute Stimme höre. "Oh, ihr seid auch hier", flötet sie unschuldig, und trieft dabei doch nur so vor Gift. "Störe ich euch? Ich wollte mich bloß ein wenig sonnen."

Ohne eine Antwort abzuwarten, beginnt Tanja sich vor uns auszuziehen – denn sie ist es, diese Viper, die sich an uns herangeschlichen hat. Sie muss uns beobachtet haben, ich will mir gar nicht ausmalen, wie lange schon.

Jetzt lässt sie ihr dünnes Sommerkleid von den Schultern fallen, mindestens dreimal so lasziv wie ich mich vorhin meiner Unterwäsche entledigt habe, und entblößt ihren makellosen Körper in etwas, das nur dem Namen nach ein Bikini ist. Der violette Zweiteiler besteht praktisch nur aus Schnüren und höchstens briefmarkengroßen Stoffstücken. Er enthüllt mehr, als er verbirgt und das natürlich mit voller Absicht. Tanjas üppige Brüste hüpfen mir – und Shaun – praktisch ins Gesicht. Bestimmt sind die nicht echt. Oh Gott, lass sie bitte nicht echt sein!

Rasch greife ich nach meinem Kleid und ziehe es mir über den Kopf. Meine Unterwäsche stopfe ich in die Handtasche. "Ich muss ohnehin los", sage ich rasch. Und so leichthin, wie es mir nur irgend möglich ist. "Die Arbeit ruft. Der Steg gehört ganz dir." Das Lächeln, das ich mir abringe, sieht bestimmt nicht weniger künstlich aus als Tanjas Busen.

Wie auf ein unsichtbares Kommando hin erhebt sich auch Shaun, wünscht Tanja mit nüchterner Stimme ein angenehmes Sonnenbad und folgt mir den Steg entlang zurück ans Ufer. Und das, ohne sich noch einmal umzudrehen.

Wofür ich ihn umarmen könnte. Nicht auszumalen, wenn er geblieben wäre und sich sein Supermodel von Haushälterin in all ihren einladenden Details besehen hätte.

Als wir schweigend nebeneinander durch den Wald laufen, liegt in seinen Augen noch ein Echo jenes Blickes, mit dem er mich eben fotografiert hat. Er sieht mich damit von der Seite an, sagt aber kein Wort.

Ich will stehen bleiben, meine Arme um seinen Hals schlingen und ihm vorschlagen, uns doch irgendwo hier im Wald eine andere Lichtung zu suchen. Wo Tanja uns ganz bestimmt nicht findet. Und auch sonst kein Mensch. Doch er legt ein Tempo vor, bei dem ich kaum mithalte. Leichtfüßig läuft er über den unebenen Pfad, mit all seinen Wurzeln und Steinen, während ich meine ganze Konzentration aufbringen muss, nicht über die eigenen Füße zu stolpern.

Als wir die Burg fast erreicht haben, will ich ihn dazu bringen, mit mir auf mein Zimmer zu kommen. *Wollen wir unsere Arbeit da fortsetzen, wo Tanja uns unterbrochen hat?*, formuliere ich meinen Vorschlag in Gedanken.

Wie durchschaubar! Von wegen Arbeit. Aber etwas

Originelleres will mir nicht einfallen. Nicht im Laufschritt über Stock und Stein, und schon gar nicht mit dem Bild von Tanjas prallen Brüsten im Kopf, das sich vor mein geistiges Auge drängt, sobald ich nur an das Seeufer zurückdenke. Wie konnte sie mir nur diesen wunderbar magischen Ort so ruinieren? Dieses eifersüchtige, giftsprühende Biest.

Wie es aussieht, geht diese Runde an sie. Der Zauber zwischen Shaun und mir ist gebrochen. Ich bin nicht mehr Bernadette, die sich mutig für Jonas entblättert, und er ist kein mittelalterlicher Maler mehr, der die Frau seiner Sehnsucht auf ein Holzpanel bannt.

Ich ringe noch immer nach den passenden Worten, als wir die Burg erreichen, und Shaun sich bereits in der Halle von mir verabschiedet. "Ich werde nach Großmutter sehen", sagt er. Dabei lächelt er mir zu, aber es ist ein zurückhaltendes Lächeln. Eines, das auf der Hut ist. Das Lächeln eines Menschen, der sich unter Kontrolle hat und mit seinen Gedanken längst woanders ist. Der Hunger, die Sehnsucht und dieser *Du bist die begehrenswerteste Frau der Welt* Blick sind aus Shauns Augen verschwunden. Mit großen Schritten läuft er die Treppe hoch und nimmt dabei zwei Stufen auf einmal.

Ich bringe gerade noch ein "Bis später" heraus, dann kann ich ihm nur noch hinterhersehen, wie er oben am Treppenabsatz im Gängelabyrinth der Burg verschwindet.

Oh Mann. So ein Mist.

Ich kehre auf mein Zimmer zurück und verziehe mich in mein Himmelbett. Nach der Hitze des Sommertags ist es hier drinnen angenehm kühl. Lange Schatten liegen über den eleganten Möbelstücken und eine leichte Brise spielt mit den Vorhängen.

Ich schlage eine neue Seite in meinem Notizbuch auf und mache mich daran, die Liebeszene zu schreiben, die ich Jonas und Bernadette noch schulde. Die Mondnacht am See.

Die Worte finden ihren Weg von ganz allein aufs Papier. Ohne dass ich etwas dazu tun muss, fließen sie durch den Stift und durch meine Hand in das Notizbuch auf meinen Knien. Als würde meine Hand nichts weiter tun, als über Shauns Haut zu streichen. Ein friedliches Gefühl überkommt mich, während sich die Seiten füllen. Während Jonas und Bernadette sich lieben.

Ich höre nicht auf zu schreiben, selbst dann noch nicht, als über dem mittelalterlichen Kloster längst der Morgen graut, und Jonas und Bernadette sich gerade noch rechtzeitig durch die Pforte zurückstehlen können, bevor jemand ihre Abwesenheit bemerkt. Schlaftrunken aber glücklich taumeln sie zur Morgenmesse, und ich schreibe immer noch weiter. So lange, bis sie wieder zusammenkommen, an dem Waldsee. An ihrem See, denn das ist er jetzt, der geheime Platz ihrer Liebe.

Meine Hand krampft und schmerzt bereits, als Jonas Bernadette die Sehnsucht seines Herzens ins Ohr flüstert. Dass er sie malen dürfe, wie Gott sie geschaffen hat. Nackt am See, zwischen nichts als Schilf und Seerosen und dem sanften Plätschern der Wellen.

Bernadette erfüllt ihm seinen Wunsch, sie zieht sich für ihn aus, und das mit weit mehr Anmut, als ich jemals an den Tag legen könnte. Jonas beginnt, sie zu skizzieren und als er fertig ist, lieben sich die beiden am See. Es ist ein Moment, der nur ihnen beiden gehört. Ein glücklicher, friedlicher, vollkommener Moment. Am liebsten möchte ich das Buch an dieser Stelle enden lassen. Aber ich habe kaum ein paar Kapitel, keine Story, keinen Roman.

Es muss etwas geschehen. Etwas, das diese Idylle zerstört. Etwas, das die beiden Liebenden auseinanderreißt, damit sie am Ende des Buches, nach unzähligen Entbehrungen und Prüfungen doch noch zueinander finden können. Diesmal für immer. So ist das nun einmal in Liebesromanen.

Es muss etwas geschehen.

Etwas Schmerzhaftes.

32.

Beim Dinner im großen Speisesaal sind weder Shaun noch Adela anwesend. Dafür setzt Tanja sich mir gegenüber und grinst mich über die Vorspeise hinweg süffisant an. Ich beschließe, den Hauptgang in der Küche zu essen. Stéphanes Gesellschaft ist mir hundertmal lieber als diese Zicke.

Heute Abend hat Adelas Meisterkoch eine Seezunge in einer goldgelben Sauce gezaubert, die zum Niederknien köstlich schmeckt. Er selbst jedoch wirkt bedrückt. "Adela", antwortet er mir einsilbig, als ich ihn frage, was denn los sei.

"Bestimmt wird sie bald wieder gesund", sage ich, aber ich glaube selbst nicht mehr an meine Worte.

Ich verdrücke mich recht bald wieder aus der Küche und mache mich auf den Weg in die Bibliothek. Ich werde mich in Adelas geliebten Ohrensessel verkriechen und weiter an dem Roman arbeiten. Wenn ich ihr möglichst bald den fertigen Plot bringen kann, heitert sie das bestimmt auf. Vielleicht gibt es ihr sogar neue Kraft, neuen Lebenswillen.

Als ich die schwere Eichentür aufstemme, stelle ich fest, dass Licht in der Bibliothek brennt. Ich bin nicht allein. Auf einem der Sofas vor dem Kamin, im Schein einer einzelnen Leselampe, sitzt Dr. Engelmann. Er balanciert einen Briefblock auf den Knien und kritzelt fiebrig vor sich hin.

Hat er den ganzen Tag auf der Burg verbracht? Steht es so schlecht um seine Patientin, dass er uns gar nicht mehr verlässt?

Als ich ihn begrüße, hebt er blinzelnd den Kopf. Er blickt

sich um, starrt verblüfft in die Abenddämmerung, die sich bereits über den Park gelegt hat. "Schon so spät?", murmelt er.

"Wie lange sind Sie denn schon hier?", frage ich ihn.

"Ich weiß nicht. Seit dem Nachmittag. Ich dachte, dass ich hier am ehesten die richtigen Worte für Adela finden kann. In der Gesellschaft ihrer Bücher."

"Sie schreiben ihr einen Brief?"

"Ja. Ich habe Ihren Rat beherzigt. Ich habe nichts zu verlieren, wie Sie so treffend bemerkt haben."

"Ich lasse Sie allein", sage ich. "Damit Sie in Ruhe –"

"Nein, bleiben Sie", fällt er mir ins Wort. "Ich bin ohnedies fertig. Es ist alles gesagt."

Ich nicke. "Sie haben das Abendessen verpasst. Aber Stéphane kann Ihnen bestimmt noch etwas zubereiten."

"Ich habe keinen Hunger", sagt er und klingt dabei schrecklich resigniert. Er blickt auf seinen Briefblock, setzt ein Richard mit einem großen geschwungenen R unter das Geschriebene und löst das Blatt vorsichtig vom Block. Er legt es auf einen unförmigen Stapel ebenfalls vollgeschriebener Blätter, den ich erst jetzt entdecke. Es sind locker acht oder neun Briefbögen, die der Arzt da gefüllt hat.

Dr. Engelmann betrachtet die Papierflut, die er produziert hat, dann rafft er die Bögen zusammen und bringt den Stapel in eine geordnete Form. Ganz unten kommt ein Kuvert zum Vorschein, das dem Umfang seines Briefes kaum gerecht wird. Aber der Arzt schafft es doch, alle Blätter darin unterzubringen.

Er befeuchtet die Lasche des Kuverts mit der Zunge, klebt es zu und streckt mir den Brief entgegen. "Würden Sie ihn

Adela für mich bringen? Ich kann ihn ja nicht gut selbst zustellen, oder? Das würde die Idee eines Briefes ja ad absurdum führen."

"Gerne", sage ich und nehme das Schreiben entgegen.

Der Arzt springt auf, nickt mir einen stummen Dank zu, dann verlässt er die Bibliothek. Ich bleibe in der plötzlichen Stille zurück, in der winzigen Lichtinsel der Leselampe. Ich lasse mich auf das Sofa fallen und atme den Duft der Bücher ein.

Wie soll es weitergehen mit Jonas und Bernadette? Ich brauche etwas, das zwischen sie kommt. Etwas Dramatisches, das Adelas Leserinnen um die beiden bangen lässt. Und um ihre junge Liebe. Vor allem um die Liebe. Aber ich schrecke davor zurück, mir etwas allzu Grausames einfallen zu lassen. Bernadette und Jonas sind mir liebe Freunde geworden, alle beide – dabei sind sie doch nichts weiter als Fantasieprodukte. Kopfgeburten von Adela und mir.

Als ich das nächste Mal aufblicke, steht Jonas plötzlich leibhaftig vor mir. In Fleisch und Blut.

Erschrocken fahre ich hoch. Doch natürlich ist es Shaun, nicht Jonas. Wie immer habe ich ihn nicht kommen gehört. Langsam glaube ich, der Mann ist ein Phantom.

Ich blicke mich um. Mein Notizbuch ist mir von den Knien gerutscht und liegt aufgeblättert neben mir auf dem Boden. Draußen vor den Fenstern ist die Nacht pechschwarz, und selbst die Bibliothek scheint nur aus Schatten zu bestehen. Meine Leselampe ist bloß eine winzige Lichtinsel in dem riesigen Gewölbe.

Ich muss eingeschlafen sein. Aber davor war mir eine Idee gekommen, jetzt fällt es mir wieder ein. "Die Geschichte geht weiter", sage ich zu Shaun, greife nach seiner Hand und ziehe ihn neben mich auf das Sofa.

Er lässt es widerstandslos geschehen. "Sehr gut", sagt er, aber blickt dabei so düster drein wie eh und je. "Ich komme gerade von Großmutter. Jede Ablenkung ist mir recht. Was kann ich tun?"

"Wie geht es ihr?", frage ich vorsichtig.

"Ich habe keine Ahnung, sie sieht fürchterlich aus, aber sie behauptet, dass es ihr gut geht. Alles bestens." Er schüttelt den Kopf und verzieht die Mundwinkel zu einer gequälten Grimasse.

Ich streiche über seine Hand und dann den Arm hinauf. Shauns Haut fühlt sich warm an.

Er sucht meinen Blick, fixiert mich einen Augenblick lang wortlos, dann öffnet er plötzlich seine Arme und zieht mich an seine Brust. "Ich bin froh, dass du da bist, Theresa", flüstert er, aber bevor ich etwas erwidern kann, hat er mich auch schon wieder losgelassen.

"Wie geht es weiter?", fragt er und bemüht sich, ein Lächeln aufzusetzen.

"Die Liebesszene am See habe ich fertig", sage ich – nicht ohne einen Anflug von Stolz. "Das heißt, eigentlich sind es zwei Liebesszenen."

"Das war abzusehen", sagt Shaun.

Ich gucke ihn fragend an.

"Na, ich meine, wenn Jonas nach Bernadettes Striptease am Steg nicht über sie hergefallen wäre, gleich an Ort und Stelle –" Er zieht dramatisch beide Augenbrauen hoch. "–

dann weiß ich auch nicht!"

Er grinst mich an und die Düsternis, die wie ein schwerer Mantel um seine Schultern liegt, beginnt, sich ein wenig aufzulösen. Seine Kiefermuskeln entspannen sich, was ihn noch anziehender aussehen lässt, als dies ohnehin immer der Fall ist. Mein Herz krampft sich vor Freude zusammen.

"Ich bin noch nicht ganz fertig damit", sagt Shaun, "und ich will dir nicht zu viel versprechen ... aber das Gemälde, das Jonas von Bernadette malt, also von der splitter-faser-nackten Bernadette – ich glaube, das wird sein Meisterwerk. Natürlich können wir es unmöglich in das Buch geben", fügt er rasch hinzu. "Es sei denn, du willst Karriere als Nacktmodel machen?"

Sein Grinsen wird breiter. Es fühlt sich an, als hätte eine Armee von Heinzelmännchen heimlich ein Feuer im Kamin entfacht. Die Luft ist warm und plötzlich irgendwie aufgeladen.

"Also", sage ich, nachdem ich den dicken Kloß in meiner Kehle hinuntergewürgt habe, als nächstes steht in der Bibel die Szene im Garten von Gethsemane an."

"In der Bibel? Oh, du meinst die, an der Jonas und Bernadette gemeinsam arbeiten?" Shaun verzieht schuldbewusst seinen Mund. "Die habe ich beinahe schon wieder vergessen", gesteht er. "Nach den Szenen am Waldsee."

Er grinst noch breiter, jetzt so anzüglich, dass ich das Buch am liebsten Buch sein ließe und mich ihm auf der Stelle an den Hals werfen möchte. Aber ich beherrsche mich. Dafür ist später noch Zeit. Die Arbeit am Roman muss weitergehen, so rasch wie nur irgend möglich. Um Adela willen.

Und dennoch lässt mich die Vorfreude auf eine weitere

Nacht in Shauns Armen nicht mehr los. Wird er es wieder *nur Sex* nennen? Ach, wen kümmert es. Soll er es doch nennen, wie er mag. Sein Körper spricht eine andere Sprache. Die Zärtlichkeit, die Leidenschaft, mit der er mich liebt, wie er mich dabei ansieht, küsst und streichelt ... das ist alles, was ich will. Alles, was ich mir je von einem Mann gewünscht habe. Mir doch egal, wie er es sich zurechtredet.

Shaun streicht mit seiner Hand über mein Ohr und meine Schläfe. Dann beugt er sich vor und drückt mir einen sanften Kuss an die gleiche Stelle. "Nun?", fragt er, "was ist nun mit dieser Bibelstelle? Du musst dich konzentrieren, meine liebe Autorin!"

Ich schlucke. "Ja, ähm, also. Wir sind in Gethsemane, wie ich schon sagte. Es ist ein wunderschöner Abend in diesem friedlichen Garten. Jesus ist gekommen um zu beten, aber er weiß auch bereits, was ihn erwartet. Einer seiner Jünger – Judas Ischariot – wird ihn an die römischen Soldaten verraten. Jesus wird noch in dieser Nacht verhaftet werden, in diesem so friedlichen Garten. Und Petrus, den er stets seinen Felsen nannte, wird ihn im Stich lassen. Was ihn ganz besonders schmerzt, mehr noch als der Verrat von Judas."

Shaun zieht plötzlich seine Hand von mir zurück, als habe ihn eine Tarantel gestochen.

"Was ist?", frage ich alarmiert.

Shauns Schultern verspannen sich. Seine Gesichtszüge werden hart. "Wie bist du ausgerechnet darauf gekommen?", fragt er mich. Und sieht mich dabei herausfordernd an. Wie ein Krieger, der nur allzu bereit ist, sich zu verteidigen.

"Worauf denn? Diese Bibelstelle? Was ist denn los, Shaun?

Findest du sie nicht –"

"Warum ausgerechnet diese? Petrus, der Jesus im Stich lässt!"

Ich strecke meine Hand nach Shaun aus, will ihn an der Schulter berühren, doch er weicht vor mir zurück.

"Antworte mir", ist alles, was er sagt.

"Na ja, Jonas hat sich doch ursprünglich ins Kloster zurückgezogen, weil seine Frau ihn im Stich gelassen hat. Deine Großmutter hat das nur umrissen, ich weiß nichts Genaues. In den Notizen, die ich von ihr übernommen habe. Ganz am Anfang. Habe ich dir das nicht erzählt? Sie hat geschrieben, dass Jonas niemals mehr jemandem vertrauen kann. Mit drei Rufzeichen. Also nahm ich an, dass dieser Hintergrund Adela wichtig ist."

"Du hast mir bloß erzählt, dass Jonas sich ins Kloster zurückgezogen hat und dort als Illustrator arbeitet."

"Sorry. Ich wollte dich nicht gleich mit allen Details erschlagen. Jedenfalls dachte ich mir, dass die schlimmen Erfahrungen, die Jonas gemacht hat, ein gutes Hindernis für die Story abgeben. Dass er erst seine Vergangenheit bewältigen muss, bevor er und Bernadette zusammenfinden können."

"Und da hast du dir gedacht, diese Bibelstelle wäre passend? Die im Garten von Gethsemane? Um ihn an die schlimmste Zeit seines Lebens zu erinnern?"

Ich nicke. "Die Stelle ist doch passend, findest du nicht? Jonas hat sich Hals über Kopf in Bernadette verliebt, doch als sie bei ihrer Bibelausgabe an eben jene Stelle gelangen, wo Jesus von einem seiner engsten Freunde verlassen wird – da holt Jonas seine Vergangenheit ein. Ausgerechnet Petrus, der Mann, den Christus zum Eckpfeiler seiner Kirche machen will, lässt ihn in seiner dunkelsten Stunde im Stich. Genauso ist es Jonas ergangen, das ist der Grund, warum er sich überhaupt in das Kloster zurückgezogen hat. Er kam hierher und schwor sich, nie wieder einem Menschen zu vertrauen. Um nie wieder im Stich gelassen zu werden in der dunkelsten Stunde –"

"Wie bist du auf diese Geschichte gekommen?", fällt mir Shaun ins Wort.

"Die von Jonas? Das war die Idee deiner Großmutter, das sagte ich doch schon. In ihren Notizen zum Roman, die sie mir übergeben hat, stand das so drin. Dass Jonas nie wieder jemandem vertrauen kann, weil er verraten worden ist. Nein, im Stich gelassen. Näher hat das deine Großmutter nicht beschrieben. Sie hat, glaube ich, gar nicht explizit erwähnt, wer ihm auf diese Art das Herz gebrochen hat. Ich bin nur davon ausgegangen, dass es eine Frau gewesen sein muss. Eine, die Jonas einmal sehr geliebt hat. Schließlich sind wir ja in einem Liebesroman."

Ich gucke Shaun an, aber der starrt nur reglos zurück. Seine Augen, die so herrlich vor Leidenschaft glühen können, wirken mit einem Mal wie blanker Granit.

Ich versuche, ihm die Sache näher zu erklären. Ich kann nicht verstehen, wieso er mit der Bibelstelle so ein Problem hat. "Diese Frau hat Jonas in seiner dunkelsten Stunde im Stich gelassen. So wie Petrus seinen Herrn. Womit sie ihm das Herz gebrochen hat. Er denkt, er kann nie wieder lieben, nie wieder einer Frau vertrauen, aber Bernadette wird es gelingen. Sie wird ihn mit ihrer Liebe heilen. Aber natürlich erst am Ende des Romans."

"Du hast ja keine Ahnung", faucht Shaun mich an.

"Wovon denn?"

"Davon, wie es sich anfühlt, im Stich gelassen zu werden. In der dunkelsten Stunde, wie du das so schön nennst. Aus deinem Munde klingt das so romantisch. Aber glaub mir, das ist es nicht. Dunkle Stunden können verdammt dunkel sein. Ich wünsche dir, dass du das nie am eigenen Leib erfahren wirst."

"Shaun, es tut mir leid, ich –"

Er lässt mich nicht zu Wort kommen. "Was weißt du schon von gebrochenen Herzen?", fährt er mich an. "Das ist keine hübsch harmlose Idee, die man mal eben in einen Roman einbauen kann. Manchmal brechen Herzen tatsächlich. Im realen Leben. Und nichts auf dieser Welt kann sie wieder heilen. Nie wieder." Mit diesen Worten springt er auf, kramt fahrig seine Sachen zusammen und nickt mir mit zusammengepressten Lippen zu.

Es ist ein Abschied, nicht nur für heute Abend. So viel erkenne ich in seinen Augen, ohne dass er es aussprechen muss. "Es war eine verrückte Idee von mir, dir bei diesem Roman helfen zu wollen", sagt er. Seine Stimme ist kalt wie Gletschereis. "Ich kann dieses Buch nicht illustrieren. Ihr müsst euch jemand anderen dafür suchen. Du und Adela. Ich habe keine Lust auf eure Spielchen."

Der Name seiner Großmutter, den Shaun sonst stets nur voller Respekt und Zärtlichkeit ausspricht, klingt plötzlich wie ein Schimpfwort aus seinem Mund. Und dann ist er auch schon fort. Die massive Eichentür der Bibliothek fällt geräuschvoll hinter ihm ins Schloss.

33.

Wie betäubt packe ich meine Sachen zusammen, lösche das Licht und verlasse die Bibliothek. Ich beschließe, noch bei Adela vorbeizuschauen und ihr den Brief des Doktors unter der Tür durchzuschieben.

Wieder einmal verirre ich mich in den verwinkelten Gängen der Burg, aber dann stehe ich doch vor Adelas Schlafzimmer.

Unter der Tür ist noch Licht zu sehen, obwohl es bereits kurz nach Mitternacht ist. Ich zögere einen Augenblick, doch dann klopfe ich an. So leise, dass ich Adela hoffentlich nicht wecke, falls sie doch bereits eingeschlafen ist.

"Herein", kommt es ebenso leise zurück. "Es ist offen."

Ich drücke die Tür auf – und meine Chefin empfängt mich mit einem Lächeln. "Oh, Sie sind es, Theresa. Wie schön, kommen Sie nur herein."

Adela sieht um Jahre gealtert aus und wirkt sehr müde, trotz des strahlenden Lächelns, das sie mir schenkt. Auf ihrem Schoß, über die Bettdecke verstreut, liegen Fotodrucke. Als ich näher komme, kann ich erkennen, dass es Arbeiten von Shaun sind. Ausdrucke jener digitalen Kunstwerke, die er bereits für unser Buchprojekt entworfen hat.

"Sind Sie nicht wundervoll?", sagt Adela. "Ich bin Ihnen so dankbar, dass Sie ihn dazu gebracht haben, nicht mehr Milo zu kopieren. Ich hatte keine Ahnung, was für ein außerordentlicher Künstler er selbst ist. Ich bin begeistert von diesem ... Nun, wie immer es sich nennt." Sie tippt mit einem knöchernen Finger auf den Ausdruck, den sie gerade in der Hand hält. "Diesem High-Tech Zeug. Aber stehen Sie doch nicht in der Tür herum. Setzen Sie sich zu mir!"

"Wie geht es voran?", fragt sie mich, nachdem ich mich zögerlich auf der Bettkante niedergelassen habe. "Mit Ihrem Plot?"

Ich hadere mit mir, ob ich ihr die Wahrheit sagen soll. Ihre Gesundheit ist angegriffen, das kann man deutlich sehen. Sie ist leichenblass, hat tiefe Ringe unter ihren sonst so klaren blauen Augen, und wenn es nach Dr. Engelmann geht – nein, daran will ich nicht einmal denken. Adela darf nicht sterben.

Und doch fühle ich mich verpflichtet, es ihr zu sagen. Dass Shaun gerade alles hingeschmissen hat. Und dass ich nicht weiß, wie ich ohne ihn weitermachen soll. Obwohl ich diejenige bin, die den Plot schreibt, und obwohl die illustrierte Ausgabe des Romans nicht Adelas oberste Priorität ist, so hatte ich doch von Anfang an das Gefühl, dass Shaun und ich gemeinsam arbeiteten. Untrennbar verbunden.

Nein, ich darf meine Arbeitgeberin nicht belügen. Ich kann ihr nicht einfach vorgaukeln, dass alles Wonne und Sonnenschein ist, und dass das Projekt, das ihr so sehr am Herzen liegt, zügig voranschreitet. Außerdem wird Shaun sie womöglich zur Rede stellen. Er wirkte sehr wütend auf seine Großmutter, als er mich in der Bibliothek verließ, auch wenn ich noch immer nicht begreife, was genau sie ihm seiner Meinung nach angetan hat.

Adela sieht mich erwartungsvoll an. Sie drängt mich nicht zu einer Antwort. Ihr Lächeln ist zuversichtlich und geduldig.

Es bricht mir das Herz, sie zu enttäuschen. Und doch muss

ich es tun. "Ich habe etwas falsch gemacht", beginne ich. "Jonas hat sich von Bernadette abgewandt."

In dem Augenblick, als die Worte über meine Lippen kommen, ist mir bereits klar, dass ich Unsinn rede. Was ist nur mit mir los? Es ist Shaun, der sich von mir abgewandt hat. Nicht Jonas von Bernadette.

Den beiden wollte ich ein Hindernis geben. Das heißt, ich wollte es nicht, ich will, dass sie glücklich sind. Aber ein Liebesroman kann eben nicht nach achtzig Seiten mit einem Happy End schließen. Deswegen braucht es Hindernisse.

Ich schildere Adela die Szene im Garten von Gethsemane. Jesus, der von den römischen Soldaten verhaftet wird, und Petrus, der ihn verleugnet. Ihn im Stich lässt. "Bernadette schrieb diese Stelle aus dem neuen Testament für ihre Bibelausgabe ab. Und Jonas sollte sie illustrieren", erkläre ich.

"Eine gute Idee", lobt mich Adela. "Genau passend."

Ich schüttle den Kopf. "Ich muss die Szene wieder rausstreichen. Mir etwas anders einfallen lassen."

Adela nimmt meine Hand in die ihre. "Nein, mein Kind", sagt sie, "das wird nicht funktionieren. Das lässt sich nicht einfach rausstreichen. Manche Dinge muss man überwinden, sie verschwinden nicht, wenn man sie ewig nur ignoriert."

Mir ist nicht klar, was Adela damit meint, doch als ich nachfragen will, schüttelt sie vehement den Kopf. Und macht dabei ein Gesicht wie bei einer Beerdigung.

"Können Sie mir dann wenigstens sagen, warum Shaun so ein Problem damit hat? Die Stelle, wo Judas Jesus verrät, rührte ihn nicht, aber dann, als Petrus seinen Herrn im Stich ließ, da ist er –" *Ausgerastet,* hätte ich beinahe gesagt.

Gerade noch rechtzeitig erinnere ich mich, dass ich Adela nicht aufregen darf. "Er hat sehr merkwürdig reagiert", mildere ich meine Aussage ab. "Kann es sein, dass Shaun etwas Ähnliches widerfahren ist? Dass diese Bibelstelle eine schmerzhafte Erinnerung bei ihm ausgelöst hat?"

Adela streicht sich eine verirrte Haarsträhne aus dem Gesicht, und wirkt sehr müde dabei. Selbst diese kleine Bewegung scheint sie anzustrengen. "Shaun redet nicht darüber", sagt sie. "Noch nicht einmal mit mir."

Ich muss ihr jetzt einfach die Frage stellen, die mir schon seit längerem auf der Zunge brennt. "Für die Figur des Jonas im Roman, da haben Sie sich Shaun zum Vorbild genommen, nicht wahr?"

"Es ist sein Buch", sagt Adela. "Und Sie müssen es schreiben. Es vollenden! Bitte tun Sie es für mich. Nein, für Shaun!"

Ich sitze stocksteif da, an Adelas Bettkante, und verstehe gar nichts mehr. Ich erzähle der alten Dame nicht, wie sehr es Shaun verbittert hat, als ihm klar wurde, dass sie ihn zur Buchfigur gemacht hat. Wie abfällig er über sie gesprochen hat, in seinem Zorn. Es würde ihr das Herz brechen.

Aber wenigstens begreife ich jetzt, was vorhin in der Bibliothek geschehen ist. Zumindest ansatzweise. Als ich Shaun Jonas´ Vorgeschichte erzählte, da muss er plötzlich begriffen haben, dass seine Großmutter ihn zum Vorbild für diese Buchfigur genommen hat. Dass es seine Geschichte war, die wir da gemeinsam in einen Roman verwandelten. Und das gefiel ihm überhaupt nicht.

Warum habe ich es nicht viel früher gesehen? Die Parallelen sind doch ganz offensichtlich. Shaun verkriecht sich vor der Welt, auch wenn er sich nicht in einem mittelalterlichen

Kloster verschanzt, sondern bloß in einer mittelalterlichen Burg der Neuzeit. Der Effekt ist der gleiche. Auch wenn ich wohl nie erfahren werde, was genau sich in Shauns Vergangenheit zugetragen hat. Wer ihn im Stich ließ, in welcher dunklen Stunde – und damit seine Welt zerstörte. War es seine Ehefrau?

"Was haben Sie denn da? Haben Sie einen Brief bekommen?", reißt mich Adela aus meinen Gedanken. Sie deutet auf das Kuvert, den Brief von Dr. Engelmann, den ich schon die ganze Zeit in meiner linken Hand umklammert halte. Ich habe das Schreiben völlig vergessen. Dass ich eigentlich deshalb zu Adela gekommen bin, um es ihr zuzustellen. Ich fürchte, ich habe den Umschlag – und seinen Inhalt – völlig zerknittert.

"Der Brief ist für Sie", sage ich und bemühe mich, das Kuvert mit der Hand wieder halbwegs glatt zu bügeln. "Von Dr. Engelmann."

"Oh?" Eine Mischung aus Freude und Zögern spiegelt sich in ihren Augen wider.

Ich rufe mir in Erinnerung, wie lange der Doktor an diesem Brief geschrieben hat. Wie sehr er Adela verehrt. Dass er sie nicht zum Ehebruch bewegen will, wie ich fälschlicherweise annahm, sondern ganz lautere Absichten hat. Einen Ehemann, der dreißig Jahre tot ist, kann man nicht betrügen.

Ich will Adela nach ihm fragen, nach Philip, ihrem verstorbenen Mann, dem sie jeden Tag endlos lange Briefe schreibt. Den sie liebt, nein, vergöttert, und mit dem sie so innig zusammenlebt, obwohl er doch längst nicht mehr bei ihr ist.

Ich bringe kein Wort über meine Lippen. Es ist zu

unvorstellbar. Dreißig Jahre ohne ihn. Nur die Briefe. Und dann wurde Adela auch noch ihre Familie genommen, alle bis auf Shaun. Wie hat sie es nur geschafft, bei solchen Schicksalsschlägen nie den Glauben an die Liebe zu verlieren? Wie konnte sie in all den Jahren die wundervollsten Romane schreiben? Bücher voller Hoffnung und Zärtlichkeit und immer mit einem glücklichen Ende.

"Lesen Sie ihn", sage ich und drücke Adela den Brief in die Hand. "Der Doktor ist ein wunderbarer Mann."

Sie wirft mir einen überraschten Blick zu, dann streckt sie eine zittrige Hand nach dem Umschlag aus. "Ja, das ist er", sagt sie langsam. "Zweifellos."

Ich stehe von der Bettkante auf und wende mich zum Gehen. Ich will Adela allein lassen, damit sie den Brief ihres Verehrers in Ruhe lesen kann. Vielleicht geschieht ja ein Wunder, und der Arzt kann mit den Worten, die er ihr geschrieben hat, ihr Herz erreichen. Vielleicht kann dieser Brief Adela doch noch dazu bewegen, leben zu wollen. Sich medizinisch betreuen zu lassen, wieder gesund zu werden, und dann ...

Kann es am Ende noch ein Happy End für die alte Dame geben? Eine neue Liebe, eine, die sich nicht in Briefen ins Jenseits erschöpft? Ich wünsche es ihr so sehr. Und Dr. Engelmann wünsche ich es auch. Die beiden würden bestimmt sehr glücklich miteinander werden.

Bevor ich das Zimmer verlasse, drehe ich mich doch noch einmal um. Eine Frage liegt mir noch auf den Lippen. "Warum haben Sie mich eigentlich eingestellt, Adela? Sie brauchen doch gar keine Sekretärin?"

Adela lässt den Brief sinken, den sie bereits zu lesen

begonnen hat. Sie sucht meinen Blick, dann lächelt sie kaum merklich. "Also ehrlich gesagt, eine Sekretärin brauchte ich tatsächlich nicht. Aber eine Gesellschafterin. Ich sehnte mich nach einer freundlichen Person, die sich um mich kümmert - und die nicht mein Enkel ist. Was Shaun mir übelgenommen hätte, das können Sie sich ja denken. Deswegen habe ich mich nach einer Sekretärin umgesehen. Das klang unverfänglicher, da konnte er nichts dagegen haben. Ich habe Sie eingestellt, damit er sich etwas mehr um sich selbst kümmert, mal raus kommt aus diesen Mauern, wieder zu leben beginnt. Anstatt mich ständig zu babysitten." Adelas Stimme erstirbt zu einem Flüstern. Ich sehe, wie sie eine Träne wegblinzelt.

"Und warum haben Sie mir dieses Buch übertragen? Ihren neuen Roman?"

"Weil Aphrodite es Ihnen zugedacht hat, es zu schreiben. Das habe ich Ihnen doch erzählt, nicht wahr?"

Ich weiß nicht, was ich darauf erwidern soll. Ich finde die Göttin, wie Adela sie mir beschrieben hat, zwar sehr anziehend, ihre wunderbaren Statuen im Park überaus romantisch - aber deswegen an ihre tatsächliche Existenz zu glauben? Oder gar daran, dass sie Macht über uns Menschen hat? Das fällt mir doch schwer.

Adela deutet meinen skeptischen Blick richtig. "Sie können es auch Schicksal nennen, wenn Sie mögen", sagt sie.

34.

Am nächsten Morgen treffe ich Shaun, als ich zum Frühstück in die Küche komme. Er sitzt vor einer Tasse schwarzem Kaffee und macht Smalltalk mit Stéphane, dem Koch.

"Ja, das Sommerwetter ist wirklich wunderbar im heurigen Jahr."

"Patricias Rosenstöcke blühen so üppig wie nie."

"Fisch zum Abendessen ist eine gute Idee, ganz hervorragend."

Und so weiter.

Shauns dunkle Augen scheinen tiefer in ihren Höhlen zu liegen als sonst. Seine braungebrannte Haut sieht fahl aus heute Morgen. Er wirkt, als habe er in der Nacht nicht allzu viel Schlaf gefunden.

Er sieht mich nicht an, als ich mich ihm gegenüber an den Küchentisch setze. Auch ich halte mich an der Tasse Kaffee fest, die Stéphane mir wortlos gereicht hat. Ich umklammere sie mit beiden Händen, genau wie Shaun es tut. Erst als mir das bewusst wird, ziehe ich eine Hand weg.

Stéphane scheint die Spannung zwischen uns zu spüren. Er murmelt etwas davon, dass er mal kurz in den Keller muss, um einige Vorräte zu überprüfen. Dann ist er auch schon verschwunden, und ich bin mit Shaun allein.

"Wie geht es dir?", frage ich ihn, weil mir absolut kein besserer Einstieg einfallen will.

"Gut", kommt es zurück. Höflich, aber distanziert. Als wären die letzten Tage zwischen uns nie passiert. "Dir?"

Ich nicke. Und weiß nicht, was ich als Nächstes sagen soll. Für eine Möchtegern-Schriftstellerin bin ich verdammt schlecht mit Worten, wenn es darauf ankommt. Wie kann ich Shaun darauf ansprechen, was gestern Nacht in der Bibliothek geschehen ist? Er scheint nicht gerade darauf zu brennen, mir eine Erklärung zu liefern. Und wie soll ich ihn erst nach seiner Vergangenheit fragen, wo er doch um keinen Preis darüber reden will, noch nicht einmal mit seiner geliebten Großmutter? Wenn ich ihm eine zu direkte Frage stelle, denkt er am Ende noch, Adela hätte mir etwas über ihn verraten. Und das hat sie ja nicht.

"Was habe ich falsch gemacht?", frage ich ihn schließlich geradeheraus. "Es ging um die Szene zwischen Jesus und Petrus, nicht wahr? Ich würde sie ja wieder streichen, aber Adela meint –"

Er fällt mir ins Wort. "Du hast nichts falsch gemacht, Theresa. Ich will einfach nicht weiter an der Geschichte arbeiten. Das ist alles. Ich kann sie nicht illustrieren. Außerdem braucht Großmutter mich jetzt. Sie muss so rasch wie möglich wieder gesund werden und –"

Weiter höre ich ihm nicht zu. *Ausreden, nichts als Ausreden*. Das ist uns wohl beiden klar. *Bloß nicht über das reden, worum es wirklich geht.* Ich stöhne innerlich auf. "Und was ist mit uns?", frage ich geradeheraus.

Eine Veränderung geht in Shaun vor. Seine kühle, höfliche Fassade beginnt zu bröckeln. "Es gibt kein uns", sagt er. "Wir hatten eine Nacht zusammen. Und ich sagte dir doch, dass ich dir nur Sex bieten kann. Ich habe dir nichts vorgemacht."

In seinen Augen lodert etwas auf, das ich nicht deuten kann. Zorn? Ein tiefer, schwelender Schmerz?

"Das hat doch für dich auch so gepasst, oder?", fährt er fort. "Schließlich hat Großmutter dich ja dafür eingestellt, nicht wahr? Genau wie die anderen."

"Bitte waaas?", entfährt es mir.

"Ach, tu doch nicht so unschuldig. Denkst du, ich checke es nicht? Sieh dich doch um, hier in der Burg arbeiten nur Supermodels. Patricia, Tanja, jetzt du. Ich bin neugierig: Wie hat meine Großmutter euch den Job verkauft? Mein schwermütiger Enkel braucht ein wenig Ablenkung?"

"Spinnst du? Ich –"

Doch Shaun lässt mich nicht zu Wort kommen. "Oh, bei dir hat sich Großmutter wahrlich selbst übertroffen. Du bist unwiderstehlich. Wunderschön, klug, begabt ... und einen Augenblick lang dachte ich echt, dass du dir etwas aus mir machst."

Er stockt. Jetzt bin ich es, die ihn wütend anfunkelt. Die am liebsten mit den Fäusten gegen seine ach so perfekten Brustmuskeln trommeln würde.

Doch das scheint ihn völlig kalt zu lassen. "Ich kann nicht glauben, wie spät ich es kapiert habe", fährt er fort. "Erst gestern, als mir klar wurde, dass dieser verfluchte neue Roman von *mir* handelt. Großmutter hat dich eingestellt, damit du das Buch mit mir schreibst, nicht wahr? Und das alles war nur ein Vorwand – ja, wofür eigentlich? Damit wir uns bei der gemeinsamen Arbeit näherkommen? Damit du meine neue Freundin wirst, die Großmutter mir ständig aufschwatzen will? Wirklich toll eingefädelt."

"Shaun, verdammt noch mal, das ist nicht wahr! Deine Großmutter hat mich als Sekretärin eingestellt. Alles andere war –" Ich suche verzweifelt nach den passenden Worten.

"Ja? Was denn?"

"Ach, vergiss es", schnaube ich.

Shaun kneift die Augen zusammen, wodurch sie noch dunkler wirken. Nachtschwarz und undurchsichtig. "Mein Angebot steht noch", sagt er. "Die Abfertigung, erinnerst du dich? Ein Jahresgehalt, wenn du von hier verschwindest. Sekretärin braucht Großmutter jetzt ja keine mehr. Die hat sie nie gebraucht."

"Danke", fauche ich, "aber steck dir dein Geld sonst wo hin. Ich werde Adela jetzt nicht im Stich lassen, wo sie so krank ist. Ich werde dieses Buch für sie schreiben, weil das ihr größter Wunsch ist. Den ich genauso wenig verstehe wie du. Keine Ahnung, warum sie ausgerechnet aus dir eine Buchfigur machen wollte. Aber darauf kommt es nicht an. Sie ist meine Arbeitgeberin, und wenn sie will, dass ich für sie schreibe, so tue ich das. Punkt, Ende."

Er will etwas sagen, aber diesmal bin ich diejenige, die einfach weiterredet. Auch wenn ich mich um einen sanfteren Tonfall bemühe. "Ich hatte keine Ahnung, dass Adela dich zum Vorbild für Jonas genommen hat. Das schwöre ich dir. Ich wusste kein Wort über deine Vorgeschichte. Über das, was dir widerfahren ist, das dich so –" Ich gerate ins Stocken. "Das dich so werden hat lassen, wie du bist."

Shaun starrt mich schweigend an. Ich sehe, dass er mit sich hadert, ob er mir nicht vielleicht doch glauben soll. Doch kein Wort kommt über seine Lippen. Die Muskeln in seinem Körper bleiben angespannt. Er ist auf der Hut.

"Bitte, rede mit mir. Was hat das alles zu bedeuten? Was hat diese Bibelstelle zwischen Petrus und Jesus mit dir zu tun? Warum hat dich das so getroffen?"

Shauns Stirn legt sich in tiefe Falten. Seine Augen werden zu noch engeren Schlitzen. Aber seine Lippen bleiben verschlossen.

"Du kannst mir vertrauen", sage ich. "Das zwischen dir und mir, das war nicht nur Sex. Das weißt du genauso gut wie ich."

"Dir vertrauen?", wiederholt Shaun gedehnt. "Man kann keinem Menschen vertrauen. Am Ende wirst du doch nur enttäuscht und bist auf dich allein gestellt. Nicht einmal Jesus Christus konnte seinen Jüngern vertrauen. Das haben wir uns ja erst gestern wieder in Erinnerung gerufen. Und der war, verdammt noch mal, Gottes Sohn, nicht wahr?"

Mit diesen Worten steht er ruckartig auf, trägt seinen Kaffeebecher zur Spüle und wendet sich zum Gehen.

"Shaun?"

"Was denn noch?"

"Ich habe nicht mit dir geschlafen, weil deine Großmutter mich dafür bezahlt hat. Sie hat mich wirklich bloß als Sekretärin eingestellt, nicht als Freundin oder sonstwas für dich. Ich bin nämlich keine Nutte, ganz egal ob du mir das glaubst oder nicht."

Er sieht mich einen Moment lang schweigend an. Dann sagt er: "Wie auch immer", dreht sich um und verschwindet.

35.

In den nächsten Tagen verschlechtert sich Adelas Gesundheitszustand noch weiter. Dr. Engelmann ist praktisch in der Burg eingezogen, ich treffe ihn zu jeder Tages- und Nachtzeit auf dem Flur, in der Küche oder wenn ich bei Adela vorbeischaue.

Wie es aussieht, ist sie nach wie vor nicht bereit, sich in ein Krankenhaus bringen zu lassen, und der Arzt scheint sich damit abgefunden zu haben. Wenn ich ihn an Adelas Bettkante antreffe, hält er ihre Hand wie ein guter Freund, nicht wie ein medizinischer Betreuer. Und der Blick in seinen Augen ist der eines Mannes, der gerne unendlich viel mehr sein möchte als bloß ein Freund.

Shaun geht mir aus dem Weg, oder zumindest kommt es mir so vor. Wenn wir uns doch einmal begegnen, ist er höflich, kurz angebunden, und dabei so sachlich, dass es mir die Kehle zusammenschnürt. Anscheinend hat er seiner Großmutter verziehen, was immer es seiner Meinung nach zu verzeihen gibt. Gemeinsam mit Dr. Engelmann betreut er sie praktisch rund um die Uhr. Ich treffe ihn auf dem Gang, wie er Getränke bringt, kräftigende Suppen und duftende Süßspeisen von Stéphane, Bücher, Zeitschriften ... was immer seine Großmutter nur brauchen könnte. Und wenn sie gerade schläft oder sich ein wenig ausruht, so finde ich ihn mit Dr. Engelmann in flüsternde Gespräche auf dem Gang vertieft, bei denen beide Männer dreinblicken, als hätten sie Adela bereits für immer verloren.

Adela ist nicht einverstanden damit, dass Shaun so an ihrem Krankenbett klebt. Aber sie ist zu schwach, um noch groß zu protestieren. Sie versucht immer wieder, ihn wegzuschicken, hält ihm vor, dass sein eigenes Leben auf ihn wartet und er nicht an ihrem Krankenbett versauern soll. Dass er sich doch zumindest einmal eine Pause, ein wenig Freizeit gönnen soll.

Doch Shaun denkt nicht daran. Er ist genauso stur wie Adela selbst, die sich ebenso strikt weigert, in ein Spital zu gehen. "Ich will zu Hause sterben, hier in meinem Bett." Das ist alles, was man von ihr zu diesem Thema noch zu hören bekommt.

Tanja schwänzelt um Shaun herum. Sie lauert ihm förmlich auf, vor Adelas Zimmer, als müsse sie in diesem speziellen Gang dreimal am Tag staubsaugen. Anscheinend hat sie nur darauf gewartet, dass ich endlich aus dem Weg bin.

Hat Shaun doch Recht, wenigstens was Tanja anbelangt? Hat Adela sie eingestellt, um ihn zu verführen? Wenn ja, so nimmt Tanja ihren Job sehr ernst. Sie wirkt verdammt engagiert. Und ich war ihr wohl von Anfang an ein Dorn im Auge.

Immerhin schenkt Shaun ihr noch weniger Beachtung als mir. Ein schwacher Trost für mich. Er verbringt jede freie Minute bei Adela, wann immer sie es zulässt, und widmet sich ansonsten mit größerem Eifer denn je seinem sportlichen Training. Vor allem nachts unternimmt er Radtouren, Waldläufe und ausgedehnte Wanderungen, von denen er erst in den frühen Morgenstunden wieder heimkehrt. Und wenn er gerade einmal nicht unterwegs ist und doch zu Bett geht, so höre ich ihn schreien. Selbst durch die dicken

Mauern der alten Burg hindurch. Was das anbelangt, hat Tanja nicht gelogen. Anscheinend quälen ihn tatsächlich die finstersten Albträume.

Ich kann seine Schreie hören, weil ich selbst kaum Schlaf finde, stundenlang auf der Terrasse vor meinem Zimmer sitze und ins Nirgendwo starre. In die Baumwipfel des Parks oder nachts in die Milchstraße, die man bei klarem Wetter sehen kann. So dunkel ist es hier, in dieser vergessenen Ecke der Welt.

Shauns Anschuldigung, Adela habe die Frauen, die in der Burg arbeiten, nur seinetwegen eingestellt, will mir einfach nicht aus dem Kopf. Ich kann Tanja nicht ausstehen, das gestehe ich gerne ein, aber dennoch ist sie gut in ihrem Job als Haushälterin. Die riesige Burganlage strahlt nur so vor Sauberkeit, egal in welchen dunklen Winkel oder scheinbar ungenutzten Gang man sich verirrt. Und Patricia hält den Garten in einem ebenso makellosen Zustand.

Und ich? Ich kann nicht glauben, dass Adela mich wegen ihres Enkels eingestellt hat. Die Geschichte, die sie mir aufgetischt hat, dass sie eine Gesellschafterin wollte, um Shaun zu entlasten, das klang zumindest glaubwürdig.

Vielleicht fiel Adelas Personalauswahl einfach ganz zufällig auf drei attraktive Frauen – wenn ich mich einmal in diese Kategorie miteinschließen will. So kann es doch gewesen sein, oder etwa nicht?

Während ein Tag nach dem anderen verstreicht, versuche ich, mich auf meine Arbeit zu konzentrieren. Ich mühe mich verzweifelt, mit dem Buch weiterzukommen, die Story auszubauen – aber es will mir nicht gelingen. Ohne Shaun bin ich anscheinend als Schriftstellerin nicht zu gebrauchen.

Er fehlt mir. Er war meine Inspiration, mein Partner in dem Projekt – und ja, mein Vorbild für die Liebe zwischen Jonas und Bernadette. Wenn er nur mit mir im Raum war und an seinen Bildern arbeitete, dann genügte mir das schon. Jetzt ist da, wo zuvor er war, nichts als Leere. Keine Ideen, keine Kreativität, keine Story.

Wann immer ich bei Adela vorbeischaue, fragt sie mich nach dem Buch. "Wie geht es voran? Ist es bald fertig?"

"Es ist schwierig. Es geht nur langsam weiter", sage ich ihr. Aber das ist gelogen. In Wahrheit bin ich noch an genau der gleichen Stelle, an der Shaun alles hingeschmissen hat. Keine Zeile weiter. Aber das Adela jetzt in ihrem Zustand zu gestehen, das kommt einfach nicht in Frage. Es würde sie zu sehr belasten, ihre ohnehin schon so fragile Gesundheit womöglich noch weiter verschlechtern. Ich bringe es einfach nicht übers Herz, ihr mein Versagen einzugestehen.

Ich verbringe viele Stunden in der Bibliothek, sitze mit Notizbuch und Stift bewaffnet in Adelas Ohrensessel und warte verzweifelt darauf, dass die Worte zu mir kommen. Ich kritzle herum, um den Schreibfluss in Gang zu bringen, aber nichts und niemand spricht zu mir. Nicht Jonas, nicht Bernadette, noch nicht einmal die kritische Stimme meines eigenen Unterbewusstseins.

Ich unternehme lange Spaziergänge durch den Wald und den herrlichen Park der Burg, streune ziellos umher, spreche zu Freya, die stolz und scheinbar unbesiegbar in ihrem Katzenwagen sitzt, und zu Aphrodite, die so unbeschwert mit ihrem Delphin spielt. Doch auch die beiden Göttinnen bleiben stumm. Es ist tröstlich, in ihrer Nähe zu sein, ich fühle mich geborgen, aber mit der Story, mit dem Buch, das

Adela sich so sehnsüchtig wünscht, helfen sie mir nicht weiter. Nicht ein Wort.

In der Eingangshalle ertappe ich mich öfters dabei, dass ich eine gute halbe Stunde lang vor einem von Milos Meistergemälden verharre, egal wohin ich gerade unterwegs bin. Es ist ein Bild, in dem Venus um den toten Adonis weint. Die Göttin hält den wunderschönen Jüngling, den sie über alles geliebt hat, in ihren Armen und sieht dabei so sterblich aus wie jede andere Frau, deren Herz schon einmal in tausend Scherben zersprungen ist. Nicht einmal die Göttin der Liebe höchstpersönlich ist vor diesem Schmerz gefeit.

Aber ich liebe Shaun doch nicht, oder? Es ist verrückt, ich kenne ihn kaum, wir haben zusammen an einem Liebesroman gearbeitet, das ist doch alles? Und wir hatten eine Nacht Sex. Unglaublich leidenschaftlichen, intensiven, zärtlichen Sex.

Anscheinend habe nur ich das so gesehen. Für ihn war es einfach bloß Sex. Von der regulären Sorte? Vielleicht kennt er ja keinen anderen, was weiß ich. Der Glückliche. Und jetzt glaubt er auch noch, dass seine Großmutter mich dafür bezahlt hat. Dass sie mich extra zu diesem Zweck eingestellt hat.

Ich will Shaun schreiben. Da ist so viel, das ich ihm sagen möchte, so viele Fragen, die ich ihm stellen will. Ich beginne hundert Mal, schreibe seitenlange Briefe, zerreiße sie wieder, beginne erneut.

Ich träume davon, genau die richtigen Worte zu finden. Worte, die ihm ein für alle Mal klar machen, was zwischen uns ist. Was er mir bedeutet, was ich ihm sein will. Und wenn dieser eine, dieser alles klärende Brief fertig ist, so möchte ich ihn Shaun nicht bringen, sondern will ihn einfach auf meinem Kissen liegen lassen, kurz im Bad verschwinden, und wenn ich zurückkehre ... Dann ist Shaun da, in meinem Zimmer, er sitzt an der Bettkante und liest den Brief. Er blickt auf, als ich den Raum betrete, unsere Blicke treffen sich, er muss nichts sagen, mich bloß auf seine unwiderstehliche Art anlächeln und seine Arme für mich öffnen.

Aber das wird nicht passieren.

Ich vermisse dich, schreibe ich letzten Endes auf ein leeres Blatt Papier. Nur diese drei Worte. Das könnte ich ihm auch per SMS schicken, aber ich nehme Briefpapier. Ich laufe quer durch die Burg, ohne mich ein einziges Mal zu verirren, und schiebe die Nachricht unter der Tür des Wehrturms durch, den Shaun bewohnt.

36.

Die Tage verstreichen, aber ich erhalten keine Antwort auf meinen Brief. Auch sonst bekomme ich Shaun kaum zu Gesicht. Nur wenn ich Adela auf ihrem Zimmer besuche, ist er meist dort. Sobald ich den Raum betrete, verabschiedet er sich von seiner Großmutter und lässt uns allein. Nur um später zurückzukehren, sobald ich wieder fort bin.

Ich kann ihm ansehen, wie sehr er sich um seine Großmutter sorgt, und manchmal bilde ich mir ein, dass er mich bei unseren kurzen Begegnungen mit einem Blick ansieht, der voller Sehnsucht ist. Vermutlich ist das reines Wunschdenken von mir.

Am einem drückend heißen Morgen sitze ich bei Stéphane in der Küche, der gerade einen himmlisch duftenden Zitronenkuchen mit leuchtend roten Streuseln verziert. Adela isst diesen Kuchen am liebsten, wie er mir erklärt.

Es ist erst mein neunter Tag auf der Burg und dennoch könnte ich schwören, dass ich schon mein halbes Leben hier wohne. Stéphane hat sich in den letzten Tagen verändert. Sein Gesicht wirkt abgezehrt, er spricht immer weniger und verbringt immer mehr Zeit in der Küche. Wo er sich mit stets noch köstlicheren Rezepten jeden Tag selbst übertrifft. Aber Adela berührt die Speisen kaum mehr. Sie isst mit dem Appetit eines Vogels und auch das scheinbar nur Stéphane und Dr. Engelmann zuliebe.

"Wie lange arbeitest du schon für Adela?", frage ich den Koch, um das drückende Schweigen in der Küche zu brechen.

Stéphane blickt von seiner Arbeit auf. Mit kritischem Blick beäugt er den Kuchen, scheint mit der Dekoration unzufrieden, dann erst wendet er sich mir zu. "Achtzehn Jahre", sagt er.

"Das ist ganz schön lange. Adela hat großes Glück." Ich versuche ein Lächeln.

"Ich bin es, der Glück hat", widerspricht mir Stéphane. "Ich verdanke Adela –" Er unterbricht sich, scheint nach den richtigen Worten zu suchen. "Ich verdanke ihr einfach alles, was schön und gut in meinem Leben ist. Wenn ich ihr nicht begegnet wäre –"

Seine Augen wandern einen Moment lang ziellos durch den Raum, er lächelt verträumt vor sich hin, dann wendet er sich wieder der Verschönerung seines Kuchens zu.

"Bist du denn nie einsam hier auf der Burg?", frage ich ihn. "Mit deinen Fähigkeiten könntest du doch überall auf der Welt arbeiten. In Haubenrestaurants, Luxushotels oder etwas in der Art. Reizt dich das nicht?"

"Einsam?", wiederholt Stéphane. Sein Lächeln wird breiter und dann blickt er mir direkt in die Augen. "Nein, ich bin nicht einsam. Und das verdanke ich allein Adela."

Er nimmt noch ein paar letzte Korrekturen an der Dekoration des Zitronenkuchens vor, dann wischt er sich die Hände an seiner Schürze ab und kramt eine abgegriffene Geldbörse aus der Gesäßtasche seiner Hose. Vorsichtig zieht er eine Fotografie heraus, die aussieht, als wäre sie bereits tausend Mal durch seine Hände gegangen.

Er streckt mir das Bild entgegen. Es zeigt eine junge, blonde Frau, mit wilden Locken und einem strahlenden

Lächeln im Gesicht.

"Das ist Andrea", sagt Stéphane voller Stolz. "Meine Frau. Sie betreibt eine Konditorei in Zwettl und wir wohnen in einem alten Jagdhaus, das wir gemeinsam restauriert haben. Nur knapp drei Kilometer von hier entfernt."

"Und das verdankst du Adela? Deine Ehe?"

Stéphane nickt und betrachtet zärtlich die Fotografie.

"Hat sie euch beide einander vorgestellt oder wie?"

"Viel mehr als das. Sie hat ein Buch für uns geschrieben."

"Was? Im Ernst? Sie hat ein Buch aus eurer Liebesgeschichte gemacht?"

"Nein. Das Buch kam zuerst. Dann die Liebe."

Ich gucke Stéphane verständnislos an.

"Vielleicht möchtest du es ja mal lesen. Es ist ein ganz wunderbarer Roman. Er heißt *Heartbeat*."

Ich kann nicht glauben, was Stéphane da sagt. "*Heartbeat*? Aber das Buch hab ich schon gelesen! Ich habe es sogar für meinen Blog rezensiert."

Stéphane grinst mich breit an. "Und, hat´s dir gefallen?"

"Oh, und wie! Ich habe es förmlich verschlungen. Aber ich verstehe nicht, wie das deine Geschichte sein soll? Das ist doch ein historischer Roman, der an einem Fürstenhof spielt? Und das Liebespaar sind der Hofkomponist und eine begnadete junge Geigerin, die ihr Gehör verliert, bis –"

"– bis der Komponist sie mit seiner Liebe an Körper und Seele heilt, und das erste, was sie wieder hören kann, sein Herzschlag ist", führt Stéphane meinen Satz zu Ende.

"Ja, genau. Ich bin sowas von dahin geschmolzen bei dieser Vorstellung. So eine wunderbare Idee. Aber du und deine Frau, ich verstehe nicht …"

Stéphane lächelt mich kryptisch an. "Das ist Adelas besondere Magie", sagt er. "Sie verwandelt die Wirklichkeit in eine Zauberwelt, in der alles ein bisschen anders ist. Aber doch ähnlich. Als Andrea und ich uns kennenlernten, hatte sie eben ihre eigene Konditorei eröffnet. Nicht weit von hier, in Zwettl. Sie ist eine echte Künstlerin, sie hat schon in ganz jungen Jahren internationale Preise für ihre Tortenkreationen gewonnen. Aber dann erkrankte sie plötzlich, sehr schwer, sie wäre beinahe gestorben, und was für sie vielleicht das Allerschlimmste war: sie verlor in Folge der Krankheit für lange Zeit ihren Geruchsinn. Ich war zwar damals schon in sie verliebt, aber das war mir selbst nicht klar. Und Andrea wollte von einer Beziehung überhaupt nichts wissen. Bis Adela das Buch schrieb."

Langsam begreife ich. Für eine Konditorin war der Geruchsinn vermutlich so essenziell wie für eine Geigerin ihr Gehör. Aber was war danach geschehen? Hatte Stéphane Andrea gerettet, sie geheilt?

Ich brenne darauf, zu erfahren, wie die Geschichte weiterging, aber Stéphane gibt mir keine Gelegenheit, ihn danach zu fragen.

"Ich weiß selbst nicht genau, wie Adelas Bücher funktionieren", sagt er. "Das hat sie mir nie verraten. Ich weiß nur, dass sie mich zum glücklichsten Mann der Welt gemacht hat. Und dafür bekommt sie jetzt ihren Lieblingskuchen. Entschuldige mich bitte."

Er lässt das Foto seiner Frau in die Geldbörse zurückgleiten und verstaut diese wieder in seiner Hose. Mit geschickter Hand schneidet er zwei Stücke aus dem herrlich duftenden Zitronenkuchen heraus. Er richtet sie auf einem

Porzellanteller an, legt eine kleine silberne Gabel dazu, dann bindet er sich die Schürze ab und schnappt sich ein Serviertablett. "Greif ruhig zu", sagt er und deutet auf den Kuchen. Dann verschwindet er aus der Küche.

37.

Ich bleibe mit einem Kopf voller Fragen zurück. Und dem verführerischen Kuchenduft in meiner Nase. Meinem Geruchsinn geht es bestens, keine Frage.

Ich schneide mir ein großes Stück aus der zartgelben Köstlichkeit heraus und schwebe im siebten Himmel, während ich es verdrücke. Stéphanes Frau mag ja eine begnadete Konditorin sein, aber er kann ihr in der Backkunst kaum nachstehen. Darauf würde ich ihm ohne Zögern Brief und Siegel geben.

Muss ich erwähnen, dass es nicht bei einem Stück Kuchen bleibt? Als Stéphane danach noch immer nicht zurückgekehrt ist, verstaue ich meinen Teller im Geschirrspüler und mache mich auf den Weg in die Bibliothek. Ich muss mir unbedingt noch einmal eine Ausgabe von *Heartbeat* angucken.

Etienne und Isabelle, so heißt das Liebespaar in dem Buch. Die Geschichte ist mir noch frisch in Erinnerung. Sogar auf meinem Blog habe ich Kommentare bekommen, dass Leserinnen das Buch förmlich verschlungen haben. Was mir noch nie passiert ist. Kommentare auf meinem Blog!

Ich hole mir eine Taschenbuchausgabe aus dem Regal und blättere sie durch. Ich überfliege noch einmal die Szenen, die mir besonders gut gefallen haben, bleibe an manchen Stellen hängen und werde wieder in die Geschichte hineingezogen. Adelas Schreibstil ist so leicht, luftig und verführerisch wie Stéphanes Zitronenkuchen.

Etienne und Isabelle. Ist Etienne nicht eine französische

Version von Stefan? Genau wie Stéphane. Ich hatte Französisch nur zwei Jahre lang in der Schule und habe das meiste vergessen. Ich hole mein Handy hervor, rufe den Browser auf, und das allwissende Google bestätigt meine Vermutung. *Etienne* und *Stéphane* sind der gleiche Name.

Isabelle hingegen bedeutet sicher nicht *Andrea*, aber wenn das Buch tatsächlich vor der Liebe kam, so wusste Adela damals vielleicht noch nicht, in wen Stéphane sich verlieben würde. Im realen Leben. Außerdem war er ja ihr Koch, sie schrieb das Buch für ihn, während sie Andrea vielleicht gar nicht kannte. Aber wie kam sie dann auf die Geigerin, die ihr Gehör verlor? Ähnelte die Geschichte von *Heartbeat* nur durch Zufall derjenigen der jungen Konditormeisterin?

Ich blättere auf die Seite mit der Widmung zurück. Wie bei allen von Adelas Romanen findet sich hier kein voller Name, nur ein Anfangsbuchstabe.

Für S.

Das passt.

S. für Stéphane, wenn Adela diesen Roman wirklich für ihren Koch geschrieben hat. Wenn dieses Buch in Wahrheit seine Liebesgeschichte ist.

Aber nein, halt, so war es ja eben nicht. *Das Buch kam zuerst, dann die Liebe.* Ich begreife diese Aussage Stéphanes noch immer nicht. Wie soll denn das möglich sein? Adela kann doch nicht Stéphanes Lovestory zu Papier gebracht haben, bevor sie sich ereignet hat?

Adelas ganz besondere Magie … So hat der Koch es ausgedrückt. *Ich weiß selbst nicht genau, wie ihre Bücher funktionieren.*

Seine Worte ergeben keinen Sinn. Bücher *funktionieren*

doch nicht, oder?

Es sei denn ...

Eine ganz besondere Magie?

Das kann Stéphane doch unmöglich ernst meinen, oder doch? Hat er von echter Magie gesprochen? Von einem Zauber?

Adelas Koch wirkt wahrlich nicht wie ein Träumer oder Fantast. Sondern wie ein Mann, der mit beiden Beinen im Leben steht, und dem man bestimmt kein X für ein U vormachen kann. Aber er scheint allen Ernstes zu glauben, dass er seine Liebe Adela verdankt. Oder genauer gesagt Adelas Buch. *Heartbeat. Das vor der Liebe kam.*

Ich muss an den Abend zurückdenken, an dem ich den Brief in einem von Adelas illustrierten Büchern gefunden habe. Es muss jetzt fast eine Woche her sein. Oder besser gesagt: erst eine Woche. Mein Zeitempfinden hat sich völlig aufgelöst, seit ich auf der Burg bin. Seit ich für Adela arbeite.

Welches Buch ist es noch einmal gewesen, in dem ich den glühenden Dankesbrief gefunden habe? Ich lege *Heartbeat* beiseite und gehe zum Vitrinenschrank mit den illustrierten Ausgaben hinüber. Ich muss ein paar Bände durchsehen, doch dann finde ich, was ich suche. *The Fiery Passion of My Heart.* Die feurige Leidenschaft meines Herzens. Ja, genau, das war es.

Das Kuvert liegt noch da, wo ich es zurückgelassen habe. Auf der Widmungsseite des Buches. Ich ziehe den einzelnen Briefbogen heraus und überfliege noch einmal die Worte, die Karoline Stralitzky aus Wien an Adela gerichtet hat.

Du hast mir mit diesem Buch, mit deiner Gabe, das Leben

gerettet, meine geliebte Freundin. Wie kann ich dir je dafür danken?

Die Widmung des Buches lautet *Für K.*

Jetzt bin ich mir sicher, dass das kein Zufall sein kann. K. muss für Karoline stehen. Ist *The Fiery Passion of My Heart* Karolines Roman, so wie *Heartbeat* der von Stéphane ist?

Ich habe *The Fiery Passion of My Heart* noch nicht gelesen, und ich kenne auch Karoline Stralitzky nicht. Ich blättere durch die Seiten, stelle fest, dass das Buch in London spielt, nicht in Wien, aber das hat nichts zu sagen. Die Heldin, deren Geschichte erzählt wird, heißt Carrie.

Erneute konsultiere ich auf meinem Handy die Suchmaschine von Google, aber eigentlich kenne ich die Antwort bereits. Carrie ist eine Kurzform von Caroline. Englisch für Karoline.

Du hast mir mit diesem Buch, mit deiner Gabe, das Leben gerettet. So hat Karoline sich in ihrem Brief bei Adela bedankt. Stéphane hat es fast mit denselben Worten ausgedrückt. *Ich verdanke Adela alles, was schön und gut in meinem Leben ist.*

In diesem Augenblick begreife ich es. Was es mit Adelas jüngstem Roman auf sich hat. Dem neunundneunzigsten Buch, das um jeden Preis noch geschrieben werden soll, vor ihrem Tod. Die Erkenntnis trifft mich wie ein gut gezielter Schlag in die Magengrube.

Ich höre Shauns Stimme in meinen Ohren, liege in meiner Erinnerung wieder in seinen Armen, nachdem wir uns geliebt haben, in unserer einzigen gemeinsamen Nacht. *Nur Sex*, wie er es ausgedrückt hat. "Ich mag deinen Namen", höre ich mich flüstern, und er erklärt mir, dass Shaun die irische Version von Johannes ist.

Johannes ... Jonas ... klingt das nur ähnlich? Ist das ein Zufall?

Ich kenne die Antwort bereits, auch wenn ich sie nicht in ihrer vollen Tragweite begriffen hatte. Der Mann, der im Roman Jonas heißt, ist Shaun nicht nur ähnlich. Adela hat sich nicht bloß von ihrem Enkel zu dieser Figur inspirieren lassen. Sie hat viel mehr getan, als sich ungefragt sein Schicksal zum Vorbild zu nehmen.

Jonas *ist* Shaun.

Das Buch, das ausgerechnet ich schreiben soll, ist Shauns Buch. Es soll für ihn das sein, was *Heartbeat* für Stéphane war, oder *The Fiery Passion of My Heart* für die mir unbekannte Karoline. Es ist nicht einfach ein Roman wie jeder andere, nein, dieses Buch soll etwas *bewirken*. Adela will ihrem Enkel damit ein letztes Geschenk machen. Ihm das Wertvollste geben, was in ihren Augen existiert: die Liebe. Fürs wahre Leben.

Eine Art von Magie ...

Ich stehe in Adelas Bibliothek, vor den raumhohen Buchregalen, und kann mich nicht bewegen. All die Romane, die ich hier vor mir habe, jeder einzelne von ihnen, ist einem Menschen gewidmet, immer nur in der Form einer Initiale. Steckt hinter jedem dieser Buchstaben ein echtes Schicksal? Ein echter Mensch, dem Adela mit dem jeweiligen Roman zu seinem Liebesglück verhelfen wollte? Dem sie geholfen *hat*? Kann das wirklich funktioniert haben, wie bei Stéphane oder Karoline? Diese beiden scheinen davon absolut überzeugt zu sein.

Adela Bentley hat Millionen Leser, aber wie es aussieht, hat sie ihre Romane tatsächlich nur für jeweils einen Menschen geschrieben. Für achtundneunzig von ihnen, um genau zu sein. Oder besser gesagt neunundneunzig, wenn man Shaun dazu zählt. Shaun, für den die Liebe nur noch eine Illusion ist. Der seine Familie verloren hat, seine Ehefrau und was vielleicht das Schlimmste ist: die Fähigkeit, noch irgendjemandem zu vertrauen. Für ihn existiert die Liebe, das Glück nur noch zwischen den Buchdeckeln seiner Großmutter. In einer Scheinwelt. Im wahren Leben bleibt nichts, bloß noch Sex, der nichts bedeuten darf.

Adela will ihren Enkel mit dem Buch retten. Vor der Einsamkeit, vor einem Leben ohne Liebe, das unweigerlich in Verzweiflung enden muss. Deswegen muss der Roman unbedingt fertig werden, bevor sie diese Welt verlässt. Sie will nicht gehen, bevor ihr Enkel nicht sein Glück gefunden hat. Auch wenn der davon absolut nichts wissen möchte. Jetzt endlich begreife ich es.

Und ich habe dieses Buch ruiniert. Ich habe die Story gegen die Wand gefahren, ich stecke fest, habe keine Ahnung, wie ich den Roman je vollenden soll. Wie ich Jonas und Bernadette ein Happy End schenken kann.

Warum hat Adela dieses wichtigste aller Projekte ausgerechnet mir anvertraut? Weil die Göttin es so vorsah, wie sie mir weismachen wollte? Venus, Aphrodite, Freya, oder wie immer ihr Name sein mag? Das ist doch keine Antwort! Ich bin bloß Adelas Sekretärin, seit noch nicht einmal zwei Wochen, und mein Schreibtalent ist etwas, das nur in ihren Augen existiert.

Ich brauche eine Erklärung. Etwas Konkretes, etwas

Greifbares. Keine Mythologie. Adela muss mir endlich die Wahrheit sagen. Ich muss mit ihr sprechen, und das so rasch wie möglich. Ich kann nur hoffen, dass sie gesundheitlich dazu noch in der Lage ist.

38.

Ich finde Adela nicht in ihrem Schlafzimmer. Ich sehe in dem direkt daran angrenzenden kleinen Wohnsalon nach, doch auch der liegt still und verlassen da. Wo kann Adela nur stecken? Sofort befürchte ich das Schlimmste, ihr wird doch nichts zugestoßen sein? Oder haben Shaun und Dr. Engelmann sie nun doch überredet und in ein Krankenhaus gebracht?

Die beiden finde ich ebenso wenig in der Burg wie Adela. Ich überlege, in Shauns Wehrturm nachzusehen. Wie schon erwähnt, stecken die zwei Männer in letzter Zeit viel zusammen, auch wenn Adela endlich einmal für sich bleiben will oder sich ein wenig ausruht. Die gemeinsame Fürsorge um den geliebten Menschen scheint Shaun und den Arzt zu vereinen. Aber an Shauns Tür will ich dann doch nicht klopfen.

Ich laufe in den Park der Burg hinaus. Vielleicht hat Adela es sich einfach nur auf ihrer Gartenliege im Schatten der alten Bäume bequem gemacht, wie sie es so gerne tut.

Aber auch im Garten finde ich nirgendwo eine Spur meiner Chefin. Die einzige Menschenseele, die ich antreffe, ist Patricia, die mit der Gartenschere verträumt an einigen Rosenstöcken herumschnippelt. "Hast du Mrs. Bentley gesehen?", frage ich sie. "Ist sie irgendwo hier im Park?"

Patricia nickt, doch im nächsten Moment schüttelt sie den Kopf.

"Was denn nun?", frage ich entnervt und entschuldige mich im nächsten Moment bei der Gärtnerin für meinen ruppigen Ton. "Sorry, bin etwas unrund", murmle ich.

Patricia schenkt mir ein flüchtiges Lächeln. "Kein Problem."

Shaun hat recht, Patricia steht Tanja in punkto guten Aussehens in nichts nach. Weil sie nicht so verbiestert drein guckt, finde ich sie sogar noch wesentlich schöner. Aber jetzt ist nicht der Zeitpunkt für solche Betrachtungen. "Adela?", frage ich noch einmal. "Wo steckt sie denn nun? Hast du sie gesehen?"

"Hier entlang", sagt Patricia. Sie legt ihre Gartenschere beiseite und bedeutet mir, ihr zu folgen. "Ich habe Mrs. Bentley vorhin gesehen", sagt sie, während ich neben ihr über den perfekt gepflegten Rasen laufe. "Vielleicht ist sie ja noch da."

Sie führt mich auf die Rückseite der Burg, zu einer Stelle, an der die alten Mauern fast zur Gänze durch große Terrassentüren ersetzt sind. Eine davon steht offen, und zarte gelbe Vorhänge bauschen sich in der warmen Brise des Sommertags.

Patricia bleibt stehen, bevor wir die Terrasse erreicht haben. "Sie ist noch da", sagt sie und nickt mit dem Kopf auf eine Gestalt, die hinter den Glasscheiben zu erkennen ist. Eine alte Dame, die in einem samtbezogenen Fauteuil direkt hinter dem Fenster sitzt. Und einen Brief liest.

Es ist Adela. Sie ist umgeben von raumhohen Regalen aus schön poliertem dunklem Holz. Auf den Regalbrettern jedoch finden sich keine Bücher, sondern lediglich etwas, das nach gestapelten Papieren aussieht.

"Was ist das für ein Zimmer?", frage ich Patricia.

Die Gärtnerin zuckt mit den Schultern. "Soweit ich weiß, war das ursprünglich das Arbeitszimmer von Philip

Bentley. Oder sein Lesezimmer. Etwas in der Art. Philip war Adelas Mann", fügt sie hinzu. "Er ist lange verstorben. Aber Mrs. Bentley hat nichts an dem Raum verändert, und sie kommt noch immer gern hierher. Zum Lesen. Briefe und so."

Ich bedanke mich bei Patricia, die sich sofort auf den Rückweg macht, dann stehe ich einen Augenblick zögernd auf der Terrasse. Kann ich hier einfach so eindringen, wenn Adela sich endlich einmal einen Moment für sich gestohlen hat?

Du musst, sage ich mir. Ich brauche Antworten auf die Fragen, die mir auf der Seele lasten. Ich möchte endlich verstehen, was es mit dem Buch auf sich hat, an dem ich arbeite. Oder besser gesagt: an dem ich scheitere.

Ich gehe auf die offene Terrassentür zu, klopfe vorsichtig an die Scheiben, dann stecke ich meinen Kopf in den Raum.

Adela blickt erstaunt hoch, ein paar Sekunden vergehen, bis sie mich erkennt, dann jedoch nickt sie mir mit einem schwachen Lächeln zu. "Ach, Sie sind es, Theresa. Kommen Sie doch herein, meine Liebe."

Ich erschrecke fast bei ihrem Anblick. Sie ist nur noch ein Schatten jener Frau, die ich vor noch nicht einmal zwei Wochen kennengelernt habe. Ihre Wangen sind abgezehrt, die wasserblauen Augen tief in ihre Höhlen gesunken, nur das schneeweiße Haar umspielt noch schimmernd ihre Schultern.

Mit einem Mal erkenne ich auch, was da in den Regalen lagert, die die gesamten Wände des Raums bedecken. Es sind nicht irgendwelche Papiere, sondern Stapel über Stapel von Briefkuverts. Ich muss zwei Mal hinsehen, aber ja, ich habe recht. Briefkuverts. Es müssen tausende sein.

"Theresa? Ist alles in Ordnung mit Ihnen? Sie wirken so aufgewühlt." Adela sieht mich besorgt an, als wäre ich die Patientin, um die man sich sorgen muss. Nicht sie selbst.

"Ich ... Mir geht es gut, danke."

Ich kann nicht glauben, was ich vor mir habe. Was dieser mit Kuverts angefüllte Raum darstellt. Und doch begreife ich es in diesem Augenblick.

Wenn Philip früher dieses Zimmer nutzte und ihm Adela seit Jahrzehnten Briefe schreibt, die sie ihm ja nicht wirklich zustellen kann, weil er längst verstorben ist, so muss man sich unweigerlich die Frage stellen, wo all diese Korrespondenz am Ende landet.

Die Antwort habe ich vor mir: Hier in diesem Raum, in diesen Regalen.

"Haben Sie all diese Briefe geschrieben?", frage ich Adela, während ich auf die schier endlosen Reihen von Kuverts deute.

Adela blickt sich um. Dann nickt sie. "Ganz schön was zusammengekommen, hm?" Sie lächelt mir zu, aber es ist ein melancholisches Lächeln. "Ich hingegen habe nur diese wenigen hier", fügt sie hinzu. "Von Philip."

Sie hebt ein kleines Bündel Briefe hoch, das neben ihr auf einem Beistelltisch liegt. "Die sind von ihm. Einundzwanzig Stück. Das ist alles, was mir geblieben ist. Aber das Glück kann man nicht auf die Waage legen, nicht wahr, meine Liebe?"

Sie lässt die Kuverts, die vergilbt und abgegriffen sind, durch ihre Finger gleiten. Ich kann sehen, wie ihre Hände dabei zittern. Es ist, als ob sie fröre, als ob alle Wärme des

Lebens bereits aus ihrem Körper entwichen wäre.

"Wie geht es mit dem Roman voran?", will sie von mir wissen. Es ist die Frage, die sie mir stets als Erstes stellt, wenn ich sie besuche. Die Frage, die ich mehr als jede andere fürchte.

Ich schüttle wortlos den Kopf. Sie kennt meine Antwort bereits, muss längst begriffen haben, dass ich dieses Buch nicht werde fertigstellen können. Auch wenn ich ihr die Wahrheit nur in kleinen Dosen, durch fromme Lügen verschleiert mitgeteilt habe. Fromme Lügen wie "Es ist schwierig" oder "Es geht nur langsam".

"Ich weiß jetzt, warum Ihnen dieser Roman so wichtig ist", sage ich. "Er ist für Shaun, nicht wahr? Und es ist mehr als bloß ein Buch."

"Ja, das ist es", sagt Adela wie selbstverständlich. Als hätte ich nur etwas ganz Offensichtliches festgestellt. Sie schiebt schwerfällig ihre Füße auf dem gepolsterten Hocker beiseite, greift nach meiner Hand und zieht daran. "Setzen Sie sich doch zu mir, meine Liebe."

Ich gehorche, lasse mich auf dem Hocker nieder. Sie nimmt meine Hand fester in die ihre. Ihre Haut ist kalt und trocken und darunter scheinen blanke Knochen zu liegen. Kein Fleisch mehr.

"Ich fürchte, ich habe einen Fehler gemacht", sagt sie und blickt mir dabei direkt in die Augen. "Einen schweren Fehler. Es war rücksichtlos von mir, bei dem Buch nur Shauns Glück im Sinn zu haben. Auch wenn er mein Enkel ist, so war es doch egoistisch, bloß an ihn zu denken. Er macht Sie nicht glücklich, mein Kind, das habe ich jetzt begriffen. Und Sie sind genauso wichtig wie er. Ich habe Sie mit hinein gezogen in den Schmerz unserer Familie. In seinen Schmerz."

Sie verzieht ihre blassen, blutleeren Lippen und blickt mich voller Kummer an. "Können Sie mir vergeben?"

"Was? Nein, da gibt es nichts zu vergeben. Deswegen bin ich nicht gekommen. Ich würde nur gerne ... Ich möchte verstehen, wie Ihre Bücher funktionieren. Ich habe mit Stéphane gesprochen."

Sie nickt wissend. "Stéphane", wiederholt sie zärtlich. "Er ist ein wunderbarer Mensch. Und ein begnadeter Koch, finden Sie nicht?"

Stéphanes Kochkünste will ich jetzt wirklich nicht diskutieren. "Er ist der festen Überzeugung, dass er Ihnen die Liebe seines Lebens verdankt", sage ich. "Oder genauer gesagt: dem Buch, das Sie für ihn geschrieben haben. *Eine Art Zauber*. So hat er es ausgedrückt. Und er ist nicht der einzige, dem sie auf diese Weise geholfen haben, nicht wahr? Ihre Bücher sind nicht einfach bloß Romane. Sondern viel mehr."

Adela neigt den Kopf zur Seite. Sie weicht meinem Blick aus. Und meiner Frage. Ihre Augen wandern, scheinbar ziellos, über die endlosen Regalreihen, die voller Briefe sind.

"Bitte", sage ich, "Erklären Sie es mir. Ich trage Ihnen nichts nach, ich war unglaublich stolz, dass Sie mich an Ihrem neuen Buch arbeiten ließen. Ich bin es immer noch, obwohl ich –"

Ich muss innehalten, mich räuspern. Da ist er wieder, der Kloß in meiner Kehle. Und ich kann nichts dagegen tun, aber ich spüre auch wieder Shauns Arme um mich. Bloß, weil ich das Buch erwähnt habe. Ich fühle seine Lippen auf den meinen. Seine Hände, die mein Gesicht streicheln. *Verdammt noch mal.* Wird mich diese Erinnerung jetzt verfolgen, bis ans Ende meiner Tage?

"Ich werde dieses Buch nicht fertigstellen können", bringe ich krächzend hervor. So, jetzt ist es heraus. Jetzt weiß Adela, dass ich versagt habe.

39.

Sie erwidert nichts, wird nicht wütend, macht mir keine Vorhaltungen. Sie scheint längst zu wissen, wie die Dinge stehen.

"Bitte helfen Sie mir, zu begreifen, in was ich da hineingeraten bin", sage ich. "Worum es eigentlich geht, bei Ihren Büchern. Was es mit diesem ... diesem Zauber auf sich hat. Niemand wird je ein Wort von mir darüber erfahren, das verspreche ich Ihnen."

Adela nickt langsam. Sie streicht über den Stapel von Philips Briefen, die noch immer auf ihrem Schoß liegen. Dann blickt sie mir wieder in die Augen.

"Es stimmt", sagt sie, "Sie haben ein Recht auf die Wahrheit. Ich schulde Ihnen mehr als nur eine Erklärung. Auch wenn es mir nie darum ging, ein großes Geheimnis aus der Sache zu machen. Es ist nur –"

Sie unterbricht sich, streckt wieder ihre Hand nach mir aus. Ihre Finger umschließen meinen Unterarm, als wolle sie sich an mir festhalten. "Es ist ... Ich konnte es nicht an die große Glocke hängen. Ich musste die Menschen schützen, um die es ging. Für die ich die Bücher geschrieben habe. Und die Wahrheit hätte mir ohnedies niemand geglaubt. Nicht in der heutigen Zeit."

"Ich werde Ihnen glauben", sage ich. "Ganz egal, was Sie mir erzählen."

Sie lächelt mich zärtlich an. "Das müssen Sie nicht. Bilden Sie sich Ihre eigene Meinung. Sammeln Sie Ihre eigenen

Erfahrungen mit der Göttin."

"Der Göttin?"

"Venus, Aphrodite, Freya ... Sie kennen sie ja bereits. Sie arbeitet im Verborgenen, meine Liebe. Obwohl manche der Menschen, denen ich mit meinen Büchern half, schon verstanden haben, dass ein göttliches Geschenk im Spiel war. Alle anderen, die breite Masse, wie man so schön sagt, die haben die Göttin vergessen. Sie tun sie als einen alten Aberglauben ab. Als Altweibergewäsch, sentimentales Zeug, das man in unserer modernen Welt längst überwunden hat."

Adela legt ihren Kopf schief. In ihren müden Augen regt sich ein Funkeln. "Venus kümmert das aber nicht, meine Liebe. Die Göttin gibt ihre Geschenke aus Liebe, sie braucht keine Anerkennung, keine Tempel, in denen sie angebetet wird. Keinen Ruhm. Genau wie ich keinen brauche."

"Aber Sie sind berühmt. Eine Bestseller-Autorin!"

"Ja", stimmt Adela mir zu. "Das bin ich wohl. Das wurde ich durch meine Bücher. Aber das war nur ein Nebeneffekt. Nicht das Ziel. Und ich selbst weiß noch nicht einmal genau, wie es sich zuträgt. Wie die Göttin den Menschen hilft, durch die Bücher. Ich schreibe bloß das auf, was sie mir eingibt. Manchmal ist die Story des Romans ganz eindeutig die Geschichte jenes Menschen, um den es geht. Aber manchmal ist die Handlung auch eine ganz andere, und bestenfalls noch der Name der Hauptfigur erinnert an die Frau oder den Mann, dem ich helfen möchte."

"Dem Sie helfen möchten, die Liebe zu finden? Darum geht es, nicht wahr?"

"Natürlich, mein Kind. Das ist doch das einzige, was zählt im Leben, nicht wahr?"

Zum Glück erwartet sie keine Antwort von mir, sondern spricht gleich weiter. "In einigen Fällen haben sich die Ereignisse aus dem Buch im Leben der echten Person wiederholt, als hätte die Göttin alles vorhergesehen. Oder sogar vorherbestimmt, ich weiß es nicht. Manchmal schien es mir eher wie eine selbsterfüllende Prophezeiung zu sein. Die Person, für die das Buch bestimmt war, las es und handelte dann auf ähnliche Weise wie der Protagonist des Romans."

Adela zuckt mit ihren knochigen Schultern. "Wichtig war mir nur, dass es immer funktioniert hat. Bei jedem einzelnen Menschen, bei jedem Buch, das ich schrieb. Das wie und warum war mir nicht wichtig. Ich habe die Göttin nie hinterfragt."

Sie blickt zu mir hoch und lächelt mich an. "Wenn Sie das alles bloß für eine Reihe von hübschen Zufällen halten mögen, meine liebe Theresa, so habe ich auch kein Problem damit. Nur die Ergebnisse zählen, finde ich. Achtundneunzig Menschen haben das Glück gefunden. Die Liebe ihres Lebens."

"Nur der neunundneunzigste nicht", füge ich mit tonloser Stimme hinzu. "Shaun."

Adela runzelt die Stirn. "Noch bei keinem Buch, das mir die Göttin je geschenkt hat, mussten die Menschen, um die es ging, es selbst schreiben", sagt sie langsam. "Oder gar illustrieren."

Die Augen der alten Dame erwachen zu neuem Leben. Sie sind jetzt strahlend blau und funkeln mich an. Als habe ich plötzlich eine Frau in der Blüte ihrer Jugend vor mir.

Ihre Worte hingegen sickern nur langsam in meinen Verstand.

Noch bei keinem Buch mussten die Menschen, um die es ging, es selbst schreiben.

Die Menschen, um die es ging? Shaun und ... *ich*? Er illustriert das Buch, das heißt er tat es, bis er alles hinschmiss. Aber ich bin diejenige, die daran schreibt.

Dann war es also nicht einfach ein bescheuerter Zufall, dass ich mich in Shaun verliebt habe? Sondern Adelas Plan von Anfang an? Oder jener der Liebesgöttin höchstpersönlich, an die Adela glaubt?

Sie nickt mir zu, als könne sie meine Gedanken lesen. "Ist Ihnen das noch nicht klar geworden, Theresa? Die Göttin wollte, dass Sie Shauns Buch schreiben. Was nur heißen kann, dass Sie ein wichtiger Teil der Geschichte sind. Shaun hat Sie zwar nicht verdient, so unmöglich wie er sich gerade benimmt, aber er würde sehr glücklich werden mit Ihnen, das weiß ich." Sie verzieht ihre Mundwinkel. "Umgekehrt bin ich mir da allerdings nicht mehr so sicher. Er macht einfach alles verkehrt, der arme Junge."

Ich muss mir auf die Zunge beißen, um nicht laut aufzustöhnen.

"Aber da ist noch etwas", fährt Adela fort.

"Noch etwas?" Ich habe wahrlich schon genug gehört.

Sie lächelt. Bestimmt kann sie nur zu deutlich sehen, wie sehr mich ihre Worte aufwühlen. Ich habe ihr versprochen, dass ich ihr glauben werde, egal was sie mir erzählt. Aber das geht nun wirklich zu weit. Damit habe ich nicht gerechnet. Wenn Shaun und ich für einander bestimmt sein sollen, so hat die gute Göttin diesmal aber kräftig danebengegriffen. Wir sind ein Totalausfall, das pure Desaster, liebe Venus! So steht es um Shaun und mich.

"Es ist Ihre Bestimmung, zu schreiben", sagt Adela. "Dessen bin ich mir sicher. Nicht nur Ihren Blog, sondern Romane. Das ist doch Ihr Traum, nicht wahr?"

"Ja, schon, aber –"

Adela hebt ihre Hand, lässt mich nicht aussprechen. "Sie müssen aufhören, an sich zu zweifeln, Theresa. An Ihrer Berufung. Sie sind eine Schriftstellerin. Oder vielmehr, Sie können eine sein, wenn Sie endlich aufhören, sich selbst im Wege zu stehen. Sie müssen es sich nur zutrauen, das ist alles."

Ich öffne den Mund, um zu protestieren, aber es kommen keine Worte heraus. Die Zunge klebt mir am Gaumen. Shaun und ich als Liebespaar. Ich als Schriftstellerin. Es ist alles zu viel. Mein Kopf fühlt sich an, als könne er jeden Augenblick in tausend Stücke zerspringen.

40.

"Es ist nicht immer einfach, der Göttin zu dienen", sagt Adela. "Ich habe mich selbst lange Zeit dagegen gewehrt. Ich dachte, dass ich mir bloß etwas vormache, oder gar, dass ich den Verstand verliere. Die Idee zu meinem allerersten Buch kam mir, kurz nachdem ich –"

Sie zögert einen Moment, ihre Augenlider flimmern. "Kurz nachdem ich Philip verlor. Sofia, eine liebe Schulfreundin von mir, hatte zu dieser Zeit gerade eine sehr schmerzhafte Trennung hinter sich. Und plötzlich war da diese Stimme in meinem Kopf, die darauf beharrte, ich solle doch einen Roman für Sofia schreiben. Eine Lovestory, die ihr zu einer neuen Liebe verhelfen würde. Zu einem Mann, der sie endlich glücklich machen würde. Ich dachte, dass ich einen Nervenzusammenbruch hätte. Ich habe sogar einen Psychiater konsultiert, aber die Stimme in meinem Kopf ließ sich nicht vertreiben. So schrieb ich schließlich das Buch und –"

Sie unterbricht sich erneut, lächelt verträumt und atmet hörbar ein.

"Sie schrieben das Buch, und Ihre Freundin Sofia fand ihren Traummann?", frage ich.

"Genau. So war es. Die beiden sind heute noch zusammen. Sie haben zwei entzückende Golden Retriever in der fünften Generation – oder ist es schon die sechste? Ich weiß es nicht mehr. Jedenfalls leben sie alle zusammen in einem herrlichen alten Landhaus in Südfrankreich, und Sofia und ich schreiben uns noch regelmäßig."

"Das klingt wunderbar", sage ich. "Da könnte man glatt neidisch werden."

Adela nickt. "Und all den anderen Menschen, für die ich die nächsten Bücher schrieb, erging es ähnlich. Mit jedem neuen Roman habe ich mich dann ein Stückchen weiter damit abgefunden. Dass ich vielleicht doch nicht verrückt geworden bin."

Sie nestelt an ihrem Kleid herum, glättet mit der Hand Falten, die kaum sichtbar sind. "Ich war nie besonders religiös, wissen Sie, meine Liebe. Mit Göttern hatte ich nichts am Hut, weder mit dem christlichen, noch mit irgendwelchen anderen. Aber ich wollte die Menschen um mich herum glücklich machen. Ich wünschte mir nichts mehr, als dass sie die Liebe finden. Die große, die wahre Liebe. Die gibt es wirklich, das habe ich selbst erfahren dürfen."

Ihr Blick fällt auf die Briefe in ihrem Schoß. Die wenigen, die ihr von Philip geblieben sind. Von ihrer eigenen großen Liebe, die sie viel zu früh verlor.

"Und so habe ich es einfach irgendwann akzeptiert", fährt sie fort. "Dass die Stimme in meinem Kopf hilfreich war. Dass sie mich Bücher schreiben ließ, die *funktionierten*. Wie Stéphane das so schön ausdrückt. Es ist eine Gabe, ein Geschenk. Inzwischen weiß ich das. Und ich bin zutiefst dankbar dafür."

Funktioniert hat, denke ich im Stillen. Bis zu Shaun, Adelas eigenem Fleisch und Blut. Warum hat die Göttin sie ausgerechnet jetzt im Stich gelassen? Wenn sie denn tatsächlich existiert, Venus, Aphrodite, Freya, oder wie immer sie sonst noch heißen mag.

Noch immer kann ich all das, was Adela mir da erzählt,

nicht glauben. Auch wenn es unendlich romantisch klingt. Eine Liebesgöttin, die den Menschen zu ihrem Herzensglück verhilft. Das ist definitiv zu schön, um wahr zu sein.

Wieder scheint Adela meine Gedanken zu lesen. "Wie ich schon sagte, meine Liebe, ich konnte es am Anfang auch nicht glauben. Sie hätten mal sehen sollen, wie ich gezweifelt habe. Ganz besonders an mir. Ich meine, wenn diese Gabe, diese Möglichkeit, Menschen mit Büchern zu helfen, schon real war, warum um alles in der Welt fiel sie dann ausgerechnet *mir* zu? Ich hätte mir nie träumen lassen, Schriftstellerin zu werden, und schon gar nicht eine, die solche Bücher schrieb."

Sie legt den Kopf schief und mustert mich. "Wissen Sie, ich glaube, ich war ein wenig wie Sie. Ich hatte immer schon gern geschrieben, Briefe, kleine Geschichten, Gedichte. Das ja. Das gefiel mir schon als junges Mädchen. Aber Bücher? Romane? Das hätte ich mir niemals zugetraut."

Sie tätschelt meine Hand und guckt mich dabei an wie eine strenge Lehrerin. "Also lernen Sie mal was von einer alten Schachtel, mein Kind, und verfolgen Sie Ihren Traum. Sie haben das Zeug zur Schriftstellerin, das garantiere ich Ihnen. Sie brauchen nur noch den Mut!"

"Ich werde es versuchen", sage ich zaghaft.

Adela beugt sich unter großer Kraftanstrengung vor. "Sie müssen es *tun*, nicht es bloß versuchen! Das ist zu wenig! Ist Ihnen nicht klar, was auf dem Spiel steht? Hier geht es nicht nur um Ihre eigene Zukunft, um Ihre Karriere, Ihre Berufung. Darum, ob Sie in Ihrem Arbeitsleben Erfüllung finden. In Wahrheit geht es doch um viel mehr!"

"Noch mehr? Was denn, um Himmels willen?"

"Ja, sehen Sie es denn nicht? Denken Sie, es ist Zufall, dass die Göttin ausgerechnet Sie mein letztes und wichtigstes Buch schreiben lässt? Das hat bestimmt nicht nur damit zu tun, dass Sie die Richtige für Shaun sind. Dessen bin ich mir sicher!"

Erregt fährt die alte Dame fort: "Ich werde bald nicht mehr sein, aber die Gabe – die muss nicht mit mir sterben. Das darf sie auf gar keinen Fall! So viele Menschen brauchen Hilfe, um ihr Glück zu finden. Sie müssen meine Arbeit weiterführen, Theresa. Sie müssen ab jetzt die Art von Romanen schreiben, die ich geschrieben habe. Bücher, die den Menschen die Liebe schenken."

Ich verschlucke mich fast bei Adelas letzten Worten. "Das ist nicht Ihr Ernst!", protestiere ich. "Ich bin kein bisschen wie Sie, ich habe keine Gabe oder wie immer Sie es ausdrücken wollen. Sehen Sie denn nicht, wie ich Shauns Buch ruiniert habe? Ich kann niemandem helfen, noch nicht einmal dem Mann, den wir beide lieben."

Erschrocken halte ich inne. Habe ich das wirklich gerade gesagt? *Den Mann, den wir beide lieben*?

Adela schüttelt energisch den Kopf. Ich weiß nicht, wo sie plötzlich die Kraft dafür hernimmt, aber sie richtet sich kerzengerade auf und packt mich mit ihren knochigen Fingern an den Schultern.

Hoffentlich überanstrengt sie sich nicht am Ende noch meinetwegen, ist alles, was ich denken kann, während weiter hinten in meinem Kopf noch das Entsetzen verhallt, dass ich Adela soeben meine Liebe zu Shaun gestanden habe.

"Nein, nein, mein Kind", sagt sie und drückt dabei meine Schultern. Obwohl sie sichtlich all ihre Kraft aufwendet, ist ihre Berührung doch kaum stärker als ein Streicheln. "Sie haben gar nichts ruiniert. Es liegt an ihm. An Shaun. Er ist einfach blind, stur und völlig verstockt. Ihm kann niemand helfen, wenn er alles so blockiert. Noch nicht einmal die Göttin. Er muss zu sich kommen, ich bete jeden Tag darum. Bevor es zu spät ist. Bevor er Sie verliert."

Sie lässt sich erschöpft in die Polsterung ihres Sessels zurückfallen und schenkt mir ein melancholisches Lächeln. "Ich hoffe es auch für Sie mein Kind, denn Sie beide würden sehr glücklich miteinander werden. Das weiß ich einfach. Shaun hat nur viel gelitten, wissen Sie, das hat ihn so hart und verschlossen werden lassen. Aber er ist ein guter Junge, ein wunderbarer Mann. Er könnte Sie sehr glücklich machen. Oh, ich bete, dass es Ihnen nicht ähnlich ergehen wird wie mir, was die Liebe anbelangt. Das Sie nicht auch so einen hohen Preis für die Gabe zahlen werden."

"Was denn für einen Preis?"

Adela bleibt stumm, sie mustert mich eine lange Zeit schweigend und streichelt dabei gedankenverloren Philips Briefe. "Ich sagte Ihnen doch", flüstert sie schließlich, "dass die Göttin mir die Gabe schenkte, kurz nachdem ich Philip verlor."

"Ja, das sagten Sie. Aber Sie denken doch nicht, dass ...?"

"Dass da ein Zusammenhang besteht? Finden Sie den Gedanken nicht naheliegend, mein Kind?"

"Ich – äh, nein."

"Wollen Sie wissen, wie ich Philip verloren habe?"

Sie wartet meine Antwort nicht ab. Was sollte ich auch sagen? Natürlich will ich es wissen, es hilft ja nichts, ich bin einfach schrecklich neugierig, und Adela hat mir schon so viel von sich erzählt, dass sie mir wie eine gute Freundin vorkommt. Wie ein Mensch, an deren Leben ich Anteil nehmen möchte. An ihrer Freude, ihren Träumen, aber auch an ihrem Kummer. Und an ihrem Schmerz.

"Philip war Anthropologe, wissen Sie? Er reiste sehr viel, erforschte alte Kulturen, Bräuche, Mythen. Er war auf einer Forschungsreise, die ihn auf den Spuren Freyas in den Hohen Norden führte. Da verschwand er plötzlich, von einem Tag auf den anderen. Niemand wusste, wohin er gegangen war, und er kehrte nicht mehr zurück. Nie wieder, obwohl ich so viele Jahre auf ihn gewartet habe."

Adela streicht sich mit den Fingerkuppen über die Augenwinkel. Ich sehe eine Träne glitzern, die sie aber sofort fortwischt. "Philip gefiel Freya wohl so gut, dass sie ihn für sich behalten wollte", fährt sie fort und verzieht die Mundwinkel zu einem grimmigen Lächeln. Ihre Stimme zittert jetzt. "Die Göttin hatte schon immer eine Schwäche für attraktive junge Männer, nicht wahr? Denken Sie nur an Adonis. Und Philip war ein solcher Mann. Schön wie die Sonne. Einfach unwiderstehlich. Sie nahm ihn mir weg, und schenkte mir im Gegenzug die Gabe, Menschen mit meinen Büchern zu helfen. So hat es sich wohl zugetragen."

Adelas Kopf bewegt sich langsam auf und ab, als wolle sie sich von der Wahrheit ihrer eigenen Worte überzeugen. "Ich hätte diesem Tausch niemals zugestimmt", fügt sie hinzu. "Niemals. Aber ich wurde ja nicht gefragt." Sie presst ihre Lippen zusammen und verstummt. Ihre Blicke verlieren sich im Raum.

Ich suche verzweifelt nach den passenden Worten, aber mir will nichts einfallen. Am liebsten würde ich Adela in den

Arm nehmen. Aber abgesehen davon, dass ich ihre Sekretärin bin, und sich das wirklich nicht gehört, wirkt sie so zerbrechlich, dass ich Angst habe, sie könne dabei zu Staub zerfallen. Zu Sternenstaub, Feenstaub, oder woraus immer ein Wesen wie sie bestehen mag.

Sie greift nach meiner Hand, nimmt sie fest in die beiden ihren. "Jetzt wird es nicht mehr lange dauern", sagt sie und das Funkeln kehrt in ihre Augen zurück. "Schon sehr bald werde ich meinen geliebten Mann wiedersehen, und dann wird uns nichts und niemand je wieder trennen. Ich habe so lange auf diesen Moment gewartet. Ich habe meine Pflicht hier auf Erden erfüllt, habe all die Bücher geschrieben, die die Göttin mir eingab. Jetzt darf ich endlich gehen. Und wieder selbst die Liebe genießen, über die ich solange nur schreiben durfte. Ich kann es kaum erwarten."

41.

Ich warte darauf, dass etwas passiert. Etwas Magisches, wie so oft in Adelas Büchern. Ein Wunder, das uns alles rettet. Adela vor dem Tod, Shaun vor sich selbst und mich ... ja, mich auch. Ich wünsche mir nichts sehnlicher, als dass Adela wieder gesund wird, ich für sie arbeiten kann und Shaun und ich uns lieben. Hier auf dieser magischen Burg, in dieser vergessenen Ecke der Welt mit ihren dunklen, verwunschenen Wäldern. Bis ans Ende aller Tage.

Doch es geschieht kein Wunder. Noch nicht einmal ein winziger Akt der Magie. Nicht an diesem Abend und auch nicht am nächsten Morgen.

Stattdessen ereignet sich am Freitag das Unfassbare.

Nach einer Nacht, in der ich nur wenig Schlaf gefunden habe, und einem Frühstück, das aus nichts weiter als schwarzem Kaffee besteht, finde ich sie.

Sie sitzt in Freyas Wagen im Park der Burg. In jener märchenhaften Kutsche, die von Wildkatzen mit kostbaren Halsbändern gezogen wird. Sie hat es sich neben der Göttin gemütlich gemacht und sieht aus, als würde sie friedlich an deren Schulter ein Schläfchen halten.

Adela.

Sie ist tot.

Als ich sie finde, sie berühre, ist ihr Körper schon so kalt, dass jede Hilfe zu spät kommt. Vielleicht hat sie schon die halbe Nacht hier gesessen.

Sie strahlt Ruhe und Frieden aus. Auch wenn ich nichts

dagegen tun kann, dass mir die Tränen in die Augen schießen, so überträgt sich doch ein bisschen davon auf mich. Ich klettere benommen in den Wagen, setze mich ihr und der Göttin gegenüber, wühle mein Handy aus der Tasche und wähle die Nummer von Dr. Engelmann.

Ich überbringe ihm die Nachricht von Adelas Tod, ohne um den heißen Brei herumzureden.

"Ich bin in zehn Minuten da", sagt er knapp. Nichts in seiner Stimme verrät, wie es ihm geht.

Adela hat ihre Briefmappe dabei. Sie ist ihr im Tod von den Knien gerutscht. Nur der Füller hängt noch in ihren Fingern fest.

Während ich auf den Doktor warte, hebe ich die Papiere auf, die aus der Mappe gefallen sind und sich über den Boden von Freyas Wagen verteilt haben. Sie sind feucht und klamm vom Morgentau. Ich sammle sie bloß ein, um mich zu beschäftigen.

Sollte ich nicht ins Haus laufen und dort Bescheid sagen? Nein, dazu bin ich zu feige, das muss Dr. Engelmann übernehmen. Ich bringe es nicht über mich, Shaun gegenüberzutreten mit dieser Nachricht. Ich will nicht diejenige sein, die ihm die Botschaft überbringt, die er am meisten in der Welt fürchtet. Dass seine Großmutter tot ist. Der letzte Mensch, den er auf der Welt hatte. Die letzte und einzige Frau, die er noch lieben konnte.

Unter den Papieren, die aus Adelas Mappe gerutscht sind, finde ich einen Brief von Philip. Das Kuvert ist fein säuberlich aufgeschnitten, und der Briefbogen darin sieht brüchig und abgegriffen aus. Auf dem Poststempel findet sich ein Datum vor fast fünfunddreißig Jahren. Adela muss diesen

Brief im Laufe ihres Lebens bestimmt hunderte Male gelesen haben. Sie hatte so wenig Geschriebenes von der Hand ihres geliebten Mannes. Ich lege den Brief in die Mappe zurück.

Ein weiteres Schreiben, das ich aufhebe, ist an mich adressiert. Das Kuvert ist zugeklebt, aber ich reiße es auf der Stelle auf.

Die Nachricht ist mit unsicherer Hand verfasst und sehr kurz. Sie besteht lediglich aus zwei Zeilen.

Bitte gib Shaun nicht auf, Theresa.
Er braucht dich.

Deine Adela

Ich sehe Freya an, an deren Schulter Adela so zutraulich lehnt. Die beiden sehen aus wie zwei alte Freundinnen. Ist Adela nun bei ihr? Und bei Philip, ihrem geliebten Ehemann?

Dann ist da noch ein loser, angefangener Briefbogen, zu dem es noch kein Kuvert gibt.

Mein lieber Richard, steht ganz oben auf dem Blatt. Weiter ist Adela nicht gekommen. Hat sie es sich anders überlegt und wollte dem Doktor am Ende doch nicht schreiben? Oder hat der Tod sie just in jenem Augenblick ereilt, als sie den Brief aufsetzen wollte?

Ich gebe das Blatt Papier dem Doktor, als er eintrifft und zu mir in den Wagen klettert.

Später, als ich neben ihm in Adelas Schlafzimmer stehe, als alle Formalitäten erledigt sind und Adela aufgebahrt auf dem Bett in ihrem Zimmer liegt, fragt er mich. Mit unendlich gequältem Blick. "Was wollte sie mir sagen? In der Stunde ihres Todes? Kam sie nicht mehr dazu oder wollte sie mir doch nicht ...?"

Er spricht es nicht aus, aber ich weiß ganz genau, was er fürchtet. *Wollte sie mir doch nicht schreiben*?

"Doch", sage ich, "ich bin sicher, sie wollte Ihnen schreiben. Sie hätte diesen Brief vollendet, wenn sie nicht ..." Auch ich lasse meinen Satz unvollendet. Dr. Engelmann und ich verstehen uns auch so.

"Es war ihr allererster Brief an mich!" Die Hände des Arztes ballen sich zu Fäusten, sein Blick wandert zur Decke, als hadere er mit seinem Gott. "Was wollte sie mir sagen? Dass sie doch etwas für mich empfand? Dass sie bereit war zu leben, um meinetwillen? Dass wir eine gemeinsame Zukunft hatten, wie kurz sie auch sein mochte?"

Ich wünschte, ich hätte eine Antwort für ihn. Aber ich habe keine.

Während wir reden, sitzt Shaun auf der Bettkante neben seiner toten Großmutter. Seine Augen sind tränenlos. Er spricht weder mit mir noch mit dem Arzt. Er hält nur still Adelas Hand, die inzwischen eiskalt sein muss.

42.

Zwei Wochen nach Adelas Begräbnis hat sich mein Leben verändert. Und läuft dennoch fast in den gleichen Bahnen wie in den letzten Tagen vor ihrem Tod. Die Zeit vergeht kaum und scheint doch gleichzeitig zu rasen. Die Tage verschwimmen in meiner Erinnerung. Einer verläuft genau wie der nächste.

Der Doktor hat mir ein Zimmer in seinem Haus untervermietet. Und ich habe einen neuen Job. Ich arbeite fünfundzwanzig Stunden die Woche als Sprechstundenhilfe bei seinem jungen Kollegen. Der so viel zu tun hat, dass er die Praxis ausbaut und gerade auf der Suche nach einer zweiten Mitarbeiterin war.

Mein Traum, weiter in dieser wundervollen Ecke des Landes mit ihren endlosen Wäldern zu leben, hat sich also erfüllt. Auch wenn Dr. Engelmanns Haus nicht die Burg der Bentleys ist. Ich muss gestehen, dass ich mein Prinzessinnenzimmer vermisse. Die wunderschöne Einrichtung, den Ausblick, aber am allermeisten das märchenhafte Himmelbett. In dem Shaun und ich uns geliebt haben. Ein einziges Mal.

Der Doktor selbst praktiziert nicht mehr. Die wenigen Patienten, die er noch betreute, hat er endgültig seinem jüngeren Kollegen übergeben. Er macht lange Spaziergänge, bei denen wir uns gelegentlich begegnen.

Ich verbringe viele Stunden in Adelas Garten, im Park der Burg und an jenem See, der für mich immer der See im Wald hinter dem mittelalterlichen Kloster sein wird. Da wo Bernadette und Jonas leben, gemeinsam unter einem Dach – und doch für immer getrennt. Ihre Liebe hat kein Happy End gefunden. Sie hat überhaupt kein Ende gefunden, sie ist einfach zwischen den Seiten meines Notizbuchs vertrocknet. Noch bevor sie sich richtig entfalten konnte.

Ich habe Shaun um Erlaubnis gebeten, weiterhin in den Park der Burg kommen zu dürfen, um zu arbeiten. Er hat zugestimmt, mich nicht gefragt, woran ich arbeite und auch sonst kein Wort mit mir gesprochen.

Gib ihn nicht auf, er braucht dich. Das waren Adelas letzte Worte an mich, in dem Brief, den ich bei ihr fand.

Ich habe Shaun aufgegeben. Zumindest, was unsere Liebe anbelangt. Ich weiß, dass sie so aussichtslos ist wie die von Bernadette und Jonas. Aber ich lasse ihn nicht im Stich. Ich bleibe in seiner Nähe, auch wenn ich nichts für ihn tun kann.

Ich sehe ihn manchmal aus der Ferne. Er kommt an den See, aber nur, wenn ich am jenseitigen Ufer sitze. Er hat keine Kamera dabei, keine Stifte, er wandert einfach nur ziellos herum. Oder er joggt. Besser gesagt, er rennt, als wäre der Teufel hinter ihm her.

Auf meinem Blog, der inzwischen sage und schreibe hundertzehn Abonnenten hat, rezensiere ich Leichtes. Bücher, die so fröhlich und unbeschwert sind wie der Sommer, der rund um mich Einzug gehalten hat. Romane voller Glück, die von Urlaubsfreuden handeln, am Meer spielen, in denen die Heldinnen köstliche Muffins verspeisen, und keine schlimmeren Probleme existieren als ein kleines Missverständnis unter Freunden.

Ich arbeite auch selbst an einem Buch. Das von Jonas und

Bernadette wird für immer unvollendet bleiben, aber ich habe einen neuen Roman begonnen. Für Dr. Engelmann.

Davon weiß er natürlich nichts.

Adela hat mich gebeten, ihre Arbeit fortzuführen. Es war ihr letzter Wunsch an mich, bevor sie uns verließ. Sie war der festen Überzeugung, ich würde mich als ihre Nachfolgerin eignen. Dass ich die Art Bücher schreiben könne, die die Göttin ihr all die Jahre eingeflüstert hat.

Und vielleicht funktioniert es ja für Dr. Engelmann, wenn schon nicht für mich selbst. Ist es Adela nicht genauso ergangen? Ihre unbeschwerte Zeit mit Philip war so kurz. Muss man das eigene Glück opfern, um es anderen schenken zu können?

Ich liebe das Schreiben. Die Arbeit an dem Buch ist viel beglückender, als mein Blog es je sein kann. Obwohl ich auch den mag. Wenn ich meinen Abonnenten helfen kann, guten Lesestoff zu entdecken, ein paar schöne Stunden zu verbringen, so will ich es gerne tun.

Bei dem Buch für Dr. Engelmann jedoch hoffe ich auf mehr. Ich hoffe, dass Adelas Magie bei ihm funktionieren wird. Oder die der Liebesgöttin, auch wenn es mir noch immer schwer fällt, an deren tatsächliche Existenz zu glauben.

Ich besuche häufig die Skulpturen in Adelas Park. Freya in ihrem Wagen, Aphrodite mit ihrem Delfin. Ich spreche oft mit ihnen, bin gerne in ihrer Nähe, bilde mir manchmal ein, ihre Ausstrahlung zu spüren, eine ganz besondere Aura, die sie umgibt, obwohl sie doch nichts weiter als leblose Skulpturen sind. Manchmal ist mir, als wollten sie mir etwas sagen, mich wissen lassen, dass die Göttin mir wohlgesonnen ist.

Aber in anderen Momenten sehe ich ein, wie verrückt das ist. An eine Liebesgöttin zu glauben und an ihre Macht, uns Menschen zu unserem Glück zu verhelfen – das ist doch Wahnsinn. Mit ihr zu kommunizieren, in Form lebloser Statuen aus Stein oder Bronze. Vielleicht verliere ich ja den Verstand, komme mit dem Schmerz nicht klar, den ich mir noch nicht einmal erlaube zu fühlen.

Wenn Venus wirklich real wäre und alle Geschichten über sie wahr, welche Macht hätte sie dann? Sie konnte noch nicht einmal ihren eigenen Geliebten vor dem Tod retten. Adonis, den wunderschönen Jüngling, dessen Leichnam sie nur noch in ihren Armen halten und beweinen konnte. Und was für eine Frau ist sie? Während sie Adonis liebte, war sie doch gleichzeitig die Gemahlin des göttlichen Schmiedes, Vulkan. Eine Ehebrecherin also.

Und dennoch bilde ich mir ein, dass sie zu mir spricht. So wie sie zu Adela gesprochen hat? Ich weiß es nicht. Ich weiß nur, dass mir im Garten vor dem Brunnen der Aphrodite die Idee für Dr. Engelmanns Buch gekommen ist.

Richard Engelmann lag Adela am Herzen, und er liegt mir am Herzen. Er ist ein guter Mann, der gerade die Liebe seines Lebens verloren hat. Er spricht nicht darüber, aber ich sehe seinen Schmerz. Wie ein Phantom schleicht er durchs Haus und streift durch die Wälder. Sein junger Kollege sorgt sich um ihn. Er drängt ihn, Antidepressiva einzunehmen, aber Richard will davon nichts wissen.

Ich gebe ihn nicht auf, er kann sein Glück noch finden, auch wenn es spät im Leben ist. Ich will ihm dabei helfen, so gut ich kann. Ich wünsche mir, dass der Zauber der Göttin bei ihm wirken wird.

Das Buch für ihn kann ich ganz allein schreiben. Ohne Shauns Mithilfe. Obwohl ich mir bei vielen Szenen vorstelle, wie er sie wohl illustrieren würde. Mit seinen herrlichen Fotos, die er im Computer in wahre Kunstwerke verwandelt.

Ich habe Dr. Engelmanns Roman in einer Fantasy Welt angesiedelt. Voller Drachen und Einhörner. Ich brauche jetzt einfach Einhörner. Wenn schon nicht in meinem Leben, dann zumindest in meiner Fantasie.

In dem Buch ist der Doktor ein weiser und guter Magier, der eine mächtige Heilerin geliebt hat. Viele, viele Jahre lang. Eigentlich, also im wahren Leben, ist ja der Doktor der Heiler, und Adela war die Magierin, mit ihren Zauberbüchern, die den Menschen zur Liebe verhalfen.

Aber Adela mag diese Rollentäusche in ihren Romanen, das heißt, sie mochte sie. Sie verfremdete gerne alles bis zur Unkenntlichkeit, siedelte ihre Geschichten in einer völlig anderen Zeit an, tauschte Jobs und Biografien aus. Aus Stéphane und seiner Geliebten, einem Koch und einer Konditorin, hat sie einen Komponisten und eine Geigerin an einem Fürstenhof gemacht. Und so ist eben Adela selbst nun eine Heilerin, und der Doktor ein weiser Mann und Zauberer.

Wann immer ich kann, schreibe ich in Freyas Wagen. Ich liebe diesen Platz. Ich fühle mich Adela dort nahe. Es ist, als ob sie über meine Schulter schauen würde und mir beim Schreiben hilft.

Etwas Seltsames ist heute geschehen, im Roman des Doktors. Also in der Geschichte des weisen Magiers. Bis dato hat er sich im Schmerz über den Tod der Heilerin verloren, die er viele Jahre geliebt hat. Aber jetzt ist da plötzlich – ganz ohne mein Zutun – diese Malerin in der Geschichte aufgetaucht. Also genau genommen tauchte sie in meinen Träumen auf. Freya brachte sie mir in ihrem Katzenwagen, also habe ich der Göttin vertraut und die Malerin in die Geschichte geschrieben.

Jetzt weiß ich allerdings nicht, wie es weitergehen soll. Aber ich habe Geduld, gerate nicht in Panik. *Die Figuren wissen schon, wo sie hinwollen,* hat Adela mir einmal geraten. *Vertraue deinen Figuren. Und der Göttin.*

Also tue ich das, ich hole Luft, versuche mich zu entspannen und warte, was als Nächstes passiert.

43.

Shaun.

Ich finde seinen Namen noch immer wunderschön. Und ihn. Auch wenn er wie ein Schatten aussieht. Wie ein Wesen aus jener anderen Welt, in der seine Großmutter jetzt ist. Als wäre er ihr auf halben Weg dorthin gefolgt, nur um sie nicht loslassen zu müssen. Seine letzte Verwandte. Den letzten Menschen auf Erden, den er liebte.

Bin ich wirklich nur um Adelas Willen noch in seiner Nähe? Weil sie mich darum gebeten hat, ihn nicht aufzugeben? Er nimmt meine Anwesenheit zwar wahr, aber ich glaube nicht, dass sie ihm irgendetwas bedeutet. Dass meine Gegenwart ihn tröstet. Oder ihm sonst irgendwie hilft.

Ich kann unsere gemeinsame Zeit nicht vergessen. Unsere Nächte in der Bibliothek, in der wir uns die Geschichte von Jonas und Bernadette ausgedacht haben. Die Fotosessions, die er mit mir veranstaltet hat, bei denen ich mich fühlte wie ein Supermodel. Gesehen, bewundert, aufmerksam studiert, bis auf den Grund meiner Seele. Die magische Nacht am See. Und ganz besonders die Nacht in seinen Armen. Ob mich je wieder ein Mann so leidenschaftlich und so zärtlich lieben wird?

Habe ich es mir nur eingebildet, dass da etwas ganz Besonderes war, zwischen uns? Etwas Einzigartiges? War es eine Illusion, reines Wunschdenken meinerseits? Habe ich all die Dinge, nach denen ich mich sehnte und die ich nur aus

Büchern kannte, auf Shaun projiziert? In diese eine Nacht mit ihm hineingedeutet?

Nein. Es war real. Es *ist* real. Ich kann und werde es nicht kleinreden.

Ich liebe ihn.

Ich möchte so gerne etwas für ihn tun. Etwas, das ihm das Leben leichter macht. Den Verlust. Den Schmerz.

An manchen Tagen helfe ich Stéphane in der Küche, Shauns Lieblingsgerichte zuzubereiten. Köstliche Pasteten, gegrillte Meeresfrüchte, zuckersüße Mehlspeisen, die das ganze Haus mit ihrem köstlichen Duft füllen.

Stéphane ist ein Meisterkoch, er braucht meine Hilfe nicht, aber nimmt sie dennoch dankbar an. Auch er trauert um Adela, die ihm so viel mehr als nur eine Arbeitgeberin war. Er wird am Ende des Monats gehen, sich endlich einen Job suchen, der seinen Fähigkeiten entspricht. Er hat bereits mehrere Angebote als Küchenchef in führenden Hotels in der Umgebung. Und in ebensolchen Restaurants. Er wird in der Gegend bleiben, seiner Frau zuliebe, die in Zwettl ihre Konditorei führt.

Als Koch in einem Privathaushalt hat er nur noch um Adela willen gearbeitet. Weil er ihr die Liebe seines Lebens verdankt. Davon ist er überzeugt. Dass Adelas Bücher pure Magie sind. "Und wenn sie gesagt hat, dass du ihre Arbeit fortsetzen sollst, so darfst du daran nicht zweifeln", predigt er mir jedes Mal, wenn ich ihn besuche.

Tanja hat ebenso gekündigt. Auch sie verlässt die Burg mit Ende des Monats. "Man will ja nicht in einem Mausoleum arbeiten", verkündet sie jedem, der es wissen will. Und allen anderen auch. "Ich kriege Depressionen, wenn ich Shaun noch länger beim Leiden zusehe."

Nur Patricia umsorgt ihren Park, ihre Bäume, Büsche und Beete wie eh und je. Sollte Adelas Göttin mir wohlgesonnen sein, und das Buch, das ich für Dr. Engelmann schreibe, tatsächlich funktionieren, so werde ich Patricia den nächsten Roman widmen. Jedenfalls habe ich mir das vorgenommen.

Ich kenne die stille Gärtnerin kaum, obwohl wir doch einige Wochen Arbeitskolleginnen waren. Obwohl wir unter einem Dach gelebt und gemeinsam unsere Mahlzeiten eingenommen haben. Sie scheint glücklich und zufrieden zu sein in der Gesellschaft ihrer Pflanzen, aber sie wirkt doch auch einsam. Manchmal ist da eine Sehnsucht in ihren Augen, die ich nur allzu gut kenne. Kein noch so duftender Rosenstrauch kann dich in die Arme nehmen. Du kannst seinen warmen Atem nicht in deinem Nacken spüren. Er kann dich nicht festhalten, wenn die Welt dir mal wieder zu viel wird, kann dich nicht verspielt küssen oder dich streicheln, bis dein Puls durch die Decke geht.

Wenn ich so etwas denke, vermisse ich Shaun noch mehr. Ich kann nichts dagegen tun. Wie soll ich ihn bloß aus meinem Kopf verbannen? Aus meinem Herz?

Auch in Adelas Bibliothek, in die es mich immer wieder zurückzieht, obwohl ich eigentlich in der Burg nichts mehr zu suchen habe, treffe ich mitunter auf ihn. Er staubt die Bücher seiner Großmutter ab. Er bringt Ordnung in die Regale, blättert gelegentlich eine der Luxus-Ausgaben durch, die sein Bruder illustriert hat.

Einmal helfe ich ihm beim Abstauben. Wir arbeiten schweigend, jeder auf einer anderen Seite des Raums. Am Ende bedankt er sich einsilbig. Seine Stimme ist warm und freundlich, wir sehen uns einen Augenblick lang schweigend an, doch dann ist er fort.

Noch am gleichen Abend sitze ich auf dem schmalen Bett in meiner neuen Unterkunft im Haus des Doktors und schreibe Shaun einen Brief. Das heißt nicht einen, sondern Dutzende. Und ich zerreiße jeden einzelnen sofort wieder. Was zum Teufel soll ich ihm denn sagen?

Am Ende bleibt ein winziger Schrieb über, mit nur wenigen Zeilen. Ich stecke ihn in ein Kuvert, schreibe Shauns Namen darauf und werfe ihn am nächsten Morgen in den Briefkasten vor dem Haupteingang der Burg. Um ihn persönlich zuzustellen, fehlt mir der Mut.

Lieber Shaun,

Ich vermisse Adela auch. Wenn du reden willst oder ich sonst irgendetwas für dich tun kann – ich bin für dich da.

Theresa

Ich glaube nicht, dass ich ihm eine neutrale Zuhörerin sein könnte. Ich will ihn trösten, ihn in die Arme nehmen, ihm allen Schmerz wegküssen.

Ich erwarte keine Antwort auf den Brief. Und ich bekomme auch keine.

44.

Zwei Tage später erhalte ich einen Anruf von einem gewissen Dr. Alexander Wilfurt. Er stellt sich mir als Adelas Anwalt vor. Er bittet mich in seine Kanzlei, am nächsten Montag. "Es geht um das Testament von Mrs. Bentley", sagt er. Mehr will er mir am Telefon nicht verraten.

Bei dem Termin in seinem Büro jedoch kommt er dann ohne Umschweife zur Sache. Neben mir sind noch Shaun und Dr. Engelmann anwesend. Der Anwalt spricht uns als *die Begünstigten* an und behandelt uns auf seine steife Art sehr respektvoll. Anscheinend hat Adela in ihrem Testament jedem von uns dreien etwas hinterlassen.

Wir versammeln uns um einen Besprechungstisch in einem postmodern durchgestylten Konferenzraum, und Dr. Wilfurt wendet sich zuallererst mir zu. "Frau Milar."

Ich nicke unsicher.

Er räuspert sich, greift nach einem Blatt Papier, das er vorbereitet hat und beginnt zu lesen. "Mrs. Bentley hat Ihnen in ihrem Testament die Rechte an dem Roman übertragen, an dem Sie zuletzt gearbeitet haben", informiert er mich in steifem Hochdeutsch.

"Shauns Buch?", entfährt es mir.

Aus dem Augenwinkel sehe ich, wie Shaun neben mir zusammenzuckt. Im nächsten Augenblick jedoch hat er sich bereits wieder unter Kontrolle. Sein Gesicht ist eine ausdruckslose Maske. Er sieht mehr denn je wie eine antike Statue aus. Schön wie ein Halbgott, kalt wie polierter Marmor.

Der Anwalt blickt mich verständnislos an. Er blättert in den Unterlagen, die er vor sich ausgebreitet hat. "Hier ist als Arbeitstitel für das Buch *Jonas & Bernadette* vermerkt. Um dieses Werk geht es. Mrs. Bentley hat verfügt, dass Sie, Frau Milar, es entweder unter Ihrem eigenen Namen veröffentlichen können, oder auch mit Mrs. Bentley als Haupt- oder Co-Autorin. Was immer Sie bevorzugen."

"Danke", sage ich. "Das ... das ehrt mich sehr, aber dieses Buch ist unvollendet."

"Dann stellen Sie es doch fertig", erwidert der Anwalt. "Und wenn Sie meinen Rat wollen: Führen Sie Mrs. Bentley als Hauptautorin auf dem Cover an. Damit sind Ihnen Verkäufe in siebenstelliger Höhe praktisch garantiert. Sie werden eine ansehnliche Summe mit dem Buch verdienen, Frau Milar."

Ich nicke schweigend. Wie soll ich diesem Mann erklären, warum *Jonas & Bernadette* für immer unvollendet bleiben wird? Ganz egal, wie viele Millionen ich damit verdienen könnte. Es hat keinen Zweck.

Ich hoffe, dass Dr. Wilfurt seine Aufmerksamkeit nun dem Doktor oder Shaun zuwenden wird, aber der Anwalt ist noch nicht fertig mit mir. "Mrs. Bentley hat Ihnen außerdem das Recht eingeräumt, ihren Namen als Marke weiterzuführen, wenn Sie das möchten."

"Ich verstehe nicht ..."

"Das ist heute auf dem Buchmarkt durchaus üblich", erklärt mir der Anwalt. "Wenn ein Bestsellerautor stirbt, so wird sein Werk oft von jemand anderem weitergeführt. Mit dem Namen des Verstorbenen auf dem Cover, und angelehnt an seinen beziehungsweise ihren Stil. Mrs. Bentley hat den ausdrücklichen Wunsch geäußert, dass Sie Ihre Nachfolgerin werden, Frau Milar. Sie können also Liebesromane im Stil der Erblasserin verfassen und diese unter Mrs. Bentleys Namen veröffentlichen. Mit Ihnen als Co-Autorin selbstverständlich. Mit dem Verlagshaus, in dem Mrs. Bentley ihre Romane veröffentlichte, wurde das bereits zu Lebzeiten meiner Mandantin abgestimmt. Die Zustimmung von dieser Seite liegt mir vor."

Der Anwalt setzt ein Lächeln auf. "Ich gratuliere Ihnen, Frau Milar. Das ist auch schriftstellerisch eine große Anerkennung für Sie, wenn Sie mir diese Bemerkung erlauben."

Ich schnappe nach Luft. Ich weiß, was Adela mir mit diesem Erbe sagen will. Es geht nicht um Verlage, Millionenauflagen, Namen auf Buchcovern, oder darum, dass die Bestsellerautorin auch posthum nicht in Vergessenheit geraten will. Zumindest nicht in erster Linie. Was Adela will, ist, dass ich Menschen auf die gleiche Weise helfe, wie sie es all die Jahre getan hat. Mit Büchern, denen die Magie der Liebesgöttin innewohnt.

Ich fühle mich überforderter denn je. Aber der Anwalt gönnt mir keine Pause. "Zuletzt umfasst Ihre Erbschaft auch noch die deutschsprachigen Veröffentlichungsrechte für das Gesamtwerk der Verstorbenen", erklärt er mir. "Wie Sie bestimmt wissen, hat Mrs. Bentley bis dato von einer deutschen Übersetzung ihrer Romane Abstand genommen, um ihre Privatsphäre hier an ihrem österreichischen Wohnsitz zu wahren. Dieser Grund ist ja nun mit dem Tode meiner Mandantin hinfällig, und so überträgt sie Ihnen die deutschsprachigen Rechte. Das heißt, selbst wenn Sie in Ihrem Leben keinen Buchstaben mehr schreiben, Frau Milar, so sind

Sie ab jetzt eine sehr vermögende Frau. Falls Sie es wünschen, steht Ihnen meine Kanzlei gerne als Ihr Rechtsbeistand zur Verfügung. Wir können uns, wenn Sie mir das Eigenlob verzeihen wollen, als namhafte Spezialisten im Verlagswesen bezeichnen. Und in der Vermögensverwaltung. Mrs. Bentley war stets sehr zufrieden mit uns." Er nickt mir dienstbeflissen zu, dann ist er endlich mit mir fertig.

Dr. Engelmann erbt die *Milo Bentley Kunstakademie*. Von deren Existenz weder er noch ich bis jetzt etwas wussten. Wie der Anwalt erklärt, handelt es sich um eine höchst angesehene künstlerische Hochschule in München, die Adela vor einigen Jahren im Andenken an ihren verstorbenen Enkel ins Leben rief und mit einem großzügigen Treuhandfonds für den Erhalt ausgestattet hat.

Den Rest von Adelas Vermögen erbt Shaun. Es sind Millionen und Abermillionen, die ihm damit zufallen. Die weltweiten Rechte an Adelas Romanen – abgesehen von den deutschsprachigen Ausgaben, die nun ich veröffentlichen kann – dazu die Burganlage samt den umgebenden Ländereien, weitere Immobilien in Deutschland, Großbritannien und den USA, und darüber hinaus noch ein Wertpapierportfolio, für dessen weiteres Management Dr. Wilfurt selbstverständlich seine Dienste anbietet.

Shaun stellt keine Fragen, erhebt keine Einsprüche, er nickt bloß zu allem, was der Anwalt ihm erklärt. Dann ist die Sitzung beendet.

45.

Am nächsten Morgen stehle ich mich in Adelas Bibliothek. Ich bringe einen großen Rosenstrauß mit, den ich in eine Vase neben ihren Ohrensessel stelle.

Für mich ist dieser Raum, diese Bibliothek mit dem nun für immer verwaisten Ohrensessel, Adelas Gedenkstätte. Der Ort, wo sie für mich weiterlebt. Obwohl ihre sterblichen Überreste am Friedhof der nahegelegenen Pfarrkirche ruhen. In einem wunderschönen Mausoleum aus weißem Marmor, in dem bereits Adelas ganze Familie begraben liegt. Auch Shaun wird sich eines Tages dort beisetzen lassen, daran habe ich keinen Zweifel.

Ich kann Adela vor mir sehen, wie sie in ihrem Ohrensessel zu sitzen pflegte und so eifrig Briefe schrieb. Briefe an Philip, ihren geliebten Mann, der keines dieser Schriftstücke je lesen würde. Weil er längst nicht mehr auf dieser Welt weilte, sondern im Reich der Liebesgöttin, wie Adela sich das vorstellte.

Ich danke meiner ehemaligen Arbeitgeberin im Stillen für ihr großzügiges Geschenk. Für all die Möglichkeiten, die sie mir in ihrem Testament eingeräumt hat. Ich sage nichts über Shauns Buch, darüber gibt es nichts mehr zu sagen, aber ich verspreche ihr, dass ich versuchen werde, ihre Arbeit weiterzuführen. *Versuchen ist zu wenig*, kann ich sie sagen hören. *Tun Sie es, Theresa!*

Ich erzähle Adela von dem Roman, den ich für den Doktor schreibe. Ich verspreche ihr, dass ich das Manuskript auch an ihren Verlag schicken werde. Wenn es funktioniert. Nur dann. Wenn das Buch Dr. Engelmann dabei helfen kann, die Liebe zu finden. Nur in diesem Fall werde ich weitere Bücher schreiben und Adelas Werk fortführen, wie sie es mir so großzügig angeboten hat. Ich kann nur ihre Nachfolgerin werden, wenn mir gelingt, was ihr so oft gelang. Achtundneunzig Mal.

Bitte legen Sie ein gutes Wort bei der Göttin für mich ein, flüstere ich ihr in Gedanken zu. *Ich würde den Menschen so gerne helfen können, wie Sie es getan haben.*

Zu guter Letzt verspreche ich Adela noch, dass ich mich um die bestmögliche deutsche Übersetzung für ihre Bücher kümmern werde. Endlich werden dann auch die Leserinnen hierzulande ihre wunderbaren Romane genießen können.

Shaun steht plötzlich hinter mir. So nah, dass das erste, was ich von seiner Anwesenheit wahrnehme, sein warmer Atem in meinem Nacken ist.

Er ist lautlos gekommen, wie so oft. Wie an jenen Abenden, an denen wir hier in der Bibliothek zusammentrafen.

Ich wirble herum, starre in seine nahezu schwarzen Augen. "Entschuldige", sage ich rasch. "Ich sollte nicht hier sein."

Ich werfe noch einen letzten Blick auf Adelas Ohrensessel, dann will ich mich an Shaun vorbeidrücken und mich aus dem Staub machen.

"Warte, Theresa", sagt er und legt seine Hand auf meinen Arm. "Geh nicht. Bitte", fügt er hinzu. Seine Stimme klingt brüchig. Unsicher. "Es ist schön, dass du noch da bist."

Seine Worte überraschen mich. Ich bin noch da. Das lässt sich nicht leugnen. Und das nicht nur, weil Adela mich darum gebeten hat. Ich würde Shaun beistehen bis ans Ende der Welt. Durch dick und dünn mit ihm gehen, durch Freude und Schmerz, in guten wie in schlechten Tagen.

Aber ich habe keine Worte, ihm das zu sagen. Meine Zunge klebt mir am Gaumen, meine Lippen fühlen sich an wie Sandpapier. Rau und spröde und gänzlich unfähig, irgendwelche Worte zu formen.

"Du siehst wunderschön aus", sagt Shaun. Dabei lächelt er so gequält, dass mir fast der Atem stockt.

"Du auch", murmle ich. Mein Puls pocht mir in den Ohren. Ich kann nicht ausstehen, wie dieser Mann über meinen Herzschlag gebietet, durch nichts weiter als seine bloße Anwesenheit.

"Wie geht es dir?", fragt er mich. Er zögert einen Augenblick, dann fügt er hinzu: "Arbeitest du noch an dem Buch? Hast du die Geschichte von Jonas und Bernadette fertig geschrieben?"

Ich kann nicht glauben, dass er mich das fragt. Ich nehme meinen ganzen Mut zusammen, hebe den Kopf und blicke in seine nachtschwarzen Augen. "Es ist unsere Geschichte, Shaun. Das ist dir doch längst klar geworden. Ich konnte sie nicht weiterschreiben, ohne dich."

Und dann erzähle ich ihm von der Gabe seiner Großmutter. Von der magischen Kraft ihrer Bücher, die den Menschen zu ihrem Liebesglück verhalf.

Allen, außer ihm – und mir.

Er soll wissen, dass Adela nicht vorhatte, einen Roman aus seinem Leben zu machen und damit in seinen alten Wunden zu wühlen. Er soll verstehen, dass sie dieses Buch nur begann, um ihm damit zu helfen. Dass es ihr letzter Wunsch war, er möge glücklich werden und die Liebe finden. Er soll erfahren, wie sehr sich Adela um ihn sorgte, wie sehr sie ihn liebte.

"Sie hat mir nie davon erzählt", sagt Shaun, als ich geendet habe. Die Worte kommen ihm ungelenk und steif über die Lippen. "Dass ihre Bücher mehr sind als bloße Romane, meine ich. Hältst du das denn überhaupt für möglich?"

"Ja, das tue ich", sage ich. "Bei Büchern ist alles möglich. Insbesondere bei denen von Adela. Man fühlt die Magie doch schon, wenn man sie bloß liest, nicht wahr? Deine Großmutter hat ihre Gabe nur nicht an die große Glocke gehängt. Und ich verstehe sie. Ich denke, Magie kann in der heutigen Zeit nur im Verborgenen gedeihen. Wenn überhaupt."

Er nickt langsam. Dann blickt er mich lange schweigend an. Und schließlich, als sich die Stille zwischen uns schon wie eine bleierne Decke auf mich gelegt hat, brechen die Worte aus ihm hervor. Sie kommen stockend zuerst, dann immer schneller.

"Theresa. Ich war so ein Idiot. Ich weiß nicht, wie ich es dir erklären kann. Oder ob du es überhaupt noch hören willst. Diese Szene im Garten von Gethsemane, die du in das Buch geschrieben hast. Oder besser gesagt, die, die Bernadette in ihre Bibelausgabe geschrieben hat. Du weißt schon, welche ich meine. Da, wo Petrus Jesus verleugnet. Ihn im Stich lässt. Wo du mir erzählt hast, welche Vergangenheit Großmutter sich für Jonas ausgedacht hatte –"

Er stockt. Er macht einen Schritt auf mich zu, seine Hand

hebt sich ein Stück, als wolle er nach mir greifen, mich berühren. Doch er tut es nicht. Er lässt den Arm wieder sinken, steht wie festgewurzelt da und spricht weiter. Seine Stimme schneidet mir bis ins Knochenmark. Sie ist so hörbar voller Schmerz, dass ich es kaum ertrage. "Ich dachte, Großmutter habe sich die Sache mit dem Buch nur ausgedacht, weil sie mich wieder einmal verkuppeln wollte. Mit dir. Dass sie dich nur deswegen eingestellt hat. Gegen einen Batzen Geld. Und dann dieser Verrat von Petrus ... dass er Jesus in seiner größten Not im Stich ließ, in dem Augenblick, als er nichts weiter war als ein Mensch. Ein Mann aus Fleisch und Blut, der alle Hoffnung verloren hatte. Da kam alles wieder hoch für mich. Der Unfall, der Tod meiner Eltern, meines Bruders. Die Zeit danach, in der ich in ein tiefes Loch fiel, aus dem ich nicht wieder herausfand. Und Iris, meine Frau, die mich verließ, weil sie meine Depression nicht mehr ertragen konnte."

Seine dunklen Augen bohren sich in die meinen. "Anfangs dachte ich, ich würde darüber hinwegkommen. Ich meine, wie schlimm konnte schon eine Scheidung sein, wenn man gerade beinahe die gesamte Familie verloren hatte? Aber am Ende war diese Trennung, dieses Verlassenwerden, als ich meine Frau am dringendsten brauchte, noch viel schlimmer für mich als der Tod meiner Familie. Die Frau, die ich liebte, ließ mich im Stich. In der härtesten Zeit meines Lebens. Die Erkenntnis, dass man sich auf seine Lebenspartnerin nicht verlassen konnte, dass alle ihre Liebesbeteuerungen nichts als leere Worte waren, das hat mir den Rest gegeben. *In guten wie in schlechten Zeiten.* Das ist ein Schönwetter-Schwur ohne Bedeutung. Darüber kam ich nicht hinweg. Und irgendwann habe ich mich eben damit abgefunden. Dass ich nur noch meine Großmutter hatte, der ich vertrauen konnte. Die mich liebte. Und jetzt habe ich auch sie verloren."

Er sieht mich an, dann hebt er wie in Zeitlupe seinen Arm und legt seine Hand auf meine Schulter. Ich spüre seine Berührung kaum, so zart und vorsichtig ist sie. "Aber du bist noch da", fügt er kaum hörbar hinzu. "Du hast mich nicht im Stich gelassen. Und danke für deinen Brief."

Er zieht den zerknitterten Umschlag aus der Gesäßtasche seiner Jeans. "Ich trage ihn bei mir. Es ist mir klar, dass du Adela auch geliebt hast. Dass sie dir viel mehr war als bloß eine Arbeitgeberin. Das konnte man sehen, in allem was du für sie getan hast."

Er streicht mit der Hand über das Blatt Papier. "Ich wollte dir antworten, aber ich ... ich bin ein Feigling. Und ein Idiot. Und ich kann mit Worten einfach nicht umgehen. Nicht so wie du."

Wenn er wüsste, wie viele Anläufe ich für die mickrigen paar Zeilen gebraucht habe, die ich ihm in den Postkasten geworfen habe.

Ich schlucke, kämpfe gegen die Enge in meiner Brust, die mir den Atem abdrückt. Ich bin nicht vorbereitet auf das, was Shaun da tut. Auf das, was er mir sagt. Auf dieses Geständnis, diese Offenlegung seiner Vergangenheit, und dass er mir seine tiefsten Wunden entblößt. Auf die Art, wie er mich ansieht. Gequält, aber auch voller Sehnsucht.

"Ich möchte dir etwas zeigen", sagt er. Er greift zögernd nach meiner Hand und zieht mich mit sich, hinüber zu dem großen Schreibtisch seiner Großmutter.

46.

Shaun öffnet eine Lade im Schreibtisch und holt einen dicken Stapel Computerausdrucke hervor. Es sind hochauflösende Bilder in herrlich satten Farben. "Sie sind gestern Nacht fertig geworden", sagt er. "Ich wollte nicht, dass die Geschichte unvollendet bleibt." Er streicht sich eine Haarsträhne aus dem Gesicht und schenkt mir ein schiefes, zaghaftes Grinsen. Dann breitet er die Computerausdrucke vor mir auf der Schreibtischplatte aus.

Ich betrachte die Bilder, eines nach dem anderen, und mit einem Mal scheint die Zeit still zu stehen. "Du hast ... die Geschichte weiter illustriert? Eine Fortsetzung gefunden, einen Ausweg für Jonas und Bernadette?"

Er nickt. "Ich will, dass die beiden zusammenkommen. Bernadette ist das Beste, was Jonas je passieren kann. Das hat er jetzt erkannt, auch wenn er alles ruiniert hat. Er liebt sie, er braucht sie, und sie ist nicht wie die Frauen in seiner Vergangenheit. Warum hat er das nicht schon viel früher verstanden?"

Ich sage nichts.

"Möchtest du die Geschichte hören? Wenn sie dir gefällt, könntest du sie aufschreiben. Wie gesagt, Worte sind nicht so mein Ding. Aber du bist eine großartige Schriftstellerin. Das hat Großmutter gleich erkannt." Er lächelt.

Computerkunst ist sein Ding, das wusste ich schon, als ich zum ersten Mal eine seiner Arbeiten sah. Die Bilder, die er jetzt vor mir ausgebreitet hat, sind kleine Meisterwerke.

Jedes für sich genommen.

Während ich eines nach dem anderen in die Hand nehme und jedes Detail darin bewundere, beginnt Shaun zu erzählen. "Also, ich habe es mir so gedacht: Ein weiser Mann kommt auf seinen Reisen in das Kloster von Jonas und Bernadette." Er deutet auf den Ausdruck, den ich gerade auf den Tisch zurückgelegt habe.

Es ist eine Szene, die einen Wanderer zwischen den Baumriesen eines verwunschenen Waldes zeigt. Der Mann sieht aus wie ein Weiser aus dem Morgenland. Oder wie Gandalf in *Herr der Ringe*. Eine Mischung aus beiden, ich kann mich nicht entscheiden. Er kommt mir vage bekannt vor.

Shaun fährt fort: "Der Reisende nimmt für einige Tage Quartier bei den frommen Brüdern im Kloster. Er ist auch – oder vor allem – ein Heiler, er nimmt sich des erkrankten Bruders an und pflegt ihn gesund."

"Welcher kranke Bruder denn?"

"Na, der, der am Anfang der Geschichte im Skriptorium ausfiel. Deshalb kam doch Bernadette überhaupt dazu, an der Bibelausgabe zu arbeiten. Mit Jonas. Dieser unbekannte Bruder hat mit seiner Lungenentzündung die beiden einander näher gebracht. Er hat es sich verdient, geheilt zu werden, findest du nicht?"

Ich nicke. Shaun hat sich wirklich Gedanken zu der Geschichte gemacht.

"Sehr gut", sagt er. "Der weise Mann hat während seines Aufenthalts im Kloster nicht viel Kontakt zu Jonas. Jonas hat sich nämlich ziemlich abgeschottet, in diesen Tagen. Nach dem –"

Shaun unterbricht sich, zögert kurz. Dann verzieht er das

Gesicht. "Nach dem Zerwürfnis mit Bernadette. Aber eines Nachts findet Jonas einen Brief des Reisenden unter seiner Tür. Es ist ein sehr langer Brief, und es bleibt nicht bei dem einen. Ab jetzt erhält Jonas jede Nacht eine weitere Nachricht, obwohl er dem weisen Mann keine Antwort schreibt. Oder vielleicht gerade, weil er keine Antwort schreibt."

Shaun deutet auf eines der Bilder auf der Schreibtischplatte, das fast ein abstraktes Gemälde ist. Auf den zweiten Blick erkennt man jedoch, dass es Briefbögen sind, die sich da kreuz und quer übereinander stapeln. Ein vereinzelter Sonnenstrahl fällt durch ein unsichtbares Fenster auf sie herab und taucht die ganze Szene in ein andersweltliches Licht.

"Was schreibt der weise Mann Jonas denn in seinen Briefen?", frage ich.

"All die Dinge, die Jonas lernen muss", antwortet mir Shaun prompt. "Der Reisende erzählt aus seinem eigenen Leben, von den Freuden, aber auch den Schicksalsschlägen, die ihm widerfahren sind. Von den Menschen, die er lieben gelernt hat und wieder aufgeben musste. Er schreibt von der Kostbarkeit der Liebe. Dass wir oft erst ihren wahren Wert begreifen, wenn wir sie verlieren. Dass wir uns ihr nicht verschließen dürfen, aus Angst, verletzt zu werden. Auch wenn die Angst berechtigt ist, denn die Liebe ist nicht nur die größte Macht auf Erden, sondern auch die gefährlichste. Dass wir unseren ganzen Mut aufbringen müssen, weil es das am Ende immer wert ist und wir unendlich reichlich belohnt werden."

Shaun reicht mir ein Bild, auf dem Jonas in einer stillen Ecke des Skriptoriums sitzt und einen der Briefe studiert.

Für Jonas hat ganz eindeutig Shaun selbst Modell gestanden. Es ist das erste Mal, dass er den jungen Künstler abgebildet hat. Bis jetzt war auf seinen Bildern immer nur Bernadette zu sehen gewesen. Also ich.

"Der weise Mann kennt Jonas´ Vergangenheit nicht", fährt Shaun fort. "Er weiß nichts davon, dass Jonas sich geschworen hat, nie wieder einem Menschen zu vertrauen. Dass er sein Herz nie wieder jemandem ausliefern will, der es in den Staub treten könnte. Aber der alte Mann scheint zu sehen oder zu spüren, dass Jonas der Angst erlegen ist. Dass sie ihn gefangen hält. Er sieht, dass Jonas in seinem Herzen nicht den Mut findet, sich aus der Einsamkeit zu befreien, zu der er sich selbst verdammt hat. Dass er nie wieder den Schmerz empfinden will, der ihn ins Kloster trieb."

Shaun unterbricht sich und sieht mich an. Sein Blick ist eindringlich, in seinen Augen liegt ein intensiver dunkler Glanz. "Es war der letzte Absatz im letzten Brief des weisen Mannes, der für Jonas schließlich alles veränderte", sagt er. Mit diesen Worten bückt er sich und öffnet eine weitere Schublade des Schreibtisches. Er zieht einen Packen Briefe heraus. Es sind sieben oder acht, und jeder davon ist so dick, dass sie kaum Platz in ihren Kuverts finden.

Shaun öffnet einen der Umschläge. Er zieht die säuberlich zusammengefalteten Blätter heraus, legt alle bis auf das letzte auf der Schreibtischplatte ab. Die letzte Seite behält er in der Hand, betrachtet sie stumm, dann streicht er sie vorsichtig glatt und reicht sie mir schließlich.

"Lies selbst", sagt er, so leise, dass ich ihn kaum verstehen kann.

Ich begreife nicht, wo auf einmal diese Briefe herkommen.

Wir haben doch gerade von Jonas gesprochen? Er war es, dem der mysteriöse weise Mann geschrieben hat. Und Jonas ist eine Buchfigur. Aber der Briefbogen in meiner Hand ist real.

Ich tue, wie mir geheißen und lese die Zeilen auf dem Blatt. Wie Shaun gesagt hat, ist es der letzte Absatz des Briefes.

Die Vergangenheit ist unabänderbar. Aber sie ist auch vergangen. Die Gegenwart kannst du gestalten. Und damit deine Zukunft. Jeder Tag, an dem dein Herz noch schlägt, ist eine neue Chance. Nutze Sie, Shaun! Wir dürfen nicht bloß das sehen, was uns genommen wurde, das, was wir für immer verlieren. Wir müssen unsere Aufmerksamkeit darauf lenken, was uns – vielleicht im gleichen Augenblick – geschenkt wird. Was wir gewinnen. Und dir wurde etwas unendlich Kostbares geschenkt, Shaun. Obwohl du sie dir ganz bestimmt nicht verdient hast: Theresa.

Meine Augen bleiben an meinem Namen hängen.

"Er hat recht", höre ich Shaun sagen. "Ich war ein Narr. Wirst du mir je verzeihen können?"

Mein Blick wandert zu der Unterschrift am Ende der Zeilen. "Dr. Engelmann?", frage ich erstaunt.

Shaun nickt. "Er war auch so nett, mir für die Rolle des weisen Mannes in der Geschichte Modell zu stehen. Er hat mich ja überhaupt erst darauf gebracht. Indem er mir diese Briefe schrieb. Obwohl ich keinen davon beantwortet habe. Er hat mich nicht bedrängt, mir nur seinen Rat gegeben."

Ich gucke noch einmal auf die Bilder auf der Schreibtischplatte, die den Weisen zeigen. Ich hätte ihn nicht erkannt,

Shaun hat ihn perfekt verfremdet. Aber ja, es ist Dr. Engelmann. Eindeutig.

Ich versuche zu verarbeiten, was Shaun mir da eben erzählt hat. Ich wende den Kopf ab. Ich will ihn nicht sehen lassen, was seine Worte mit mir machen. Ich kämpfe gegen meinen Puls an, der mir in den Schläfen hämmert. Und dagegen, dass meine Handflächen sich plötzlich klebrig und feucht anfühlen.

Was natürlich aussichtslos ist.

Mein Blick fällt auf Adelas Ohrensessel, und beinahe entfährt mir ein Schrei. Denn der Sessel ist plötzlich nicht mehr leer. Auf dem schmalen Kissen, das Adela sich stets in den Rücken zu schieben pflegte, sitzt eine graubraun getigerte Katze und putzt sich genüsslich das Fell. Ich muss zweimal hinsehen, denn das Tier sieht genauso aus, als wäre eine von Freyas Katzen lebendig geworden. Diejenigen, die den Wagen der Göttin ziehen, draußen im Park.

"Wer um alles in der Welt ist das denn?", entfährt es mir.

Shaun dreht sich um, folgt meinem Blick. Ein Lächeln huscht über seine angespannten Züge. "Oh, die ist mir zugelaufen. Vor ein paar Tagen. Süß, nicht wahr? Sie scheint einen Narren an mir gefressen zu haben. Sie folgt mir überall hin, wie ein Hund. Ich habe aber noch keinen Namen für sie gefunden. Magst du mir da vielleicht helfen?"

Die Ähnlichkeit zu Freyas Katzen scheint ihm entgangen zu sein. Ich starre auf das Tier, erwarte, dass es sich in Luft auflöst, weil es doch nur eine Traumgestalt sein kann. Ein Produkt meiner Fantasie, weil ich zu viel Zeit in Freyas Wagen verbracht habe. Zu viel Zeit in Gedanken an die Liebesgöttin, die Adela ihre Bücher schenkte.

Als Shaun seinen Blick wieder mir zuwendet, ist er ernst und seine Stirn liegt in tiefen Falten. "Möchtest du nicht wieder hier im Haus wohnen, Theresa? Wir könnten das Buch fertigstellen. Die Geschichte von Bernadette und Jonas. Und du könntest an deinen eigenen Romanen arbeiten. Du wirst doch weiterschreiben oder?"

Ich will nicken, aber mein Kopf gehorcht mir nicht. Kein Muskel in meinem Körper tut es. Ich stehe da wie eine Salzsäule.

"Und du könntest mir Modell sitzen", sagt Shaun. "Ich will die illustrierte Buchreihe weiterführen. Die von Milo. In meinem Stil. In unserem gemeinsamen Stil", korrigiert er sich. "Ohne dich hätte ich den nie gefunden."

Ich kann mich noch immer nicht bewegen. Auch meine Stimmbänder versagen mir den Dienst.

"Was meinst du, Theresa?"

Shauns Augen fixieren mich. Die Melancholie, die ich so gut kannte, ist jetzt daraus verschwunden. Stattdessen liegt Hoffnung darin. Ein warmes, funkelndes Glühen. "Willst du bei mir bleiben?", fragt er leise. "Es würde mich sehr glücklich machen."

"Du willst also wieder zusammenarbeiten?", bringe ich krächzend hervor. Meine Stimme klingt wie die eines hundertjährigen Kettenrauchers.

Shauns Mundwinkel heben sich. Zucken nervös. "Nicht nur arbeiten", sagt er. "Vielleicht könnten wir auch privat, na ja, noch mal ganz von vorn anfangen? Falls du mir je verzeihen kannst, wie bescheuert ich war? Und wie blind. Ich habe mich unmöglich benommen. Dir zu unterstellen, dass du für Geld mit mir geschlafen hast. Weil meine Großmutter dich dafür angeheuert hat."

"Ganz so übel bist du nicht als Liebhaber, dass man Frauen dafür bezahlen müsste, mit dir ins Bett zu gehen", sage ich, und meine Stimme ist mit einem Mal wieder meine eigene.

In Shauns schwarzen Augen blitzt es. Seine Lippen öffnen sich und formen sich zu einem strahlenden Lächeln. Er zieht mich an sich, in seine Arme, die ich so sehr vermisst habe, und küsst mich, bis mir die Luft wegbleibt.

Es fühlt sich an, als würde ich fallen. Durch Wolken am Sommerhimmel, durch blendend weißen Pulverschnee, durch ein Meer aus Feenstaub. Mein verrücktes Herz schlägt gegen die Rippen, dass bestimmt sogar Shaun es hören kann. Aber das ist mir jetzt egal. Soll es doch trommeln. Es ist ein froher, ein überglücklicher Rhythmus.

Als Shaun mich wieder loslässt und ich nach Atem ringe, fällt mein Blick noch einmal auf die getigerte Katze in Adelas Lehnstuhl. Sie sitzt jetzt aufrecht da und starrt direkt zu uns herüber. Vielleicht verliere ich ja nun endgültig den Verstand, aber ich könnte schwören, dass sie mir zuzwinkert. Mit dem linken ihrer beiden bernsteinfarbenen Augen.

In diesem Moment ist mir, als könne ich Freyas Stimme hören. Als stünde die schöne Göttin höchstselbst hinter mir und flüstere mir zu: "Hast du gedacht, ich würde dich im Stich lassen, mein liebes Kind?"

Ich lache laut auf und werfe mich zurück in Shauns Arme. Er muss denken, dass ich gerade überschnappe, aber auch das ist mir egal. Diesmal bin ich diejenige, die ihn küsst, bis er nach Atem ringt. Diejenige, die sein Hemd aufzuknöpfen beginnt und es ihm schließlich voller Ungeduld über den Kopf zieht, weil es einfach viel zu viele Knöpfe hat.

Dann allerdings ergreift er die Initiative. Er schlingt seine Arme um meine Hüften, hebt mich hoch, und trägt mich zu einem der Samtsofas hinüber, die in der Mitte des Skriptoriums stehen. In der Mitte der Bibliothek, meine ich natürlich! In einem Skriptorium wäre ein solch sündhaft bequemes Möbelstück ein Sakrileg. Jonas und Bernadette müssen sich ein anderes Liebesnest suchen. Aber ich bin mir sicher, Shaun und ich werden einen ganz besonderen Platz für die beiden finden.

Für ihr Happy End.

47.

Früh am nächsten Morgen – es kann allerhöchstens acht Uhr sein – läutet es an der Haustür. Ich bin vor Shaun auf den Beinen, laufe die Treppe hinab und habe dabei das Gefühl, dass mir über Nacht Flügel gewachsen sind.

Als ich die Tür aufreiße, steht eine hochgewachsene, schlanke Frau mit tiefroten Haaren vor mir. Sie stellt sich mir als Sabrina York vor, Direktorin der *Milo Bentley Kunstakademie*.

Ich brauche einen Augenblick, bis ich mich erinnere, was das heißt. Die *Milo Bentley Kunstakademie* ist jene Hochschule, von deren Existenz ich erst in der Kanzlei des Anwalts erfahren habe. Adela hat sie vor einigen Jahren zum Andenken an ihren verstorbenen Enkel ins Leben gerufen, und die MBK ist seither eine renommierte Ausbildungsstätte für junge Künstler, wie Adelas Anwalt uns versichert hat.

Dr. Engelmann hat diese Kunstschule von Adela geerbt. Was mich bei der Testamentsverlesung doch verwunderte, denn Dr. Engelmann ist zweifelsohne ein vielseitig interessierter Mann, aber mit Kunst hat er nicht allzu viel am Hut.

Sabrina York erläutert mir mit einem einfühlsamen Lächeln den Grund ihres Besuchs. Sie hat vom Tod Adela Bentleys erfahren und möchte dem Enkel ihrer Gönnerin ihr Beileid aussprechen. Und bei dieser Gelegenheit auch dem neuen Besitzer der Kunstakademie einen Besuch abstatten. "Dr. Engelmann", sagt sie. "Er wohnt ja ganz in der Nähe hier, nicht wahr?"

Ich nicke. "Ich werde Ihnen beschreiben, wie Sie zu ihm finden. Aber kommen Sie doch erstmal herein."

Obwohl ich dieser Frau im Leben noch nie begegnet bin, habe ich sie doch wiedererkannt. Schon im allerersten Moment, als ich ihr die Tür öffnete. Es ist die Malerin aus dem Buch, das ich für Dr. Engelmann schreibe. Sie ist genauso, wie sie mir im Traum erschienen ist. Wunderschön auf eine natürliche, unaufgeregte Art, mit klugen grauen Augen, einer warmen Stimme und einem so breiten Lächeln, dass man sie auf Anhieb gernhaben muss.

Adela, Sie alte Füchsin, wende ich mich in Gedanken an meine verstorbene Chefin. *Haben Sie deswegen dem Doktor diese Kunstakademie vermacht? Damit er die Direktorin kennenlernt?*

Als Shaun neben mich tritt, und Sabrina seine Hand zur Begrüßung reicht, streift die Tigerkatze um seine Knöchel. Die Akademieleiterin stolpert fast über das Fellknäuel, als Shaun sie ins Haus bittet.

"Was hältst du davon, wenn wir sie Freya nennen?", frage ich ihn.

Er blickt mich verständnislos an.

Ich deute auf die Katze zu unseren Füßen.

"Ach so. Ja, gerne. Das ist ein schöner Name." Er lächelt mich an. Nur einen kurzen Augenblick lang, bevor er sich wieder Sabrina York zuwendet und sie ins Skriptorium bittet. Er sagt tatsächlich *Skriptorium*, bevor er sich korrigiert. "In die Bibliothek, meine ich natürlich. Hier entlang, bitte."

In dem kurzen Blick, den er mir zuwirft, dem Lächeln, das er mir schenkt, bevor er durch die schwere Eichentür verschwindet, liegt alles, was ich mir je von einem Mann erträumt habe. Und noch einiges mehr, von dem ich nicht einmal wusste, dass man es sich wünschen könnte.

Ich zwinkere der getigerten Katze zu, die jetzt artig am Fuß der Treppe sitzt und ihre Pfoten säubert. "Danke, Freya", flüstere ich. Dann folge ich Shaun und Sabrina ins Skriptorium. Ich kann es nicht erwarten, der schönen Malerin den Weg zu Dr. Engelmann zu beschreiben.

Hat es Ihnen gefallen?

Unterstützen Sie die Autorin und helfen Sie mit, dass auch andere LeserInnen von diesem Buch erfahren, indem Sie eine kurze Rezension auf amazon.de hinterlassen.

Herzlichen Dank!

Noch mehr Romance?

Liebe, Spannung,
und ein bisschen
Gänsehaut
auf Hoher See

Taschenbuch oder
E-Book, 255 Seiten,
erhältlich bei
amazon.de

Lust auf einen Krimi?

Frech, furchtlos und noch ziemlich grün
hinter den Ohren: Penny Küfer, Privatdetektivin.
Erleben Sie jetzt ihr erstes Abenteuer!

Taschenbuch oder E-Book,
195 Seiten, erhältlich bei amazon.de

38258350R00190

Printed in Poland
by Amazon Fulfillment
Poland Sp. z o.o., Wrocław